城阳印记

主　编　罗国平　李伟刚

副主编　杜刊功　王泽杰

中国海洋大学出版社

·青岛·

图书在版编目(CIP)数据

城阳印记 / 罗国平,李伟刚主编.—青岛:中国
海洋大学出版社,2019.12
ISBN 978-7-5670-1885-3

Ⅰ.①城… Ⅱ.①罗…②李… Ⅲ.①散文集－中国
－当代 Ⅳ.①I267

中国版本图书馆 CIP 数据核字(2019)第 291119 号

出版发行	中国海洋大学出版社			
社 址	青岛市香港东路 23 号		**邮政编码**	266071
出 版 人	杨立敏			
网 址	http://pub.ouc.edu.cn			
电子信箱	shifanbnu@163.com			
订购电话	0532－82032573(传真)			
责任编辑	史 凡		**电 话**	0532－85901984
印 制	青岛国彩印刷股份有限公司			
版 次	2019 年 12 月第 1 版			
印 次	2019 年 12 月第 1 次印刷			
成品尺寸	150 mm×230 mm			
印 张	17			
字 数	230 千			
印 数	1～1000			
定 价	65.00 元			

发现印装质量问题,请致电 0532－88194567,由印刷厂负责调换。

编 委 会

主　任　罗国平

副主任　李伟刚　杜刊功　王泽杰

编　委　（按姓氏笔画排列）

　　　　杜刊功　王泽杰　刘存顺

　　　　仲　雷　李伟刚　罗国平

序 言
FORWARD

　　印者,迹也,痕也;记者,录也,存也。《城阳印记》者,城阳风景、人文、事件、传说诸类乡土文学之记录汇编也。

　　千年古邑,人文渊薮。

　　城阳,以地处古不其城之阳而得名,历史悠久,文化灿烂,境内城子龙山文化遗址,距今已逾四千余载矣。自兹以降,无数先辈筚路蓝缕,以启山林,栉风沐雨,泽被子孙。乃生于斯、长于斯、殁于斯,其薪其火,代代相传,吾土吾民,生生不息。此地夏商为莱夷地,西周属夷国,春秋初为介、夷、莱等诸侯国,后纳于齐。秦置胶东郡不其县,西汉改属琅琊郡,东汉置不其侯国,封大司徒伏湛为不其侯,七代袭爵,后被废国,曹魏改属东莱郡。又经两千余年,谷陵变迁,沧海桑田,城阳砥砺前行,步入新时代矣!

　　"以史为镜,可以知兴替;以人为镜,可以明得失。"当此中华民族伟大复兴之际,"阳光城阳"建设如火如荼,《城阳印记》编纂欣逢其时。本书由城阳文联策划组织,立足本地,遵循史实,旨在挖掘独特之历史内涵,传承优秀之风俗文脉,弘扬崭新之时代精神。全书设《人物春秋》《岁月钩沉》《史海拾珠》《故迹遗痕》《风俗史话》《乡韵民曲》六章,分述历史人物、重大事件、古迹遗址、传说轶事、民间技艺、民俗节庆诸项,各由不同作者撰文若干,凡二十余万字。

　　本书风格以散文为主,体裁有别于史志:既强调架构统一,又尊重个性文笔;既注重历史事实,又富有炳焕文采。北宋史学家吴缜尝谓:

"为史之要有三：一曰事实，二曰褒贬，三曰文采。"庶几近之也。于是，作者乃感发幽思，咏叹抒怀，爬罗剔抉，援笔成文，追昔抚今，钩深致远，林林总总，人事物理略备矣。

　　古人云："夫天地者，万物之逆旅也；光阴者，百代之过客也。"又谓："人事有代谢，往来成古今。江山留胜迹，我辈复登临。"噫！逝者如斯，不舍昼夜；往事如烟，不计岁月。今《城阳印记》付梓面世，印迹记痕，清晰可观。或曰："若置此《印记》于城阳悠远之历史长河，鸿爪雪泥耳，微不足道也。"虽然，亦实堪嘉，亦足堪慰，于无声处，稍有功焉。

《城阳印记》编委会

2019 年 9 月

目　录
CONTENTS

史海拾珠

故迹遗痕

风俗史话

乡韵民曲

人物春秋

伏湛与不其城

毕英丽

初冬季节,在泰安码字,竟然有些若有所失的惆怅。好友军哥来电话,开玩笑说初雪已到,月光如昼,是否怀念起故乡的伏湛与不其城了?

是啊。我说,东汉的初冬,伏湛跟不其城应是一坛尘封千年之久的陈酿吧。

伏湛(? —37 年),字惠公,汉琅琊郡东武人(今山东诸城人),东汉建武六年(30 年)封不其侯,自洛阳徙居不其城(今城阳区城阳村北),食邑 3600 户。

不其城位于现城阳街道中心区,遗址内现有城阳、城子、寺西三个村。《太平寰宇记》载:"不其城,汉置,古城约周十余里。"此处指外罗城,即城外的大城。城外环以壕沟,城楼内侧有马道相通,城墙四角建有角楼,便于士卒守护。城内街衢纵横,有 7 条宽约 5 米的主干道沟通巷陌。

城区的划分大致是:里罗城(内城)为官府区,中部为商业区,东南为作坊区,西南为库房区,北部为居民和农业区。城阳西北部墨水河以南为墓区。城内地下排水渠道纵横有致,均通于护城壕内。

东汉建武六年(30 年),伏湛改建行宫为都署。

不其城的箫者,不其城的青牛,游子的独轮车在夕阳下迷失的不仅仅是回家的路。而河边的蒹葭,已在初雪的凌风中褪尽了花絮,凝霜的白露像一场场饱经风霜的爱情。

所谓伊人兮,在水之一方。

现是否该乘一叶小舟,在这个最浪漫的时代里,用箫声送达不其城他家陈旧的篱门下?

《即墨县志》中这样介绍伏湛的家世:伏湛九世祖伏胜,字子贱,即所谓"济南伏生",汉代《尚书》的始传者。伏湛高祖父伏儒,武帝时讲学东武,遂移家于此。父亲伏理,曾学《诗》于匡衡,与匡衡同为《齐诗》专门名家,由是《齐诗》有"匡伏之学"。伏理为当世名儒,官到高密王(刘宽)太傅。

伏湛天性孝友,刻苦好学,少传父业,教授门徒数百人。汉成帝时开始踏入仕途,历经五次迁职,到王莽时为绣衣执法(朝迁特派执法官),受命大奸豪猾……

故乡青岛的此时,并不是吃海鲜的最好季节,但是如果约三五个好友于海西的那个古典的亭台,一壶老酒,一锅咸鱼萝卜,然后美谈那充满天骄与古城的故事,应该不会如听到金庸等几位大师离去这般沉闷吧。

几杯热酒下肚,眼前果真幻化出一个一诺千金的伏湛,他鼓瑟吹笙,玉颜如月,如杏花春雨,将不其城点染的如一幅泼墨大写意的山水画。他是否可以剪烛不其城,听那场悉落的初雪素裹了整个岛城?

绿林起义后,刘玄为帝,年号更始,以伏湛为平原(今山东平原南)太守,当时天下大乱,刀兵四起,群雄割据,整个社会处于激烈的动荡之中,伏湛处之泰然。

当时平原郡府的门下督极力煽动伏湛起兵,割据争雄,但伏湛不愿把平原郡拖入战争的漩涡,为防门下督聚众滋事,将其斩首示众。于是吏民信服,人心安定,使平原一境免遭战争祸害。

伏湛是不其城的名人,更是不其城的大家。我查阅过他的不少资料,犹如他便是我村庄北那个摇着"拨浪鼓头"、满嘴"之乎者也"的先生。他不事粉饰,只求真实,将社会上、生活中、视野内的万千风情,凝练成淡中溢彩、轻中有重、悟中多感的各类诗章。

纵览全部资料,伏湛对国家倾注了"情海泛舟"的激动、喜悦,和"千言难尽谢春意"的钟爱。在他的身边,不仅有"梨花飞不其,不其披银铠"的情愫,还有"夜赶不其点,为吻不其红"的展望,以及"荡气回肠雨,慷慨激昂风"的豪气。

他跟三国里的黄忠一样,猎取了"花红是谁燃,枝头鸟正歌"的正能量,将危机四伏的沙场,当成一个个难攻有趣的游戏,然后在时代大潮中不断升华、扩展,而又不断锤炼、沉淀。

孤灯不怨风和露,送走残风迎晓星。

暗怨冬日短,希看夕阳美。

东汉之初,地方仍处于动乱之中,割据势力仍然猖獗,而朝廷财政空虚,政务杂乱,亟待加以整顿。光武帝刘秀知伏湛是一位名儒旧臣,便召入朝中,拜为尚书,命其主持修复各项制度,以应付当时的困境。时值大司徒邓禹西征关中,无暇顾及朝政,刘秀便任伏湛为大司徒司直,代邓禹处理大司徒政务,从此,刘秀每次出征,常由伏湛留守京城,总领朝政。建安三年(27年)3月,遂代邓禹为大司徒,封阳都侯。

建武五年(29年)冬,刘秀东征张步,仍由伏湛留守京城。在冬祭中,河南尹与司隶校慰在宗庙中发生争吵,触犯了宗庙的尊严。伏湛由于隐匿不奏,被刘秀罢免官职。次年,伏湛被改封为不其侯,受遣就国。

"莫论官戏连台,落个清风两袖。"

"今日告老圆童梦,返璞归真无所图。"

之后,刘秀起用伏湛。建武十三年(37年),征伏湛入朝,敕命尚书,择日拜职。但伏湛未及赴任中暑病故。光武帝刘秀"赐秘器……亲吊祠,遣使者送丧修冢"(《后汉书·伏湛传》)。

伏湛死后,先后由伏翕、伏光、伏晨、伏无忌、伏质、付完、伏典袭侯爵。共传八代,历时185年。此间伏氏成为不其城内的显赫望族。据《后汉书·伏湛传》记载:"无忌卒,子质嗣,官至大司农。质卒,子完嗣,尚桓帝女阳安长公主。女为孝献皇后。曹操弑后,诛伏氏,国除。"曹操所杀皇后系汉献帝之后伏完之女伏寿,时为214年,同时还在洛阳和不其城杀伏氏家族百余口。

据传,当时不其城内伏氏家族仅有一人因外出逃过劫难,后更姓改名遁逃他乡,是以今城阳无伏姓。

生命在于挫,在悟中潇洒!

冬天已到,春天不远,等待那摘花的佳人兮,目光如炬。当岁月的寒风从翻开的卷轴中吹来,是谁从鲤鱼的腹中,获悉故乡和他的消息?今宵月色如水,今宵明月如镜。

乐游因，游不出五千里地的河山，望落日之西下，不其在山的那一头，你在梦的另一边。在春江花月之夜，是谁看见那无边的征尘，正掀动了亘古的别离？

登临送目分，一条笔直的驿道上，你定是那凯旋的征人。

乱时的战船不在，但不其山的草木却等你一年又一年。

王景治水

王贝贝

他出生于普普通通的家庭,却在历史的长河中闪耀着熠熠光彩;他用行动诠释了对人民群众的无限热爱,用行动履行了一个官员的职责;他是飘扬在黄河巍巍大堤上的鲜艳旗帜,带领群众全力以赴、保卫家园!绿了荒山,白了头发,志在造福百姓;老骥伏枥,意气风发,他心向人民。永平十二年,议修汴渠,自此千年无患。

——题记

《后汉书》曰:王景,字仲通,乐浪讲邯人也。八世祖王仲,原本"琅邪不其人"。"景少学《易》,遂广窥众书,又好天文术数之事,沈深多伎艺。辟司空伏恭府。时有荐景能理水者,显宗诏与将作谒者王吴共修作浚仪渠。吴用景墕流法,水乃不复为害……"

王景祖辈居住于琅琊郡不其县,也就是现今的城阳区。其八世祖王仲精通道术,以善观天象知名。吕后当政时,汉高祖刘邦之孙刘襄、刘兴居谋反,先后就起兵一事求教八世祖王仲,刘兴居还要求王仲统兵。八世祖王仲不愿受此事牵连,便举家渡海到朝鲜隐世居住。王景的父亲王闳,是乐浪郡中的三老之一。当时,当地人王调杀乐浪太守刘宪,自封为大将军、乐浪太守。光武帝刘秀派王遵讨伐王调。王景的父亲王闳与曹史、杨邑等杀王调、迎王遵有功,受封列侯。只有王景的父亲王闳坚辞不受,光武帝因此十分好奇,想征见王闳。但王闳在中途病故。

受家庭影响,王景性格深沉,少年时期就开始学习《周易》,易道本就广大,无所不包,加上王景又博览群书,特别喜欢天文数术之学。因此其早早就以"工于心计,多才多艺"而闻名。大光武帝后期时就任司空属官。从政之余,王景对卜筮、风水、数术之学都很有兴趣,还撰有专书。

而在中国历史上,黄河曾经多次泛滥,给黄河两岸的百姓造成很大的灾难,甚至有些王朝政权的更迭都是因为治理黄河不力而引起百姓的起义,所以中国古代统治者历来都非常重视对黄河这条中华民族母亲河的治理。西汉末年,黄河河堤因为年久失修,年年泛滥,百姓苦不堪言。而此时西汉王朝朝廷腐败,社会动荡,统治者无暇顾及此事,竟然导致黄河连续泛滥了六十余年。

东汉初建,社会趋于稳定,这个问题再也无法回避了,有的说:"黄河决口以来,汴渠东侵,许多良田、房屋都淹没在水中了!"有的说:"兖(今山东金乡西北一带)、豫(治今安徽亳州)一带百姓,多年遭受水灾之苦,离乡背井,到处流浪。"有的说:"在滔滔洪水面前,个人的力量是渺小的,百姓期盼着朝廷能早日集结力量治水。"皇帝看了这些奏章,心里非常焦急,下决心要治理黄河与汴渠。有人推荐王景善于治水,就召见王景并询问了治水地理形势和便利条件。王景陈述治水的利害,灵敏迅速,皇帝很欣赏。又由于他曾经治理过浚仪,巧妙地在渠旁设立了滚水堰以此控制渠内水位,从而保护渠堤安全,使得皇帝大为称赞,就赐给他《山海经》《河渠书》《禹贡图》以及钱币、布帛、衣服等物品。但是,由于官员们对于这即将上马的庞大工程的意见并不统一,有的官员思想保守,提出这样的观点:"与其兴师动众去治水,还不如任水自流,让它自己形成新河道。"有的官员异想天开,提出这样的建议:"干脆恢复黄河故道,不是省时省力多了吗?"王景一一驳斥了各种错误的论调,排除万难。夏天,朝廷终于征几十万军队,派王景和王吴修筑渠道和河堤,从荥阳到千乘海口有一千多里。

王景认真勘察黄河两岸的地形,打通山陵,清除水中沙石,直接切断大沟深涧,并分析了原因,黄河汛期时,引水口控制不好,进入渠内的水过多,汴渠堤岸也有溃决危险。王景在对汴渠进行了裁弯取直、疏浚浅滩、加固险段等工作后,根据实际情况因势利导,改变黄河原来的河道,使黄河水顺着地势低洼的地方,自然流入大海,这就解除了黄河的水患之祸。为了解决黄河溜势经常变化,难以保持取水的稳定这一难题。王景还创造性的在黄河沿岸设立水闸,让黄河水能够为人所用,可以用来灌溉沿岸的农田,这是世界水利史上的创举。全部工程在次年夏天完工。虽然王景注意节省费用,耗资仍达 100 亿钱。

在黄河两岸的百姓被黑暗与恐惧淹没之际,王景的治水工程无疑如一束光照亮了人们的生活。郑州一带的泛滥区又成了良田。明帝在完工后亲自沿渠巡视,并按照西汉制度恢复河防官员编制。王吴等随从官员,都因修渠有功升迁一级,王景则连升三级为侍御史。

王景的治河工程取得了很大的成功。工程完成不久,汉明帝颁诏中说:"今既筑堤,理渠,绝水,立门,河汴分流,复其旧迹。陶丘之北,渐就壤坟。"指出王景的治水工作恢复了黄河、汴渠的原有格局,使黄河不再四处泛滥,泛区百姓得以重建家园。后人也对王景治理黄河给予了极高的评价,历史上称为"王景治河"。《后汉书》中评价说:"(王景治河)底绩远图,复禹弘业。"将王景和远古治水的大禹相比。清朝的魏源在其《古微堂记·筹河篇》中说:"王景治河,千年无患。"指出了王景治理黄河给百姓带来的幸福和安宁。

白驹过隙,王景治水的佳话代代相传,直到现在仍常常将他与传说中的大禹治水相提并论。人虽不在,但其于国家百姓危难之际迸发出的智慧与勇气将被历史铭记,其身上勤勤恳恳、埋头苦干的实干家精神将被人们铭记。王景的责任担当已经积淀在我们城阳人的血管里、性格里,化为我们的"城阳精神",与天地长存,与日月永驻!

不朽的童恢

矫友田

童真宫,位于城阳区惜福镇街道傅家埠社区南 1 千米处。始建于东汉末年,乃当地百姓为纪念县令童恢所建,故早期名为"童公祠"。元皇庆二年(1313 年),因全真道华山派道士的进驻,改名为"通真宫",后改为"童真宫",并沿袭至今。后几经天灾人祸,数毁数建,至"文革"时终遭灭顶之灾。2009 年,由政府出资对其修复。新建成的童真宫占地约 12 亩,分为 4 个正殿、两个展厅和两个厢房,规模与明清时期大致相仿。今童真宫已被列为省级重点文物保护单位。

一座沧桑的丰碑

在漫长的岁月风尘中,童真宫一直静静地蹲伏在惜福镇傅家埠村南,香火袅袅不断。

童真宫在崂山九宫八观七十二庵中素负盛名。之所以闻名,并非以山清水秀、风光独特扬名,也非以宫殿恢宏、气势磅礴远播,更不是以修行精深、道号弥久闻世,而是它原本不是庙宇,是汉建"童公祠",祭祀的是不其县(治所城阳)县令童恢。作为青岛最古老的县令祠观,是怎样把历史上一代循吏的血肉之躯,塑造成传奇神话人物的?

童恢,字汉宗,东汉琅琊郡姑幕(治今山东安丘)人。汉灵帝光和五年(182 年)冬,一场碎雪,染遍从青州郡通往不其的古道。哒哒的马蹄音,如同被叩响的铜铙,从亘古隐隐传来。从此,一位名叫童恢的官吏,注定将人生的辉煌浇入青铜的脉搏,被永远埋藏在不其厚土之下。

在任期间,童恢勤于政事,体恤民情,不其百姓安居乐业,以致邻县百姓举家迁徙不其县定居者多达两万户。对此,《后汉书》这样记载:"耕织种牧,皆有条章。一境清净,牢狱连年无囚。"

因政绩卓著,后迁升丹阳(今安徽宣城)太守。又终因操劳过度,身染恶疾而殁于任所。远距千里之遥的不其百姓闻讯,悲痛不已。纷纷筹资为其建祠,取名"童公祠",并筑衣冠冢以纪念。

一个名字被彪炳史册,一座古祠则香火绵延不息。

沧海桑田,世事变迁。元皇庆二年(1313年),童公祠因全真道华山派道士的进驻,而改名为"通真宫",后来又改为"童真宫"。

从此,"娘娘""真武""三官"等道家诸神仙也被请进了宫里。然而,童公的圣像自始至终都居于中央。他的身姿,也永远是堂堂正正的,犹如一座在老百姓心里代代流传的丰碑。

而在今天,因为历史的某些苍白,我们已经无法真实触摸到童公生命里所经历的更多细节。然而,在这个花木仍然葳蕤的时节,只要伫立在童公殿前,仔细聆听附近一棵攀缘在楸枝上怒放的凌霄,你一定会从它们的呢喃里寻找到那些撒播在尘世的传奇。

那些神秘而悠远的传奇

童真宫,见证了神秘的不其文化,亦领略了人心滚烫的温度。

在这个夏末时节,我们虔诚地走进童真宫,再一次解读那些与童大人有关的,始终都散发着神秘而雄浑光芒的传奇。

遥传不其地广人稀,山高林密,猛虎为患,黎庶受害。有一寡妪与独子相依为命,冬日独子入山伐薪遭虎祸害。老妪县衙泣告恶虎,童恢率众深山擒获雌雄二虎,于山中搭设公堂,问案审虎,怒叱主凶。雌虎匍匐于地,颔首认罪,童恢将其处斩,责令雄虎替子尽孝,为老妪养老送终,雄虎遵命,驮妪而去。从此白昼为老妪驮柴衔粮,奉送飞禽走兽,山珍野味;黉夜隐身柴门,值守户牖,为老妪驱兽压惊。老妪衣食无忧,八十多岁无疾而终。雄虎伏棺恸哭,代子葬母。童恢闻妪已逝,发配雄虎于关东山中,永不再归。

除了这个驯虎的故事,在不其沃土上还流传着《门关》《火烧城门》《妙方治贪》《歇佛寺的来历》等众多家喻户晓、脍炙人口的民间传说。

不其山隐于历史浩瀚的烟云,杳杳不知所踪,县令童恢的故事却深深融入这片土地,生根发芽开花,演绎出春夏秋冬的四季风情。

在历史的风雨中,童恢的真实面目被神话传说紧紧包裹,云山雾罩,人神莫辨。但这又有什么呢?正如一万个观众心目中有一万个哈姆雷特的模样,童公的形象在不其山已经牢牢定格:清官能吏,为民做主,情系一方热土,护佑百姓家园安危。

民间,往往包含历史真实的密码,流传,本身就值得细细玩味。

清风归来,阳光必盛

民间历来有为清正廉明、德能昭彰的官员树碑立传、建宫造祠以予纪念、颂扬的传统。即使碑传宫祠遭到破坏,以至形迹全无,老百姓心中的那座丰碑仍如山般高高矗立,承载他们丰功厚德的那些生动传说依然如江河之水,流经千家万户,润泽世情人心。

久而久之,那传说便有了神化与理想的色彩,是百姓们在面土背天,辛勤劳作之余,偶尔遥望星空的精神寄托与期盼。

习惯了王侯将相先贤大儒堂皇的庙宇,然以七品县令的身份立祠,东汉的童恢当属第一人,前无古人,后无来者。仔细想来,其实并不奇怪,在苛政猛于虎的封建社会,劝课农桑,教化百姓,为政宽仁,妙方治贪,老百姓家家安居乐业,这不正是汹涌民心的集中体现吗?

但人治下的历代封建专制政权所任命的地方官员必然庸者、贪者居多,德能兼备者稀少,如童恢般出类拔萃,造福一方者更是凤毛麟角。

自古至今,不其县也好,即墨县也罢,以至近代的青岛地区,浩浩荡荡两千余年,来此主政者衮衮诸官何止千万,而真正为民敬仰怀念,广为传颂者,童恢之外,还有几人?喜也?悲也?松柏苍苍,野草寂寂,散落的残像,荒凉的古墓仿佛在诉说着亘古的疑惑。

童恢童县令以神的形象为当地百姓世代供养、传颂,自是实至名归,情理所致。然若从现代民主社会制度的角度看,如何能让童恢这样的贤能之官层出不穷,遍居官位,并使之成为一种常态、一种制度呢?答案其实很简单,那就是行之有效的民主与法制的现代文明社会制度!

再次肃然地走近童公墓——那一座埋葬着童公精神的衣冠冢。蔽日的古木,仿佛一下子遮挡住了近20个世纪的风尘。

极目远眺,夏末的城阳大地,雾纱轻拂,远山如黛。是群山环抱之中的一股清流,还是充盈天地间的浩然正气?道家的古乐泠泠响彻山谷,清风徐来神清气爽。两千年来,童公的魂魄早已与这方水土合二为一,情意相通,须臾没有离开。

"天地之间有杆秤,那秤砣是老百姓……"

此刻,仿佛有一首歌,在童真宫上空久久飘荡萦绕,歌声激越空旷,尽显苍凉悠远……

牛　稼

刘晓燕

适逢改革开放 40 周年,位居青岛北大门的城阳区,如今可谓鳞次栉比、高楼迭起。于高空俯瞰:横穿胶州湾的跨海大桥气势宏伟,气吞万象。高铁轨道笔直延绵而去,把生活的节奏伸向遥远而神秘的未知……整个城市在这种大手笔的架构中,如一艘超级大型生活母舰,随时都会整装待发,随地都会跃向更高、更富强的生活层面!

作为青岛北大门中心的城阳人,多少年来一直用他们勤劳的双手,和智慧的头脑为家乡的建设和富强做着不朽的贡献!

其实远在明朝年间,这里还曾一片荒芜,非常闭塞。那时,居住这里的老百姓与外界没有任何商贸交易,一直过的都是自给自足靠天吃饭的日子。如若节令好,丰收了,百姓自是安居乐业,如若遇到不佳之年,或旱或涝,老百姓就会忍饥挨饿。

时间穿越回到了嘉靖十八年(1540 年),即墨、胶州周边遭遇了前所未有的大涝,天天雨水不断,所有的庄稼都涝死了,百姓遭遇了前所未遇的大灾难。很多老弱病残的百姓濒临饿死的境地。当时的即墨县令许铤虽然爱民如子,但巧妇也难做无米之炊,急的连向京城送了三道折子,但当时的明朝国库空虚,到处灾情,实在也无法顾及,眼睁睁看着这一带的老百姓们将被活活饿死,他却束手无策。

这时,胶州湾畔突然冒出了一个扭转历史的人物,他就是——牛稼!传说牛稼系即墨县城阳社西果园(今城阳区流亭街道西果园)人,此人聪慧多智,而又为人仗义,深得乡间邻里的认可。当面临如此大灾之时,街坊间一些比较有发言权的长辈们就一齐找牛稼商量对策,不能眼睁睁地看着乡亲们等死啊。牛稼闷头苦想,最后狠了狠心,一拍桌子:罢了,反正也是死,还不如拼出几个人去或许还能有条活路!

当夜,牛稼选了几个身强力壮的小伙子,连夜偷偷搭船,运载上一些棉麻织物、糖果等一些往年陈集的当地特产,偷偷沿女姑口驶离,向南漂去。当时国家严令私自出海,更别提私自贸易了,所以牛稼这趟差事,是冒着杀头的危险。但是牛稼早已做好了不成功便成仁的思想准备! 他想好了,如果能换回粮食解救街坊们,他们几个就是死也值了。

带着这样的一种神圣使命出发! 能想象得到,当年牛稼等一行人的海上夜行,一定是骨头里都发出铮铮的声响。事实证明那晚的决定是对的,那个漆黑夜晚的出发他们成功了! 仅仅两天的时间,他们就南下到了淮安一带,更顺利的是:他们带去的棉麻织物和糖果等特产很受那里人的喜爱,他们便用这些土特产换回了大量的粮食和食品。此次出行,牛稼也展露出了他独有的经商异禀,三天后的夜晚他带领船队悄悄返岸。于是左邻右舍,街坊邻居如濒临死亡的小苗遇到甘霖,一夜之间复苏了!

接下来,牛稼又扩大了规模,分批出发,大家首尾接应,分别从女姑口、青岛口和金家口等不同的港口向南方出发,开始了他们的海上贸易之旅。就这样,神不知鬼不觉的,非但胶州即墨一带的百姓没因大灾而饿死,反而出现了空前的繁荣! 这让当时的即墨县令许铤很惊奇。这许铤究竟是个什么样的人物呢? 此人原籍乃河北武清人,号静峰,皇榜进士,明万历六年被任命即墨县令,此人爱民如子,深得百姓爱戴,被当地百姓称为"父母官"。最近一段时日,他本来一直为天灾而寝食难安,之前接连三道奏折都丝毫没有改变老百姓的困境,正当他忧心如焚地怕接到一桩桩噩耗时,却意外发现老百姓们非但没饿死,这一带反倒越安静祥和起来,他开始奇怪,于是派人偷偷打探消息。

这一打探不要紧,吓坏了许铤,这偷运抗禁海可是死罪啊。如果自己不管不问将来朝廷知道了,不但牛稼等人,就连自己也难逃干系。如果干涉他们出海贸易,那老百姓还不是一个死吗? 许铤是左右为难,良思苦思几天之后,许铤也和牛稼一样,做出一个惊人的举动,以险求胜! 连夜上了第四道奏折,给远在千里之外的皇上快马送去。奏折的大致内容是这样:"本县系本省末邑,偏居一隅,与海为邻,既非车毂辐辏之地,绝无商贾往来之踪。"靠市镇近的种田,靠海边近的捕鱼,再也难以找到其他养家糊口的手段了。老百姓太穷了,每到征收赋税的时候,让人忧愁不已。历史上管仲改革造福齐国,原因是什么呢?"全在权利",即贸易市场的获利。圣上若开恩,给"登莱赤子开一线生路",就不能再实行海禁了。

接着许铤还假装举例说明,说今年以来,此地居民一直饥荒,很多百姓饿死,而唯有一村民,名曰牛稼的,自己为了生存而投资搞起了海运,觅船至淮安,航行两昼夜通贸易,觅粮食,于大饥荒中,终于投此巧"让此地沿海居民赖之以不死"!许铤这道奏折真算是急中生智,既不隐瞒事实,又隐形为牛稼等求情。做到了一奏四关!其一,此奏本地正闹大饥荒;其二,饥荒事态的严重程度;其三,牛稼等人犯死之罪背后的缘由;其四,牛稼就算有罪,也是救活很多乡亲的功臣。

许铤末了又不忘以一个忠诚臣子的泣血之诉请求皇上:"夫所谓海防者,本以防倭兼以防贼,非以防淮商也。""夫防所不当防,禁之而未必能禁",反而使正常的经济活动受到束缚和阻碍,应当推行"垦荒田,招移流,筑堤岸,通商艘"的政策,即"万一遇饥荒,有此生路,亦不至坐毙,此无穷之利也"。也许是许铤的言辞恳切,也许是接连四道奏折,也许是实在灾情令皇上头疼,皇上居然法外开恩了!不但没有治罪牛稼等人,并下令允许青岛口、金家口、女姑口三个即墨境内的海口对外开展海上运输,货物直通苏、闽、浙一带,由此,即墨胶州沿海一带贸易日趋繁荣,在那个封建的旧社会开启一段繁华昌盛的新局面!青岛港口在短短的时间内成就了它独有的历史使命,整个青岛港口呈现出了空前的繁荣!而牛稼也因此而大富暴富起来,成为一代著名商贾,大名径传千里!

后人很多传闻牛稼的聪明智慧,但纵观历史,不得不说,牛稼除了智慧之外,更为幸运的是:他的背后有一个默默为他撑伞的铤哥!此谓,要想成功必须具备几大要素:天时,地利,人和,局势也!

为邦为道　而正而直

居　然

　　在城阳区惜福镇街道有一个社区叫小庄,这里曾经出过一位彪炳史册的人物,他就是小庄王氏的八世祖王邦直。

　　王邦直出生在明正德八年(1513年),一生历明朝正德、嘉靖、隆庆、万历四朝,卒于万历二十八年(1600年),享年88岁。他中年后始以贡生入仕,任直隶铅(音盐)山县(今属河北省)县丞,掌文书、档案、仓库、粮马等事项。后以汰员赴京应选,适逢朝廷广开言路,王邦直以"蕞尔小吏"应诏上疏,陈"恤民十事",引起嘉靖皇帝重视,御批了"这所奉多切时弊,该部看议来说,勿以官卑废言"之语。王邦直痛砭时弊,震动京城,忠耿直声一时蜚声于朝野,却也因触动了当权者的利益而受到了不公正的待遇,王邦直遂壮而归里,不再补官。

　　如果仅仅这样也就罢了,历史上不过会留下一段所谓的"佳话",供后人们作谈资而已。但是王邦直的可贵之处在于,作为一个儒家子弟,他并没有因此消沉下去,而是以天下至道为担当,不负儒家成己理念,归乡后自筑山房,以知天命之余潜心于自己所爱好的律学研究,历20年,到万历十四年(1586年)73岁时完成了《律吕正声》这一古典声律学史上的皇皇巨著,终成一代"律学宗师"而名垂千古。

　　我所了解王邦直,还是前几年与文白兄一起去小庄社区采收关于他的民间传说时的因缘。当时小庄社区为我们详细介绍了关于他们八世祖的一些生平、成就,以及作为非物质文化遗产的《律吕正声》的相关传说发掘情况和取得的进展。这些仿佛遥远又近在眼前的桩桩件件令我唏嘘不已。一方面惭愧于自己的孤陋寡闻,一方面也为桑梓之地出了一位这样了不起的人物而感到自豪。尤其是那篇流传至今的陈"恤民十事"的《恤民穷以隆圣治事》疏,读之令人血脉偾张,思潮起伏。

　　说实话,我对传统律学方面的知识所知不多,对于六十卷、三十余万字的那套厚厚的《律吕正声》只有高山仰止,但对于这篇疏,我真的看得懂。

　　王邦直,字子鱼。说到他的名字,就不得不先说一说他的父亲,王氏七世祖王镐了。这位只做过训导、教谕这样的小官却著有《漷县志》《临县志》这样的大部头著作的儒家学者,可以称得上是一位饱学之士。据传,王镐十分热心于礼乐教化,每到一地,辄以振兴文教为己任,对于训迪生员学业、考核生员品行、主持岁考事务诸事,无不劳心戮力。有这样的父亲,崇文兴礼、以身任之的圣贤教化自然也就离王邦直不远,甚至从他出生时就开始沐浴着这样的归化了,这从王邦直的名字中是可以看得出来的。

　　《论语·卫灵公第十五》中有这样一段话:

　　子曰:直哉史鱼! 邦有道,如矢;邦无道,如矢。君子哉蘧伯玉! 邦有道,则仕;邦无道,则可卷而怀之。

　　这句话中跟史鱼相关的意思是,史鱼真是正直啊。国家有道,他像箭一样正直;国家无道,他也像箭一样正直。

　　史鱼是春秋时候卫国的大夫。关于他的事迹,不妨引述一下《孔子家语·困誓篇》:

　　史鱼病将卒,命其子曰:"吾在卫朝不能进蘧伯玉,退弥子瑕,是吾为臣不能正君也,生而不能正君,则死无以成礼,我死,汝置尸牖下,于我毕矣。"其子从之。灵公吊,怪而问焉,其子以其父言告公。公愕然失容曰:"是寡人之过也。"于是命之殡于客位,进蘧伯玉而用之,退弥子瑕而远之。孔子闻之曰:"古之谏之者,死则已矣,未有若史鱼死而尸谏,忠感其君者也,不可谓直乎。"

　　弥子瑕是国君的宠臣,并非贤人,史载其人虽并非大恶之徒,但据于政治的角度,他对国君的影响是不正的,所以史鱼认为他是不肖之臣,远不如蘧伯玉。蘧伯玉则是宁武子一样的人物,孔子说宁武子邦有道则智,邦无道则愚,而其智可及,其愚不可及。与对蘧伯玉的评价一样,颇多溢美之词,总而言之,和史鱼一样,都是贤人。

那么,王老夫子是希望他的儿子成为一个什么样的人呢?无疑,在蘧伯玉与史鱼之间,他所起的名字已说明了一切。他是希望他的儿子像史鱼一样,为了家国,要永远保持着正直的品性,生如是,死亦然。

从流传下来的谱系来看,王邦直还是有着显赫的古老家世的。王氏家族,西汉时称皋虞王氏,始祖就是官至大汉博士、谏大夫,被后人誉为即墨九贤之一的王吉。后来,西迁琅琊的一支成为晋代与司马共天下的第二大豪门,为世人所耳熟能详。另一支则迁即墨城东关定居,王邦直即出自这一支脉。至于小庄,则是他的曾孙王秘所立。据悉,2019年年初王氏后人还在即墨皋虞举办了隆重的祭祖大典。

王镐老先生在给儿子起名的时候,一定是这曾经的家庭的辉煌和其中为邦为道、而正而直的儒家大义让他涌起了对儿子的深挚的期望,因而用"邦直"二字寄托了自己对儒家思想中终极人格的理想追求。而几十年后,王邦直也终不负父亲所期,用实际行动诠释了真正的儒家精神和取义成仁的信念追求。

事实上,王邦直的这一支,从第一代一直到王邦直这里始终是有功名的,有着积极的入世思想和匡扶邦国的人生追求。即便王邦直后来赋闲在家,仍将这种追求转化成了对学术的研究以求得自身价值的存在,这毋庸置疑。但是,我一直认为,最能真正体现了这一点的,应该首属他的那一篇《恤民穷以隆圣治事》疏。

其中所陈的"十事"是:

一曰减赋役以招流移;二曰实仓廪以备凶荒;三曰戒有司以去奢僭;四曰清驿递以革冒滥;五曰禁势豪以除暴横;六曰正仕途以塞奔竞;七曰重功绩以明考课;八曰慎作养以剔繁冗;九曰严简练以修武备;十曰振纪纲以励风俗。

虽然限于篇幅不能引用那些令人扼腕叹息和酣畅淋漓的原文,但就这十句纲目已足以让人难以平复那被激荡的胸怀了。王邦直所言十事,件件切中社会的弊端,条条击中当政者的要害,言辞犀利,锋芒毕露,不啻是治乱反正的一剂良药。若能得而行之,对于社会民生家国百姓当是莫大的福音。但可惜,因触动的是当权者的利益,当道官员多不能容。又因内有检举某御史之意，遂遭忌恨，而空洒了这一腔热血。

但我仍然要说的是，厥民有幸，家国有幸，乃竟有此疏。

实际上，王邦直的做法完全体现了儒家思想在治与乱这一命题上的态度。进，这是先圣孔子坚决肯定的；而退，也是先圣孔子所并不反对的，只要你退得合情合理。我们可以从《论语》中孔夫子在多个场合下对邦有道与邦无道的不同情况下的处世问题的论述中来感受一下：

> 邦有道，危言危行；邦无道，危行言孙。
>
> 邦有道，不废；邦无道，免于刑戮。
>
> 天下有道则现，无道则隐。
>
> 邦有道，则仕；邦无道，则卷而怀之。
>
> 邦有道，谷；邦无道，谷，耻也。
>
> 道不行，乘桴浮于海。
>
> 用之则行，舍之则藏，唯我与尔有是夫！

王邦直在勇猛的"进"无成果之后，毅然选择了"退"，"退"到田园，"退"至学术，"退"守自己的内心。但这绝不是消极的"退"，因为消极的"退"反而不符合儒家进取的命世精神。他是用另一种"进"的方式表达了对于儒家进退理念的理解，用"退"的巨大成果——一部煌煌律学专著诠释了思想上不懈的进取精神和人格上坚定的信念追求。

这种积极的进取精神和坚定的信念追求实际上是一种立人之本，是深入到骨子里的修养，也是这片深厚的土地上和悠久的历史中积淀下来的民族品格的精华，是中华文明这株枝繁叶茂的大树的根，维系着社会民生邦国家族的命运传承和不断繁衍，并由此生发出更多的为人做事和修齐治平的人格理念。如王氏族人在谈到他们的八世祖时，十分崇敬他至真至孝的品性。据说王邦直八岁时就开始研读《诗经》《孝经》等传统文化典籍，并身体力行，对父母晨昏定省，毫不懈怠，以仁孝贤良闻名于乡里。相传其母病逝后，王邦直悲痛万分，作"黄鸟诗"百首悼其母，辞情哀婉，涕泪泣血，惜今已无存。后来，其父在临县任上积劳成疾、病渐不治时，王邦直又扶柩两千多里归乡。其赤子之心和艰辛苦楚之状,感泣路人。

王邦直的这种至情至性之孝深刻地影响到了他的后代和乡里,后来他的《律吕正声》的付梓和他的曾孙王秘由王邦直外孙黄宗昌抚养成人以及后来黄氏帮其立村小庄等诸事,可以说都是与王邦直的孝心一脉相承的。子曰:"德不孤,必有邻。"信然。

行文至此,仿佛王邦直在《恤民穷以隆圣治事》疏中发自内心的慷慨陈词正化为他铿锵有力的话语从遥远的历史深处一声声地传了过来,黄钟大吕,金声玉振,不绝于耳:

臣伏读诏书求言之旨,忠荩之心,不能自已,谨以民情之所不便者,条为十事,上尘御览。……

柳溪柳

刘好军

流亭洼里的西南边，是先哲胡峄阳故居。其庭院门前的"娘娘湾"有一清溪流出，名叫柳溪，其水潺潺，清澈见底，鱼虾游弋。溪水两旁的柳树千姿百态，宛若细腰长袖的女子，曲尽秀色，舞出风流琦韵，迷醉着人的心怀，默默陪伴着学识渊博，经纶满腹却名不登国史、述不刊当世，合四书、通鲁论、晓理学、精阴阳、察地理的一代圣贤宗师胡峄阳。

胡峄阳是爱柳的，若不然怎会把门前的溪水赐名柳溪？那柳溪旁边的柳树，枝干苍虬，自披鳞甲，枝叶上缀满了故事，分明凝聚着一种精神，使得柳溪柳生生不息，刚劲坚毅。采一片柳叶捧在掌心，惠风修剪的崇敬与思念奔涌心头，极目远眺，柳浪闻莺，三百年前的景象复活了。

阳春，柳舞春风，枝条舒展，柳叶含烟，少年胡峄阳在柳树下苦读儒家经典"四书""五经"，为此后成为饱学之士夯实奠基；酷夏，虽烈日如火，热浪蒸腾，溽暑难熬，但柳溪柳却浓绿成荫，濯月弄风，柳荫下凉风习习，芳草如碧。放弃举业，隐居乡野，足不出里闬的青年胡峄阳，在设馆教授之余，精研《易经》，著书立说，文思泉涌，写出了《易象授蒙》《易经证实》发微探幽，用《易经》中的深奥哲学理论，推测天道人事，所著《柳溪碎语》谈物事、论人理、阐述阴阳五行，是一本言简意赅、哲理深邃的理学随笔语录集，随笔散文集《寒夜集》字里行间闪耀着思想的光芒，照亮着自然、社会与人生，无愧为"为文蕴含哲理，为诗情致旷远"的一代大儒；中秋，金风送爽，天高云淡，柳隙摇落满地碎金，中年胡峄阳与志同道合的旧僚宿儒蒋清山、孙笃先、韩良辅、张逢海等于柳荫下品茗抚琴、谈经论道、赋诗作画，不时"怀山携杖，片霞乍浸襟"，其情融融，其乐陶陶；隆冬，寒凝大地，白沙河冰封，崂山头凝雪，柳溪柳更是树沐寒风，雪压枝头，琼枝玉条。汲崂峰石髓，纳太乙玉液的老年胡峄阳双目炯炯，眉聚睿智，近视溪柳，远望崂山，发自肺腑地道出"大欹不欹，大乱不乱，就怕倭狗上岸"，后引申为"千难万难，不离崂山"的喻世谶语，写下了不失为和宗睦族、处世礼仪、持家孝道的《竹庐家聒》，在"以人为本，构建和谐社会，实现小康目标"的今天，仍不失为名篇佳作。

作为封建文人，胡峄阳也曾志存高远，欲通过科举入仕求取功名，实现报国拯民、造福一方的宏伟志向。但远大抱负终因科场搜身，"执事为国求贤，奈何窃盗相视"而愤然罢考，终生不再应试，其刚风傲骨，不仅在其时为世人称道，即使在今天，也仍使人肃然起敬。这就让人明白了他为什么将家门前的清流起名叫柳溪，在溪旁遍植绿柳的缘故，那千年常青的绿柳是他的精神和寄托啊。其实，胡峄阳即使科举入仕，在社会动荡的清王朝初年，他又能有何作为，怎么实现自己的抱负呢？

流亭是胡峄阳的福地。他虽然家境清贫，"蓬室瓮牖"，却固守"非其义也，非其道也，一介不取，不介不予"的持身之道。"我能耕，田何有？我能读，书在手，有书可读堪白首，笑语山妻解此否？君无负，柳溪柳。"这首自赋诗表现出胡峄阳清心寡欲，淡泊名利，不为物欲所动的高风亮节和冰清玉洁的坦荡君子胸怀。虽未科举入仕，但流亭却使他得以营造一方精神家园。在这里他是那样性情豁达，胸襟坦荡，不入流俗，居蓬陋之室，赋浩然华章。"远渚归来十里沙，鹤闲松老一峰遮。浮云日日向谁去，春色年年到我家。兰友久来那待速，梨花新熟不容赊。共言造物非轻予，雪藕冰桃度岁华。""生来谢倦人间事，还似一家万户侯。"其达观祥和跃入纸上。他拥有了摆脱官场如临深渊、尔虞我诈的宁静，体察阅尽乡邻族亲、黎民百姓的生活疾苦与人世坎坷，使其著作体现着思想，寄托着他庶民富足、乐业安康的美好希望和意愿，张扬着人格的魅力。可见柳溪之柳，不仅有着他清正刚烈的气质，更有着他福荫后世的祝愿。

胡峄阳成名于流亭，使流亭成为一座强村名镇。流亭沐浴在福荫之中，使得这里物华天宝，人杰地灵。

东流亭村胡公祠中有一副对联，乃崂山百福庵道长蒋清山的墨宝,概括了胡峄阳的神韵风采,寓意深邃:"歉而不歉,乱而不乱,居之惟崂山最稳;儒也为儒,仙也为仙,精神与墨水同长。"好一个"精神与墨水同长",分明写出人们对胡峄阳的崇敬,难怪胡峄阳声名远播,人们把他当作神明供奉,焚香膜拜。

三百年化作云烟,尽管胡峄阳已驾鹤西去,但崂山高、墨水长,仙踪悠悠三百年,胡峄阳依然行走在流亭大地上,居住在清清柳溪旁,耸立在世人的心中,惠化着一方沃土,护佑着一方生灵。那柳溪柳遍植流亭,和畅的惠风中,柳絮漫卷,柳条畅扬,说不尽胡峄阳的故事,道不完胡峄阳的传说。

英隽称高格　运蹇枉奇才
——举人张鹤

文　白

人生之遭逢,倚马之才未必见用,平凡之人辄有建树,此世之常情,本不应怨尤。而如清代惜福镇人张鹤者,生有异慧,胸有大才,性情旷达而具凤凰千仞气象,然其命蹇运拙之人生,则委实令人唏嘘。

张鹤,榜名铃,字阳扶,号啸苏。清乾隆年间惜福镇人。自幼聪颖有异慧,入塾读书,诗词文章过目不忘。弱冠入庠,"四书""五经"熟谙于心。幼有神童之称,长有俊才之誉。乾隆三十六年(1781年)中举。意气昂扬之时,于翌年赴京考进士。赴京之途,即拉开了他此生命运淹蹇的序曲。

张鹤身体羸弱,赴京途中至德州即病倒,欲罢归,同路亲友劝其坚持赴京就考,张鹤强支病体,勉强进入考场,终因"脾泻"愈甚,久泻不止,身不能立,入场又退,自言"客况狼狈,无可言者"。张鹤友人闻知其赶考遭际,赋诗叹之安慰道:"闻君行失利,长路苦蹉跎。□为客墨尽,归来白发多。阁书仍旧兰,风月入新歌。漫下穷途泪,三年看又过。"安慰他悉心养息,静候三年后再赴大比。

张鹤在京养疴20余天,聚于京城的各地俊彦士子久闻张鹤大名,纷纷与他游宴,赋诗叙文,结为至交者十余人。时有河南汝宁府官员与之相洽甚欢,邀张鹤任汝宁书院山长(院长),遂赴任,春末至霸州,转道汝宁。此后亲友数复劝其赴考,张鹤时有心动,欲赴京再试,终惧于体弱多病旅途劳顿而未轻易成行。

以张鹤之才富学博,已欲之而众望之,虽不能说一举即中,但众人期望之高,皆以人中翘楚视之。

张鹤才高气卓,俯视一切。"然于心有所折,未尝不抑然善下。"(清《即墨县志》语)时人诗赋文章皆不入其法眼,偶有使他入目者,则是毕恭毕敬,有怜弱善下之质,无恃才傲物之态,品格之卓荦,相与皆称美。张鹤任汝宁书院山长期间,精心施教,拔擢人才,学风丕变,科考成功者众。时人皆以面受张鹤指教为荣。在即墨,拜师请教者不绝于户。张鹤以端严诫弟子,在众多弟子中,自谓除黄静轩(黄植)、周林汲外,余皆不入法眼。

张鹤中年后,任福建建阳县令,旋调任州同,是知州的佐官,从六品。所至不名一线,列当朝循吏。张鹤本雅士清流,由书院山长擢升县令、州同,作为举人一级也已名实均占。但官场的繁文缛节和腐味浊气,怎是清流之士所能勾留?不几年即辞官归里。

张鹤晚年云游河南,终客死汝宁。其子与亲朋赴汝宁扶柩归,葬歇佛寺之西,其地称张家园。后墓园周边土地被秦氏购得,改称秦家园,张鹤墓园仅余百平方米,植柏树6株,有石碑、石供案、石香炉依次陈列。张氏族人建张公祠于歇佛寺东,祠内悬张鹤画像。即墨士绅赠"张公祠""大崂草堂"牌匾。

说起"大崂草堂",则另有一段往事。张鹤亦仁亦智,乐山乐水,曾于乾隆三十九年(1774年)五月游九水,被九水风光所陶醉,作长诗《九水记游》颂扬之,有"山川蕴奇赏,或为我辈设。奥区神物守,一朝勿尽抉"句。传北九水"大龙门""定僧峰"诸胜,皆张鹤所命名。乾隆四十七年(1782年),张鹤倾其所有,在白沙河北岸的大崂村北(今处于大崂村南)购地5亩,伐木整场,筑成草庐,名"大崂草堂",与各地儒人雅士欢宴聚饮,赋诗论画,探访古迹,悠游山水,写下大量诗文。张鹤与乌衣巷人杨中江(字西溟)为至交,在外任职期间,家中及亲友事务皆托之于杨中江。

乾隆十七年(1752年)进士、累官至内阁学士的翁方纲,乾隆十年(1745年)榜眼、内阁学士庄存与,皆对张鹤学识品格推崇备至。与张鹤同期赴考取得二甲进士的济南人周书昌,于乾隆三十年(1765年)任《四库全书》子部编纂,称誉张鹤"处为孝子,出为循吏,文章风节,庶几古人"。张鹤著述颇丰,有《国朝诗钞》《经世文编》《大崂草堂遗稿》等书,多数佚。《清文汇书》收有张鹤作《天人篇》。

秉持传统的王锡极

方　如

风云变幻的大时代里,会涌现出勇立时代潮头的英雄豪杰。不过,一些或许在当年看来显得落伍、保守,甚至愚顽的人物,时过境迁,放在历史长河中重新去打量,也会呈现出另外一番样貌。

比如也出生、成长在即墨县里仁乡的王锡极。

王锡极字卓泉,号蛰庵,生于富裕的耕读世家,家族素来重视子弟教育,因其聪慧,天生的读书种子,自幼便被其父亲视若珍宝,早早在家中为其延聘塾师,朝夕伴读,父母、师长都希望王锡极能像中国千百年来的传统文人那样,以儒为业,经世致用,有朝一日,蟾宫折桂,登科及第,大展宏图。

然而,就在王锡极 38 岁那年,清廷一纸文告,废除了自隋代以来,延续整整 1300 年的科举制度。虽"四书""五经"娴熟于心,诗赋文章佳作频出,王锡极的业儒之路,却不得不中止于享受不服兵役、徭役,不受笞刑、刑讯逼供,吃国家皇粮的即墨县廪膳生员。

通书经、精诗赋、擅书法,品格高卓、气节凛然的一介书生,生不逢时,满腹青云之志不得施展,遂选择课徒之业,在家中设学馆,招学童,尊崇圣人"有教无类"的古训,无论学生贫、富,贤、愚,他兢兢业业教书育人。

两年后,40 岁的王锡极离开里仁乡紫芗村(今流亭镇南城阳村),应邀到即墨县城设塾馆。

57 岁,又入即墨县署授学。

58 岁,一直赏识他的即墨县令曹蕴键徙潍阳令,王锡极随之赴潍阳(今潍坊)做幕府三年。

61 岁时再返紫芗村,重在家中设帐教读。

10 年后,因病逝世于家中,享年 71 岁。

王锡极一生笔耕不辍,作有大量诗赋艺文,可惜多在后来的战乱中散佚。除此外,他传道授业,桃李满天下。所教学生后来有学者、画家、书法家、戏剧艺人、文史专家、诗人等等,仙去殡葬之日,青岛、潍坊、烟台、北京、南京、上海等地来了不少学界贤达及驻青外国留学人员吊唁,扶柩持帐者五百余众,恭送其驾鹤西去。

王锡极出生在1867年,即清同治六年,积贫积弱、内忧外患的清王朝,正面临穷途末路。早在王锡极出生的前六年,一场"辛酉政变",让老佛爷慈禧登上统治中心,为坐稳江山,慈禧采取的重要举措便是扶植洋务派。从上而下,洋务运动在全国各地如火如荼展开,后来的废科举,不过只是洋务派试图"求富""自强"的举措之一。除大力兴办军事工业、民用企业外,洋务派还开启了近代的教育改革,在京城设同文馆,自上而下,在各行省开设新式学堂,聘用西洋教师,翻译西学名籍,介绍西方近代科学文化知识,大力培养外交、军事、科技人才,甚至向海外官派留学生……传统的所谓"治国之道,以儒为本"观念,日渐式微。今天的我们不难想象,身处其间,无论是38岁前以儒为业,还是38岁后课徒为生的王锡极,无疑都是深受其困扰、影响的。

"恨不十年再读书,本来面目见真吾。闭门且把红尘隔,罗列六经默自锄。"这是晚年王锡极的一首自勉诗,今天的我们,能从其中读出这位一代名儒内心的坚守,当然也能读出不得已而为之的无奈。事实上,与王锡极同时代,就在他身边,跟他有着共同心境,希望能"闭门""自锄"的,并不乏其人。

1897年被德国侵占,1914年又遭日本侵占,清末民初时的青岛,虽地处海隅,但因地位特殊,尤其在辛亥革命爆发后,聚集了大量清朝遗老,曾有"小朝廷"之称。如恭亲王溥伟,军机大臣徐世昌、那桐、陆宗舆,法部大臣王垿,学部大臣劳乃宣、刘廷琛等等,这些昔日身尊权重、官高禄厚的大人物,同样也生不逢时,不得不降尊纡贵,寓居青岛。这些人有的策划于密室,力求东山再起;有的则结伴起了诗社,他们公推本地的一代名儒王锡极,做诗社之主,不时雅聚,诗酒唱和。

1900年前后50年,那100年的时光,可以说是中国历史上少有的"三千年之大变局"。延续几千年来的,所谓统治者施以仁政,士绅精英以德行教化民众，民众与世无争，这种各安其位、温情脉脉的礼教秩序，在借助坚船利炮、突如其来的西方现代文化、思潮面前，随着京城里王权的轰然坍塌、逐渐解体，被冲击得七零八落。在滚滚袭来的时代大潮面前，涌现出乘风破浪，振臂一呼，冲到人群最前头的进步之士们，同样也不能忽视那些逆潮流而立，固执地身体力行，秉承传统的王锡极们。他们如船之两翼，不仅在艰难地维持着我们身处的这艘巨轮的平衡，还得尽力为其寻找正确、合理的前进方向。

写这篇文章期间，我去福州，在三坊七巷的严复故居，看到这位中国近代史上最早向西方国家寻找真理的国人之一，这位早年曾大声疾呼"不变法，必亡国"的学贯中西的知识分子，在逝世前，他写下的第一条遗嘱，让我怦然心动："须知中国不灭，旧法可损益，必不可叛。"

是的，关于旧与新，落后和进步，身处其中时，每个人都会有选择和践行的艰难，因为生命之可贵，之不可重来，更因为最狂烈的风，起初总呼啸在最浩渺、平静的海面上。静水流深，山河浩荡，往事、古人，总是"不思量，自难忘"。

城阳走出来的清官——纪家坛

王兴忠

为深入学习贯彻落实习近平新时代中国特色社会主义思想和党的十九大精神，扎实推进"阳光城阳"建设，做好新时代文明传习工作，就要多了解城阳的历史、城阳的名人。

城阳，是一座有着 2200 多年历史的文化名城（秦时不其县治设城阳）。在这座城市里，流传着一个又一个美丽的名人故事，就像是一串串晶莹的珍珠，散落在城阳的大街小巷。民国时期即墨县仲村（今属城阳区城阳街道）的清官纪家坛，就是其中的一位。

纪家坛（1868—1945），字泽蒲，号文苑，别号顽石、不其，今青岛市城阳区仲村人。纪家坛自幼好学，中年执教乡里，宣统元年（1909 年）考取清末优贡，后赴任山西。1913 年起历任山西省蒲县、汾城县、代县、朔县县长，山西省晋绥察禁烟善后总局局长、山西省行政监察委员及河北省涞源县县长等职。为官清廉，体恤民情，倡导新风，深得百姓爱戴。65 岁归乡后在本村教书，1945 年 4 月 18 日病逝。

下面，我们一起看一看几个关于纪家坛的故事。

传授先进生产方法。1917—1922 年，纪家坛任汾城县长期间，敬业乐群，振兴实业，黎明即起，巡视店铺，敦促清扫门面，按时营业。因为没有官架子，经常到田间地头与百姓交流，甚至还教农户种地，山西人民热络地称他为"纪老汉"。在乡村，常徒步视察，指导耕作。汾城县种谷，多沿旧习遍地撒种，苗多谷穗小，产量低。纪家坛亲手传授用耧条播、间苗、定苗等技术，产量大幅度提高。

在汾阳岭，年近半百的县长纪家坛见有一农民耕地弯曲不直，就亲自挽袖扶犁示范，使这个农民惊叹不已："您当县长的怎么会耕地？"纪家坛笑答："十八当乡哟，撂下的旧营生了。"这些看似平凡的事例，在汾城县百姓中曾广为流传。

严厉禁赌。纪家坛禁赌尤为严厉,责成警政人员常年抓赌,教育赌徒。西薛农民陈如镜嗜赌成癖,曾一年被提审七次。第七次被带到县衙,纪家坛对其也不责罚,语重心长地对陈如镜说:"老朋友,你又来了,我扣你扣得脸都红了,你不怕打板子也不怕脸红吗?"此后又晓之以利害,说得陈心悦诚服,悔恨不已,发誓决不再赌。

半耕半读。纪家坛出生在一个贫苦农家,父母都是面朝黄土背朝天的农民,但他自小就爱读书,跟着族里的孩子一起上私塾,七八岁时就能背诵启蒙诗文,先生对他极为器重。纪家坛有两个弟弟,两个妹妹,他是家中老大,12岁那年父亲染重病,家庭的重担就落在他这个长子身上,家里想让他退学务农,纪家坛心里是一万个不愿意,他对先生说"学如逆水行舟,不进则退",但又必须挑起家事的担子。私塾先生纪齐文被他的好学和孝顺打动,于是答应免费让他来读书,纪家坛为了照顾家里想出了一个两全其美的办法:半耕半读。他每天只去私塾听课一个时辰,然后到地里抢收抢种,再利用早晚两头的空闲时间自学。清晨拾粪时背诵诗词,午休时用沙盘练字,晚上收工后读书复习,为了能在晚上多看一会儿书,他还跟母亲商量,每个月多运两次炭去城里,挣的钱专门用来买油灯。

请愿不成,投井谢罪。纪家坛在家赋闲三年后,于1925年出任山西代县县长,此时正值军阀混战,他们所需的粮草、弹药等军需用品大部分由代县转运。代县人口总共不足十万,却要负责十万驻军每天十万斤粮食、五万斤草料的运输,各村的青壮年常常刚交了差事又被驻军抓了运弹药。几天过去,看着自家的男人不知去向,女眷们纷纷跑到县署门前聚集,向县长要人,并控告说驻军不仅强占民房,还奸污良家妇女,逐户进入居民家中索要贵重物品。纪县长当即决定带属下到军方的后勤司令部,可军阀老爷们怎肯听他一介县长啰唆,不仅没对军纪做出任何整治,还数落了他们一顿。纪家坛气不过,第二天又来到前线指挥部找总指挥,为民请愿,但陈述利害后竟也被几句话打发了回来。这一回,纪县长最后的希望也破灭了,看着全县居民身处水深火热,自己作为一县之长却无能为力,一时间悲痛难以言状,竟趁着一行人在路边井台休息时纵身跳入井中。幸亏随行官员发现及时,找来木棍绳子，下井将他救起。但说来也奇怪，自从纪县长投井之后，县署就陆续接到区公所来报，说部分被抓民夫已陆续回到家中，驻军扰民现象也是大为减少，有的村子还枪毙了几名强奸妇女的士兵。原来，在纪县长到前线指挥部请愿当天，有位副官在场，此人思想开明，并且早闻纪家坛廉政爱民的大名，于是在纪县长走后竭力劝说总指挥，这才有了整顿军纪之事。

重视教育。纪家坛颇具民主思想，深刻理解振兴教育、培养人才是扫除愚昧落后之良药，是兴国定邦之本。为此，又不遗余力地兴办近代学校。在汾城县城，原只有一处小学，他到任后，先后创办女子小学及第二、第三、第四小学等，选拔品学兼优者充任教师。在柴寺，年仅16岁的教师柴日升人才出众，教学有方，特别受到纪家坛的器重和关爱。为培养这个年轻教师，亲题"教学相长"的条幅相赠，以示勉励。其时，学生的体质普遍较差，为了增强少年学生的体质，在汾城县城兴建起"运动场"（体育场），破天荒地组织小学生运动会，还适时在各地组织学生进行体育比赛，开汾城学生增强体质之先河。纪家坛还十分注重学校对社会的影响，在革除蓄辫、缠足、赌博等流弊，倡导新风之时，由汾城县城各小学创办黑板报，广泛宣传，且规劝全县各级官员的女眷带头放足示范，而后广及民众。此举，早于邻近各县10多年。

告老还乡后的纪家坛并没有就此过上颐养天年的安生日子，1937年"七七事变"后，抗日救亡成为所有中国人最神圣的使命，不久后仲村也沦为敌占区。纪家坛回到家乡，一方面支持担任灵山小学校长的儿子纪淑和投笔从戎，一方面与仲村的另外两位爱国教师创办传统私塾，义务教学，以抵制日本侵略者的奴化教育。

据纪家坛的后人介绍，仲村原本在村西头的大庙里是有一所小学的，"七七事变"后若要继续办学，就得按照日本人的要求让孩子学日语、升日本国旗、唱日本歌。国难当头，哪有人肯把孩子送去这样的学校，年过七旬的纪家坛和村里几位老先生商量，分别办几个私塾，教传统国学内容。于是仲村悄悄在前街、西街和后街开办起三家私塾，后街的敦睦堂就是纪家坛教书的地方。

纪家坛讲课完全是义务的，不收学生一分钱，对于家境贫困的学生还供应笔墨书籍。私塾的位置就是纪家的祠堂,一共三十多个学生,最大的二十岁,小的也都七八岁。因为在敌占区,所以不能公开进行抗日教育,但爱国这一课却是孩子们不能不学的。于是纪家坛就想出了一套隐蔽、含蓄的教学方法。比如讲诗词,他就会多选用岳飞的《满江红》以及辛弃疾、文天祥等人写的具有民族气节的诗文,每日让学生反复诵读,让学生自己体会其中的爱国情操。

深明民族大义,拒写招降信。1937年"七七事变"后,纪家坛深明民族大义,积极支持在军界的儿子纪淑和组织抗日游击队,鼓励孙子纪崇尚、纪慈尚从军抗日。1938年1月,日寇侵占青岛、城阳、即墨。时即墨伪维持会会长张子安三次登门威逼利诱纪家坛出任县长。纪家坛高风亮节,威武不屈,严厉拒绝。1939年秋,当日寇得知纪淑和任国民党第五战区游击总指挥部直属第十六支队第十纵队司令时,青岛日本宪兵队将纪家坛捕为人质,逼其写信招降纪淑和。纪家坛身处险境,大义凛然,以"人各有志,儿大不由爷"为由,断然不从。纪家坛在狱中多日,后经亲友营救方才出狱。

为政清廉,德存民心。多事之秋的民国时期,外寇入侵,内政混乱,战事频繁,贪官污吏当道,广大劳苦百姓处在水深火热之中。在这种社会环境中要想做一个为民请命的官员很难。然而,其时曾在山西从政做官的纪家坛却是个被当地民众称颂的清官。纪家坛不惑之年先后被当局委任为山西省蒲县、汾城县、代县、朔县县长,山西省晋绥察禁烟善后总局局长,山西省行政监察委员会委员等职。为官期间,他勤政为民,清正廉洁,励精图治,体恤民情,兴利除弊,倡导新风,重教兴学,发展生产,施德泽于百姓,为民所称颂。纪家坛为政20余年,身居县长、局长、省行政监察委员等要职,然视不义之财如粪土,不以权谋私,勤劳为政,赢得了声誉,1922年4月8日,《山西公报》载有颂扬纪家坛德政的七律一首:"学优则仕莅汾城,五载贤劳起政声。何幕歌兴廉叔度,不其道衍郑康成。村皆植树堂留荫,户免赔粮水比清。今日循良膺上考,伫看显秩叠迁莺。"

1926年,年近60岁的纪家坛被委以晋绥察禁烟善后总局局长。到职后视事一年,秉公执法,两袖清风。1927年出任山西省行政监察委员,曾赴大同县视察,县长向他馈赠银圆200两,纪家坛婉言谢绝,并晓之以理,使该县长敬佩至极,工作中通力合作。

1933年春,纪家坛出任河北省涞源县县长。到职之时,恰逢春节,乃挥毫书春联一幅:"插箭岭祭刀岭插箭祭刀古英雄;拒马南跑马北拒马南北一长城。"

纪家坛将春联贴于县衙大门,引来诸多民众观看和赞叹。在就职演说中,他公开宣布不收"脂粉银",拒受前来谋职的旧僚属的馈赠,表示了励精图治的决心。

纪家坛在汾城任县长六年,两袖清风,一尘不染。1922年在汾城离职时,仅采集野生植物白蒿(药名茵陈)一批,以丝线捆扎成束,准备返乡后馈赠亲友。启程返乡之日,自汾城至古城(地名)20华里的官道上,各村民众置酒设案送行者,多达数十处,民众悲泣流涕牵衣相送者,络绎于途,依依惜别。

1933年春,出任河北省涞源县县长。不久,土匪刘桂堂(即刘黑七)部窜入该县,向纪家坛迫交粮饷。纪家坛意欲凭拒马河之险,率众据守县城,与土匪决战。然城中绅商苦苦劝阻,为避民众伤亡,纪家坛躲藏于乡下,刘桂堂率部进城,捣毁县衙抢夺钱粮后逃窜。事后,纪家坛被削职为民,饮恨回乡,痛心疾首,愤然而书对联一副:"空有孤城临拒马;恨无一矢射浮屠。"对联无情地鞭挞了军阀与土匪祸国殃民的罪行,倾吐了未能率众固守城池、驱逐匪帮的自责之情。

纪家坛返乡后,已65岁,唯不安于清闲,仍在本村教书,直至1945年病故。

随处有幽默。纪家坛在日常生活中流露出的幽默,也深深印在人们的记忆里。当年纪家坛教私塾的时候,有个孩子叫杨为善,他是孩子中最调皮的,上课的时候只要纪家坛看不见他,他就捣乱。有一次上课时,纪家坛出去了一下,他就又闲不住地打打这个,捅捅那个,没想到他欺负人的时候纪家坛就站在他身后,纪家坛也不生气,笑着说了一句:"杨为善啊杨为善,我看这个名字不太适合你,我看你不如改名叫杨为恶吧!"此言一出,全班哄笑,羞得那学生满脸通红,以后再不敢淘气了。

纪家坛的幽默不仅是在课堂上,在日常生活中也能常常表现出来。过去村里有个姓黄的同乡,很爱下棋,但此人技不如人,每次跟纪家坛下总是输,他又要强,每次都会动气。纪家坛看了为给他留点面子,也为了他的身体健康着想,于是悄悄按比例输给他。比如每下三盘就输给他一盘,这样时间长了,姓黄的同乡内心也就平衡了。

为"谁院"题字。在距离朔州市区西南十五千米的寇庄,有一座石碹窑洞结构的庄园城堡式建筑,人称"十二连城",又名"谁院"。为啥叫"谁院"? 意思是,自己修建的居所,现在居住的居所,今后不一定还是自己的。这不仅表现了当时时局动荡的社会环境,而且表现出纪家坛与李树洲对待物质的旷达胸怀。

砖砌石刻的牌匾上龙飞凤舞的行书大字"谁院",正是时任朔县县长纪家坛所题。近九十年过去,它像历史遗落在朔州的一颗明珠,尘埃难掩繁华,静静地讲述着塞上民居院落的独特风格和当事主人面对世事人生的豁达心理。

"谁院"的主人李树洲,是民国初年朔县一位受过良好教育的进步绅士,他兴修水利、富甲一方,对地方经济举足轻重。据说日寇入侵后,他坚守民族气节,拒绝服务日伪政府。

纪家坛与李树洲都是晚清时期科举取士的优秀代表,纪是优贡,李获举人,他们的人生经历了 19 世纪末到 20 世纪中国最大的社会变革与动荡。历史的际遇,让他们在 1932 年的朔县相遇,一个县长,一个乡绅。而基于对民族、国家命运的深深忧叹和人生态度的豁达共识,纪县长在李乡绅新落成的家园城堡重重地题下"谁院"二字,流传至今。

秧歌戏《纪县长的故事》。该戏以民国朔县县长纪家坛廉洁智慧、勤政爱民事迹为蓝本,用戏曲的手法,再现了 20 世纪 30 年代初期,朔县经历农业大旱、经济凋敝的情况下,县长纪家坛身先士卒,发展农业、重视教育、调处纠纷、化解矛盾,带领全县人民发奋图强、走出困境的故事。全剧约 90 分钟,分"田间良莠""棒打清浊"和"天下父母"三幕,高潮迭起、精彩不断。结尾处,为官多年的纪家坛竟不能为急病转院的小孙孙筹足盘缠,不动官银、不提税赋、意欲辞官,用养老金供孙孙看病的情景,感人肺腑、催人泪下。最终,是他奉若"天下父母"的众多百姓自发筹钱,为县长一家解了燃眉之急。

纪家坛去世后,汾城县一带百姓为了纪念这位德高望重的老县长,把他的主要事迹编成民间故事,广为传颂。《襄汾文史资料》《襄汾县志》《文史通讯》及《崂山县志》均有其传记。这些传记以及十几篇民间故事,如:《乱石滩舍饭》《灾民赴宴》《过河背人》《火烧大烟馆》《智擒赌博鬼》《巧断苜蓿案》《巧断死猪案》《查神脚》《纪县长的传说》《荣归故里》等,字里行间彰显出纪家坛聪颖睿智、才思敏捷、刚直不阿、顽强不屈、鞠躬尽瘁、死而后已的优秀品格。如今的纪氏后人为前辈曾有这样的开明清官引以为荣。有诗赞道:"勤政恤民数度间,板荡世道报国难。正史不掩不其汉,名追成龙佳话传。"

勇立潮头的蓝志政

方 如

1930 年,即民国十九年盛夏的一天傍晚,蝉鸣阵阵,暑气氤氲,29岁的爱国青年蓝志政,背上早已打点好的行装,步履轻快地独自离开了自己的家乡——李家女姑村,它在当时的全称是:即墨县里仁乡李家女姑村。

该村是蓝志政自幼出生长大的地方,他是这村里最普通的贫苦农家子弟,自幼聪慧、勤勉,为求学,9 岁离家到即墨县城读小学,15 岁考到省府济南去读中学,19 岁则去了天子脚下的北京城,就读北京大学。毕业后,先后暂居青岛、济南……他总是这样,频频地,一次又一次离开家,不断向着远方出发。然而这一次,他却再也没回来,自此音讯全无,只存在于亲人和朋友们持续多年痛心的寻找里,也在后来地方志书和党史文献的记载里。

李家女姑村地处白沙河下游,土壤肥沃,据说该村 20 世纪五六十年代曾大量种植蔬菜,培育种植的"女姑大椒",曾享誉岛城。不过2011 年,当我搬家至此地附近时,已感受不出一丝当年到处都是绿油油菜田的风采。环胶州湾快速路的开通,让双元路上的交通日渐繁忙,而被双元路穿村而过的李家女姑,我去过的有限几次,都是周末凑热闹赶集,眼中所见居住在此的人,大都为临街做餐饮、服装生意的商贩,或三五成群,在工余时分,百无聊赖四处闲逛的打工仔、打工妹。

置身这样的人群中,去想象当年的爱国青年蓝志政,是件颇为困难的事。但是,若去想象当年跟蓝志政共同生活在这村子里的同时代村人,总该相对容易一些吧?

没错儿,隔着遥迢的时光之河,想象当年那些看着蓝志政从小长大的祖辈长者;那些远远张望着被大人们众口评说,几近传奇的蓝志政而直发呆的垂髫小儿;那些路遇蓝志政,或正眼都懒得瞧他,或嗤之以鼻,或嘲讽有加,或从自身眼界、心机出发,每每诚心诚意地劝说蓝志政得安分,得好好过日子的叔伯大娘、平辈、同窗……这样的乡邻、故旧,无论他们当年多么生动、鲜活,个性迥异,一旦隐身成为他人的背景,便面目模糊、别无二致。因为只负责提供彼时彼地气氛和潮流,因为如此这般的乡邻、故旧,从古至今,从不缺少,也似乎从没有太大的变化。

比如,蓝志政家兄妹五人,他行三,便被这样的乡邻故旧,取绰号为"三痴"。

在他们眼中,蓝志政自然是"痴"的。

名校高才生,尤其是外语成绩优异,完全可以走他大哥为他托人打点,安排妥当的人生之路:去给外国鬼子当翻译,做洋买办,去过富足优裕的行商生活。然而,对此,蓝志政却说:"我宁愿饿死,也不当洋狗。"

这份"痴",其实早早始于年少。

蓝志政的年少时光,在 20 世纪 10 年代度过。当时生活的环境,是观念陈腐、礼教森严的荒郊小村。可他这位普通的农家少年,竟然再辛亥革命伊始,就率先自己剪去"受之于父母"的发辫;还极力反对村中女子缠足,尤其是要亲自动手把自己侄女脚上的裹脚布扯下、扔掉;甚至不顾家人反对,坚持送侄女出外念书。在蛮夫苦力才需强身健体的时代氛围中,他我行我素,风雨无阻地坚持长跑、跳高、跳远……

然而,这份痴,若细究起来,也并非凭空而来。

它该源自蓝志政离开乡村后,捧起的书本;源自他在求学时,幸遇良师;源自从前的同班同学,后来成了并肩作战的革命同志……风起云涌的大时代氛围,通过书本,通过与书本相关的人们,在不断地、潜移默化地影响着他、感召着他,他为此应声而起,不仅在对自己和对自己身边亲人的态度上践行内心信仰,还越来越广、越深地走向了陌生的人群,在其中不断感知、吸纳、寻找、辨识。大学毕业不久,他便加入了中国共产党,他为自己选择的,是一条与年幼时父母所希望的,全然不同的道路。

在这样的人群中,蓝志政也有个绰号,叫"蓝大帅"。

没错儿,身高183厘米左右的蓝志政,不仅有山东大汉的外貌,更有着山东大汉广受褒扬的性情,他正直、积极、热情、豪爽,且内秀,文笔好,书法更佳,又加之爱说爱讲,嗓门儿洪亮,在人群里始终备受瞩目,颇具影响。

1919年,18岁的蓝志政,刚到北京不久,便恰逢五四运动爆发,他成为这场伟大运动中的学生领袖之一,高举"取消二十一条""还我青岛""严惩国贼"等标语,到天安门广场集会、演讲,还带头冲进了当时的主要抨击对象——外交部次长曹汝霖的住宅,"火烧赵家楼"。

1925年,24岁的蓝志政,组织、发动青岛当地的学生罢课、商人罢市。有力配合了其中学同窗挚友邓恩铭(山东中共党组织创始人、中共一大代表)发动的青岛四方机车厂及日本纱厂等三次工人罢工。

1928年,时年27岁的蓝志政回到家乡即墨,组织贫苦农民、盐工、盐民成立贫民会、工会,并集结上千人到即墨永裕盐业公司门前抗议,还在盐业公司老板勾结政府,动用枪械的情况下,联合当地"大刀会",火烧马戈庄盐业局,杀死二十余名盐警,后又乘胜攻进即墨县城……

学运、工运、农运,蓝志政高大的身影始终冲在最前头。非但如此,他身边还吸引和团结着大批有志青年。早在中学时代,他就跟邓恩铭一起,发起成立了省立第一中学自治会。失踪前,按省委指示,他把健全和发展党的组织作为了首要任务。回家乡即墨,他要开展建党工作,他建起了有12名党员的即墨党支部,成为中共即墨党组织的主要创建人。尽管为此遭遇牢狱之灾,也不忧不惧,在越狱行动中,他负责断后,等到难友全部脱险,自己方纵身一跃,跳墙逃离。

越狱回到家中的蓝志政,因肺疾,在李家女姑休养了一年,后不顾亲人竭力劝阻,再次离开。这最后一次的离开,他留给亲人的唯一线索,是给远在青岛的侄女蓝仁博,写了张纸条:"我们的买卖,很快就会成功。"

在蓝志政身边亲人中,或许侄女蓝仁博才是最理解他的,在三叔的影响下,蓝仁博后来也走上革命道路,她活到了亲眼看到三叔纸条中所预言的成功,看到了全国的解放。而就在蓝志政最后一次离家时,他的挚友邓恩铭,因叛徒告密,正羁押在济南监狱,后越狱未成,被打入死牢。于翌年春天,与另外二十多位共产党员一起,被国民党当局枪杀。

每个人活着时,都是丰富、立体的。名垂千古的爱国英雄,绝不会仅仅只是几件光荣事迹、光辉口号可全然概括的。从 1930 到 2019 年,横亘在今天的我们和当年的蓝志政间的,不仅有近百年波澜壮阔、千辛万险的大历史,更有亘古绵长、须尽力维持的平常人家的小日子。从这个意义上讲,无论是当年那些把蓝志政判定为"痴"的人,还是判定为"帅"的人,在帮今天的我们去认识历史人物上,意义是同等重要的。

很多年前,我读过顾城的一首诗:

"在醒来时,世界都远了,我需要,最狂的风,和最静的海。"

这段时间,每当有机会去李家女姑村,我总能想起蓝志政。每当试图在这个当年蓝志政出生长大的村庄里去想象他的具体样貌形容,我的脑海中总会浮现出这首诗。世界的亲疏远近,历史的跌宕起伏,理想的高蹈与悲壮,现实的琐碎和复杂……在对一个个已逝历史人物的用心打量中,总会渐次凸显出来。

我要回归家乡的土地

——记城阳小寨子村劳动模范张式瑞

梁爱琴

  城阳环境优美,整齐的街道干净卫生,参天的大树郁郁葱葱,阳光下的花儿无比鲜艳娇羞,到处明媚灿烂,到处生机勃勃。为什么这里的绿树茂密旺盛,果实累累？为什么这里的花儿姹紫嫣红,生命满涨？为什么这里的人满面笑容,坚忍顽强？因为这里有许多默默无闻、无私奉献、在自己的岗位上不忘初心,踏实做事,始终保持中国共产党员赤诚本色的人民公仆,他们中有一位叫张式瑞。张式瑞深爱家乡的土地,他为乡亲谋幸福,他用生命践行全心全意为人民服务的誓言。张式瑞一生勤俭节约,老实本分,大公无私,他只顾埋头干活,不为名利只为初心,直到生命结束他仍深深牵挂父老乡亲,牵挂他服务了一辈子的那片土地,他要回归,回归家乡的土地,他终于可以彻底投入到祖国母亲大地的怀抱。张式瑞的骨灰飞扬天地间,那是数不清的拳拳爱国心,那是用不完地对家乡的爱恋,纷纷洒洒,散落到这片深情的土地,从此他的生命可以关注家乡的每一个角落,爱护每一粒种子,感受每一分收获的喜悦。张式瑞终于安生了,他终究与家乡的土地永久地在一起,永远分不开,永远不分开。

  1914年,青岛崂山脚下的城阳小寨子村诞生了一个农民的儿子——张式瑞,祖祖辈辈土里刨食,过着面朝黄土背朝天的生活。张式瑞有着朴实庄户人的勤俭、本分和坚韧,也有善良的初心和执着的精神。世界大战如火如荼,中国闭关锁国落后,小寨子这个中国大地上的小村庄也饱受着战争的摧残,百姓生活异常艰辛。内忧外患的祖国,灾难深重的祖国,使张式瑞这个小小少年过早成熟,心里愈加澄澈透明和分辨是非黑白。苦难是最好的老师,它让人学会感恩,学会鉴别,明白人生道理,也摆脱无谓的、负能量的东西和情感。正如毛主席所作诗词:"牢骚太盛防肠断,风物长宜放眼量。"张式瑞在人生的经历中,逐渐形成自己的思想,做出自己的选择:坚决跟党走,为劳苦大众服务,永远跟着共产党。

张式瑞读过私塾,经历过多舛人生,亲眼看见和感受战争的残酷,更能体味和平生活的来之不易,他擦亮眼睛,认清中国劳苦大众的救星只有中国共产党。建国伊始,佃户翻身做主,张式瑞投入十二分的热情,开始辛苦劳作,并带头组成互助组恢复农业生产,想让乡亲们都吃饱饭。1950年,张式瑞无比清醒、激动,热血沸腾,他郑重加入中国共产党,决心为共产主义事业奋斗终生。1951年,张式瑞组织成立即墨县第一个农业生产合作社,全心全意为人民服务,一干就是一辈子。

为提高粮食产量,张式瑞成立农业科技队,进行农作物套种间作、更换良种、合理密植、水利灌溉及温室种菜等科学实验和新技术推广。他不辞辛苦,负重奔波,调解社员关系,做思想工作,能文能武,刻苦钻研。功夫不负有心人,小寨子村的粮食产量翻翻,温饱解决,乡亲笑了,张式瑞也笑了,他赢得社员拥戴,先后被评为即墨、山东劳动模范。玉米金皇后、温室种菜、防治地瓜黑斑病、试种小麦良种、花生压蔓法等等,张式瑞兢兢业业研究,孜孜不倦工作,亲力亲为,小寨子村的科技兴农在全国打响第一炮。张式瑞,这个小寨子村的"土专家"渐渐出名,被评为全国农业劳动模范,三次受到毛主席、周总理接见,1959年还应邀到北京参加建国十周年观礼,毛主席设宴招待全国劳模,周总理和他碰杯,祝他身体健康。

通过科研实践,张式瑞摸索出许多农业生产管理经验,《社主任张式瑞》《张式瑞农业生产合作社农业增产和牲畜饲养管理的经验》等书籍出版。1965年12月,山西省大寨大队党支部书记、时任国务院副总理的陈永贵率团参观城阳人民公社小寨子大队的科学种田和水利建设时赞叹"小寨不小,大寨不大,大寨学小寨"。

和平幸福的生活是先烈们用热血和身体换来的,吃水不忘挖井人,张式瑞坚决拥护党中央决定,积极号召村民报名参军,响应中国人民抗美援朝总会号召,捐资捐物,并参加中国人民第三届赴朝慰问团,向当代最可爱的人致敬,向保家卫国的人民解放军致敬。

"大跃进"时期,张式瑞坚决反对浮夸风,不放"卫星",甘当"一根筋"。张式瑞牢记土地里刨来的真理,堂堂正正做人,老老实实做事,不跟风,不鼓吹,不攀比,实事求是,保持初心毫不动摇。

随着工作业绩突出,张式瑞由社长一路当上中共即墨县委书记、中共青岛市崂山郊区区委副书记、崂山县副县长兼农业局局长等职,多次当选县人大代表。从基层走来的张式瑞县长保持农民本色,初心不变,他对自己约法三章:不吃请,不受礼,不贪不沾;与群众同甘苦,不闹特殊;保持劳动人民本色。张式瑞牢牢把握自己人民公仆的角色,扎根农村,心系百姓。到人民最需要的地方去,到自己能发光发热和最热爱的土地上去,不久张式瑞放弃书记局长的职位,奔赴基层,亲近土地,跟下里巴人打成一片。基层、农民、一线,这些地方有着自己发挥的土壤和灵感,有自己深爱的百姓,在这里生命充实而饱满,张式瑞又当回"泥腿子",奋战第一线。

"文化大革命"时期,张式瑞被打成走资本主义道路的当权派,受到迫害,强制劳动改造。但张式瑞保持理想信念不动摇,相信党中央,相信正义的力量,相信公平和真理不会永远沉默。漫长的等待,孤独的等待,等待阳光穿透黑暗,等待清风吹散阴霾。张式瑞犹如一颗不屈的种子,一点燎原的星火,保持力量,积蓄能量,随时准备投身到可亲可爱大地母亲的怀抱,随时准备为百姓做事,做实实在在的事。

"文化大革命"的阴云一散,张式瑞一不带官职,二不要工资,到最贫困的皂户村蹲点。"不当县长当队长,蹲点一线干三年,天天拾粪十几吨,身上没有理发钱",这就是可爱的张式瑞,这就是为民付出、不计回报的张式瑞,这就是把有限的生命投入到无限的为人民服务之中去的张式瑞。拳拳爱国心,巍巍赤子情,张式瑞朴实得像羞红脸的高粱、沉甸甸的稻谷,金灿灿咧嘴笑的玉米,张式瑞就是本色农民,就是大地母亲最痴情的儿子。在张式瑞带领下,皂户村部分劳力外出当建筑工,村民团结修复大坝,引水灌溉农田,向盐碱地垦田,在西海滩植树,编筐织篓、瓜果外销,申请财政拨款,救济贫困户,他还自掏腰包买鱼苗藕种等。张式瑞黎明即起,身先士卒,带头劳动,与社员结下深厚的友情,皂户村也脱胎换骨成了先进村,焕发出生命的光华。

张式瑞当了一辈子农民,他还没有当够,他愿意乡亲们都好、都幸福,最后他带着"模范共产党员"的称号回归家乡的土地,这个他耕耘一辈子、奉献一辈子的亲亲的土地。

习总书记说:守初心,就是要牢记全心全意为人民服务的根本宗旨,以坚定的理想信念坚守初心,牢记人民对美好生活的向往就是我们的奋斗目标;以真挚的人民情怀滋养初心,时刻不忘我们党来自人民、根植人民,人民群众的支持和拥护是我们胜利前进的不竭力量源泉;以牢固的公仆意识践行初心,永远铭记人民是共产党人的衣食父母,共产党人是人民的勤务员,永远不能脱离群众、轻视群众、漠视群众疾苦。张式瑞无愧于乡亲,无愧于人民,无愧于天地良心,他做到了习总书记"不忘初心、牢记使命"的殷切期望。

张式瑞在逝世前写下《遗命书》教育子女他死后不向组织提要求,不搞迷信活动,遗体火化,将骨灰撒在皂户村河坝上和树林间,嘱咐老伴由公家宿舍迁回小寨子村老家居住。全国劳动模范张式瑞啊,他是一个地道的农民,他心里装的都是土地、乡亲,他为更多的人谋幸福,他一辈子践行中国共产党的铮铮誓言。

城阳的树啊,城阳的花,城阳的水啊,城阳的天,为什么那么绿,为什么那么红,为什么那么清,为什么那么蓝?原来这里有不死的灵魂,永存的精神护佑,护佑这片神奇的土地。张式瑞,一个永远活在人民心中的劳动模范,他永远守护这美丽的家园,这清澈的家园。

黑陶传奇艺术家仇志海

邓青山

　　时光荏苒,岁月匆匆。在 2018 年深冬的早晨,在仇志海离开我们 21 年之后,我带着仰望和沉重的心情,走进城阳区城阳街道栾家沟岔社区,这是他的故乡。

　　作为雕塑家、黑陶艺术家仇志海的故乡,它掩映在飞越发展的闹市之中。红瓦石墙,古朴巷里,他的故乡仍然保存着山东民居的风貌,坐北向南,双开的木大门诉说着久远的眷恋。仇志海是一名老军人,作为曾经从戎的我,对探索他的故乡有浓浓的军旅情结,是对伟人的一种爱,也是对艺术的一种尊重,更是对他传承不其城古老灿烂历史文化的一次再现和心灵跋涉。

　　历史的车轮总是滚滚向前的,现代化的城阳正以崭新的都市风貌展现给世界。沉寂在闹市中的仇志海的故乡,修地铁高矗的红色起重架,已经紧邻他的故乡;再不久,他的故乡将走向城市旧村改造撤迁的路,这个时候,走进仇志海的故乡,变得更加的急迫。如果再要深入全面地了解他,我们也只有从史册里和民间所记载的点滴中进行收集回顾。

　　仇志海,生于 1936 年,逝世于 1997 年,是雕塑家、黑陶艺术家。他 1956 年 2 月参加中国人民解放军,1957 年加入中国共产党。历任炊事员、班长、司务长、管理员、文化干部、济南军区政治部创作室一级美术师(副军级)。是中国美术家协会会员、山东省美术家协会副主席、中国雕塑协会理事。仇志海从小爱动脑筋,喜欢艺术,特别是喜爱雕塑艺术。1963 年上半年,他将自己悲惨的童年用捏泥人的形式表现出来,受到部队和战友的鼓励,从此开始了雕塑创作。被部队战士誉为"战士雕塑家""泥人仇"。1964 年,其雕塑作品《读》《饲养员》《工间》参加了济南军区美术展览并获奖。1969 年,《爱民模范盛习友》雕塑作品参加全军、全国美术展览。1977 年,出席第四届全国文学艺术工作者代表大会。同年,其作品《鞠躬尽瘁》《飞》参加全国美术展览。1984年后,全身心投入到黑陶艺术创作,为再现黑陶风采,苦苦探寻三载,终于使磨光黑陶恢复了生机。他带领儿子仇世森在日照市向阳河村自费搭棚建窑,大胆创新,将儒、释、道文化精华吸收到雕塑艺术创作中,创作出当时最大的黑陶《华夏祖缸》(高 1.68 米,直径 2 米,周长 6.6米,重 250 公斤,壁厚仅 10 毫米),缸面塑有《盘古开天地》《陶祖》《夸父追日》《老子》《孔子》等 33 位华夏祖神和历史名人。接着《陶魂》《高山流水》《气势》《汉罐》《举手佛》《一把抓》等诸多艺术品陆续问世。国内外学术界、艺术界的专家公认"仇氏黑陶"是"本世纪最辉煌的艺术成果之一"。1987 年国庆节前夕,山东省首届艺术节《仇志海黑陶艺术展》在济南军区展览馆开幕,展出作品共三大类 147 件。1988 年 1 月23 日"仇志海黑陶艺术展览"在中国美术馆开幕。1989 年 4 月 28 日"仇氏黑陶"赴中国香港展出,轰动了香港,被誉为"陶瓷艺术之魂"。1989 年 6 月,"仇氏黑陶"在新加坡展览,反响强烈。此后仇氏黑陶艺相继到亚洲、大洋洲、美洲等数十个国家和地区进行展览,风靡全球。此后,仇氏黑陶成为国家领导人馈赠外国宾客的高级礼品。仇氏黑陶已被作为世界珍品收藏于法国、俄罗斯、美国、新加坡、日本和中国香港、台湾等国家和地区博物馆。1989 年 9 月仇氏黑陶烧制工艺和艺术水平被山东省文化厅授予"科技进步特等奖";同年 10 月被文化部授予"科技进步一等奖";1990 年 12 月被国家科委授予"国家科技进步一等奖";1989 年 12 月,获比利时布鲁塞尔第 38 届"尤里卡"发明金奖。1992 年,时任中共中央军委主席江泽民签署命令为仇志海记一等功。1996 年 6 月,仇志海获"军队专业技术重大贡献奖",受到江泽民和中央军委领导的接见。仇志海从事雕塑艺术工作 30 多年,共创作雕塑作品 1 万余件,其中泥塑《长征路上》《铁蛋》《延水长流》,钢塑《鞠躬尽瘁》等,作为珍品被中国美术馆、中国历史博物馆、天津市博物馆分别收藏。

　　仇志海,是当代青岛城阳升起的璀璨星辰,是我们这一代人的精神之源和学习的榜样。仇先生衣着朴实,平易近人,他那艰苦朴素的工作和生活作风,给我们留下了深刻的印象。仇先生是一位知名度很高的艺术家,他的名字享誉海内外,他的作品畅销东南亚及世界各地,经济上比较宽余,但他常穿的却是一双老式布鞋、一条半旧半新的黄军裤和一件白衬衣,这些俭朴的衣着构成了他艺术的基调。我常想,仇先生的作品追求古朴苍润的艺术风格,他朴实的作风,又是和艺术那样的合拍。也可能正是由于仇先生的这种朴实,才创造了被人们喜爱的不朽之作。每当问及此事,仇先生便说:"学艺当先修身,一个人活在世上,不能只追求生活上的享受,要注意加强自身文化、道德的修养,在精神上要有所追求,特别是你们年轻人,要多学些知识,为社会多创造精神和物质财富,才不虚度年华。"仇先生就是这样严于律己,不懈追求。他朴实的作风,一直保持到他生命的终点。

仇志海先生博学多才,兼学别艺。他在致力于雕塑之余,广泛涉猎边沿艺术,特别是对民间传统文化更是喜爱有甚,精心研究。对于他对艺术的追求,书中有作者写道:"我到贵州出差,特地从安顺为仇先生捎回一块蜡染工艺品,没想到仇先生看后爱不释手,称赞不已,高兴地给我讲述了传统蜡染的历史沿革、制作方法及其艺术价值,继而高度评价了我国劳动人民的聪明才智。当谈到现在蜡染艺术品出现机械生产时,仇先生脸上露出了对传统手工艺质量的担忧。他指出:中国传统艺术之所以历经千年而不衰,至今仍具有极大的魅力,吸引着人们去欣赏她、去赞美她,就在于她有一种内在美的张力"。中国的书法、绘画、石刻、青铜器等,它们都是靠劳动人民的聪明才智和勤劳的双手所创造的,机械只能作为某一阶段创作中的工具,不能完全靠它去构思去设计,去完成复制的艺术品。否则,作品就失去了它应有的价值,经不起历史的检验。仇先生的议论,充分体现了他对民族文化的把握和理解,至深至精。仇先生的书法成就为他的仇氏黑陶所湮没,鲜为人知。仇先生擅长行草,书法遒劲古朴,婉转流畅,点画精到,苍润有致,有如玉之温凉,把之有味。

仇志海先生艺术有成,光环罩身,来源于他对艺术的执着追求。他常说:"我是一个很平凡的人,小时候家境贫寒,无力读书,少年参军。如果有所成就,首先是军队这所大学校使我学到了很多知识,创造了发展艺术的客观环境。其次就是我对艺术的苦苦追求和探索,我所钟情的雕塑艺术,就是我的生命。"仇志海先生从小对家乡的泥土有着独特的感情,黑黑的土地使他迷恋,给他幼小的心灵带来一种艺术的冲动和欲望,他决心有一天让这些最普通的泥土变成美丽的艺术品,还她应有的价值。他以顽强的拼搏精神,进行着雕塑艺术的不懈探索,从没有任何理由使他终止过自己的艺术追求。他终于成功了。由一名普通战士成长为我国著名的雕塑艺术家。

他的雕塑作品《春》《海螺女》《邓世昌》《东方》等已成为一些城市的名胜景观和标志,受到广大群众的喜爱。值此,他完全可以靠自己现有的成就和声誉,过舒适的生活。然而,仇先生没有放弃对艺术的追求,他奉行的是"艺无止境"。

1981年,仇志海先生毅然放弃过去的成就和荣誉,为发掘消失了四千多年的黑陶艺术,以多病之躯开始了探险性的艰苦跋涉。他拿出自己所有的积蓄,带领儿子仇世森来到千里之外的偏僻农村,卧薪尝胆,栖土枕窑,苦苦探索五年之久,经过不知多少次的失败。多少次的磨难,终于使神秘的磨光黑陶重放异彩。

他的作品薄如絮、黑如墨、亮如漆,扣之金声、抚之若肤、气质高朗、返璞归真、大巧若拙。作品问世后,多次在国内外展出,受到党和国家领导人、艺术界人士和广大观众的高度称赞。当时任总参谋长的迟浩田副主席亲自撰文,高度评价了仇志海、仇世森父子对中国文化事业的伟大贡献。文称:"仇氏黑陶诸多艺术品的陆续问世,这些黑色的精灵跨越了一个漫长的历史断代,带着撼人心扉的全新姿态,使现代人惊叹不已。"从此,仇先生一发而不可收,创作了大量的传世名作,如《华夏诸神》《举手佛》《济公》《父子亲》《祭母》《交警铜像》等,为中华民族留下了一批耀眼的精神财富。

1997年7月22日,仇志海在济南工作室中因病去世。为纪念这位人民的艺术家,青岛市城阳区人民政府在城阳区城区中心建仇志海艺术馆,于2000年对外开放。

2002年"仇志海黑陶艺术馆"在趵突泉公园内落成开放。仇志海在从事艺术工作40余年的时间里,创作了数千件黑陶作品,其技术、工艺和艺术创作内涵独树一帜，其作品被誉为"仇氏黑陶"，使古老的黑陶文化焕发了新的风采。"仇志海黑陶艺术馆"坐落于济南天下第一泉风景区——趵突泉公园万竹园内，占地 120 平方米，展厅内陈列着由仇志海后人无偿捐赠的仇先生不同年代、不同风格的部分黑陶作品及 30 余幅图片。

仇志海，不仅仅是城阳当代杰出的艺术大师，也是中国艺术盛坛的一座丰碑。我们今天追忆他，就是把这种文化和文明一代一代传承下去，也是把我们优秀的历史化为一种动力，谱写一曲新时代的奋进之歌。

岁月钩沉

韩家民俗村咏叹

——兼怀一代盐宗夙沙氏

孙　鹏

"早晨开门七件事，柴米油盐酱醋茶"。盐乃百味之王，在日常生活中扮演着不可或缺的角色。但盐是怎么来的，经历了怎样漫长的过程，海盐是如何制造的，知道的人可就少之又少了。

相传夙沙氏煮海为盐，世人公认的盐宗。

夙沙氏是炎帝时期部落的一个首领，远古时期没有文字记载，全靠祖祖辈辈口口相传，几千年下来，有时真假莫辨。现在看来，夙沙氏或许是一个人，或许是一个族群，或许仅仅是一个传说，这些其实都不重要，重要的是那个时期发明了海水煮盐的方法。

发现的过程说起来颇具戏剧性：那是一个平常的日子，夙沙氏部落全族围坐在一起，准备生火煮饭，海水已经倒进大锅，捡拾的枯枝已经燃起。正在这当口，突然看到一只野猪从树林蹿出，到口的美味岂能让它跑掉？族人一窝蜂扑了上去。等到制服野猪，回来一看，大锅已经烧干，海水全部蒸发，锅底出现一层粉末状的白色物质。这是什么？有人好奇地取了一点放在口里，咦，还别说，一种从未体验过的味道，感觉特别好！后来索性用这东西蘸着烤熟的野猪肉吃，呀，那滋味，简直美妙极了，真是好东西！而这，就是海盐的发现、制造过程，"盐"就这样神奇地诞生了！

当然这只是一个传说，将复杂事物做了简单化处理，真实的状况，很可能是一个漫长复杂的过程：沿海的先民经过长期生产生活实践，偶然发现海水经过蒸煮，可以天然结晶，而结晶的物质无疑是一道绝妙的调味品，一日三餐必不可少，于是开始大规模生产，将海水引入一方方盐田，借助风和太阳的蒸发作用，卤水池子结晶形成粗盐，再进行过滤，去除杂质，最后呈现雪白的微小颗粒，抓一把放在手心左右摇晃,发出沙沙的声音,再从指缝瀑布般流下,当年建新盐化厂生产的"雪花牌"精盐闻名遐迩,20世纪90年代曾专供北京亚运会。

拜凤沙氏所赐,胶州湾一带自古是山东重要的产盐区,高峰时的青岛盐场,横跨沿海一线方圆上百千米,包括现在的河套、红岛、上马、棘洪滩四个街道,也就是俗称"西四社",都是重要的产盐区。比较大的国营盐场有东风、南万、龙泉三大主力,总共大大小小将近十个工区,彼时的呑东路两侧,扯南到北十几千米的区域,隔几百米就是高高隆起的大盐垛,绵延不断。

"天下没有不散的筵席",谁能料到,这场盛宴结束得如此仓促,如此果决,在回首的瞬间,既无主人,又不见宾朋。时代的大潮风起云涌,昔日广袤的盐场,现在变身国家高新技术产业开发区,偌大的青岛市盐务局,仅剩潮海一个工区,以后要了解更多的详情,只有到盐业博物馆去了。

在今天的韩家民俗村,保存有一口古井,据说源远流长。

曾几何时,海水煮盐的凤沙氏来了,结网捕鱼的郎君爷到了,先民亦渔亦耕,亦读亦商,几千年的东夷文化源远流长。飞檐斗拱,望不尽亲人盼归的身影,游廊曲折,模糊了海棠俏丽的容颜,渔船远去了,沧海宛然已经结晶,析不出一丝杂质,渔家姑娘的深情在颗颗盐粒里闪耀。帆樯林立,盐田遍布,红岛欣喜地接受来自大海的巨大馈赠,海鸥是放飞的心情。狂啸的海风呼啦啦刮个不停,深宅大院的厢房透出一丝亮光,账房先生正襟危坐一丝不苟,算盘珠子拨弄得噼里啪啦作响。

再次见到他们,是在大殿里供奉的神像,以及墙上绘制的巨幅壁画。隔着时空,隔着渔火,隔着苍茫混沌的一湾海水。木船划走了,桨声还留在岸上,如恬静的思乡小夜曲。

往事远远近近,清晰而迷离,恍惚又真实,热切呼应着我的召唤,逐渐汇成一条时间的长河,时而沉静不语,时而奔腾咆哮,载着时代不可更改的悲欢宿命,悠悠地流过我的心头,流向遥远的梦境……是的,一条流淌的时光之河,被时代大潮裹挟着,一路磕磕绊绊走过艰辛的旅程,在每个激流险滩的关口,不由自主地聚拢、激荡,轰响在命运深处,盐商巨贾的欢笑、挣扎、呼喊,在胶州湾澎湃的涛声里,听不到一点回音。

多少晦暗不明的晨昏,乡愁立于桅杆之上,眺望远方,眺望波诡云谲的未来;多少阡陌纵横的盐田,敌不过沧海的侵蚀,只剩下残垣断壁间一株攀缘的凌霄花;多少宏阔恢宏的篇章,化作月光下的梦呓,凄凄栖身展馆一隅角落……月有盈亏,潮有涨落,古老的渔盐唱着沙哑的歌谣,在又苦又咸的海水里渐渐隐去,哗——哗——哗,汹涌的海水退潮了,梦想与怅惘浓缩为天边一条白线,继而凝结成海面一个黑点,终于消融在胶州湾茫茫的夜色中。

流光易过,午夜梦回。

过去了的,永远不会消失,就如眼前的影子,波光粼粼,闪闪烁烁,细密地扩散着层层波纹,恬淡而不失柔和,温婉却更具细腻,一圈圈回旋萦绕,如紫燕呢喃似风中絮语,映照万家灯火平凡而真诚的生活。情怀若在,古船盐田码头就不会消失,我相信,它就潜藏在胶州湾某个隐秘的角落,如同忠实的义犬,苦苦等待出远门的主人归来,等待在一个露珠晶莹的早晨,或者懒洋洋的午后,又或许某个彩霞满天的时刻,猛然出现在我面前。它是唤醒陈年旧事的密码,开启尘封岁月的一把钥匙,芝麻之门只为我打开。

别了,渔盐传承的手艺;别了,鸥鸟翱翔的记忆。

远远近近,腥咸的海风又吹来了;影影绰绰,胶州湾跨海大桥在潮湿的雾气里忽隐忽现。暮色苍茫中,仿佛有一首歌幽幽响起,在波光潋滟的水面荡漾开去……悠悠天涯海之魂,渺渺情思何处寻?就让我在心底默默地燃上一炷心香,虔诚地祈祷。故乡,我不过是赤脚走在你泥滩的顽童,无非机缘巧合,偶然间采摘几朵飞溅的浪花,弯腰捡拾起一串串鲜活的民俗神话。

隐隐,千佛山青云宫的钟声敲响了,清幽缥缈,传之久远,梵音回响在秋日寂寞的黄昏,也回响在我寂寥的心上。

高风长存的康成书院

矫友田

　　康成书院,位于今城阳惜福镇铁骑山东麓的书院村,为东汉经学家郑玄所建。明正德七年(1512年)重建。清初,即墨城开设县学,康成书院因无人经管而荒废。时至今日,1800多年前的康成书院,以及当年郑玄亲手栽植的"书带草"早已荡然无存,但郑玄所倡导的治学精神,却在城阳大地上万古长存……

年少自立志,风采溢四方

　　群峰环抱,重峦叠嶂,竹树蓊翳,草深林密的铁骑山东麓,遥想从前更是崇山峻岭,地势险峻,人迹罕至,草莽覆被。可1800多年前的东汉时期,经学大儒郑玄,在这穷乡僻壤筑庐授徒讲学,建成青岛地区最早的学校,使康成书院青史留名。

　　郑玄(127—200),字康成,北海高密(今山东高密)人。他是我国封建时代影响最大的经学大师,不受一家之说的束缚,博采众长,兼收并蓄,遍注群经,卓然成家,成为汉代经学集大成者,并著有《天文七政论》《中侯》等书,共百万余言,世称"郑学"。其治学严谨,谦逊勤奋,学识渊博,多才多艺,精通音律,擅鼓琴瑟,且倜傥潇洒,才思敏捷,尤善辩对。一生清贫,不求进仕,为人仁德,不畏权贵。

　　唐贞观年间,列郑玄于二十二"先师"之列,配享孔庙。宋代时被追封为"高密伯",与晏婴、刘墉并称为"高密三贤"。后人建郑公祠予以纪念。《后汉书》《三国志》《太平广记》等都有郑玄的传记。

　　郑玄自小立志经学,沉湎书卷,孜孜以求,不尚虚荣,天性务实。十一二岁时,他随母亲到外祖家做客。在座的十多位客人都衣着华美,装扮新潮,一个个言语清爽,夸夸其谈,显得很有地位和派头。唯独郑玄默坐一隅,似乎身份和才学都不如人。其母见状,觉面上无光,便暗地督促他显露点才华。郑玄却不以为然,说这些庸俗场面"非我所志,不在所愿也"。

"学而优则仕",是古代学子毕生竭尽心力追求的人生目标,多少人悬梁锥骨为功名,投机钻营窃官位。因此而麇结成古代仕途与官场上的滔滔浊流和乌烟瘴气。而郑玄反其道而行,成浊流中的一泓清泉,烟气中的一抹虹霓。

18岁时,郑玄因生活所迫和父兄的压力而出任乡啬夫(乡官,主管诉讼和赋役)之职。他兢兢业业,很有成就,很快得到泰山太守、北海相杜密的赏识,被升调于郡里为吏录。而到北海郡不久,郑玄便辞去吏职,入太学(古代国立大学)授业。以小乡官的身份,得到地区首长的赏识与提拔,这是多少初入仕途的年轻人梦寐以求之幸事,而郑玄竟自愿转入大学当老师兼学生,足以让古往今来那些学优为官,弃学为官者汗颜。

此后,郑玄先后师从名师第五元先(第五是复性)、张恭祖等,并游学于幽、并、兖、豫各地,遍访名儒,转益多师。而立之年后,郑玄已经成为一名有较深造诣的经学家,其学问在当时山东之冀鲁豫一带首屈一指。然郑玄并不满足,又千里迢迢西入关中,拜全国最著名的经学大师马融为师,进一步深造。

郑玄投学马融门下,三年不为马融所看重,一直没能见到他的面,只能听其高足弟子们的讲授。但郑玄以其出众的才学和勤奋刻苦,终于得到马融的青睐。马融对其赞赏有加,自叹弗如。七年后,郑玄辞归故里。马融深有感慨地对弟子们说:"郑生今去,吾道东矣!"

寂寞甘苦辛,高风扬齐东

郑玄回乡后,客耕东莱,于不其山(今城阳铁骑山)东麓,开设了著名的康成书院。他边种田维持生计,边教授门徒,堪称东汉乱世中的学术桃花源。

岂料东汉末年统治阶级内部宦官、外戚两派长期斗争导致的"党锢之祸"忽然间自天而降。外戚派的杜密等人被宦官派一网打尽。郑玄因曾为杜密故吏,被视为"党人"而遭禁锢。

政治斗争历来是与黑暗、龌龊联系在一起的。学识渊博、思想深刻的郑玄必是看透了其黑幕与本质。在污水横流的乱世,在横遭禁锢的十四年中,他硬是以超然、决绝的姿态,在贫居陋室,于经学领域为自己开辟了一片广阔、美丽的天地,营造了一方供心灵自由飞翔的幸福家园。

他索性杜门不出,隐修经业,集中全力遍注群经,注释与著书"几百余万言",独创了一个新的学派——郑学,逐渐成为"天下所宗"的儒学。在中国经学发展史上做出了无与伦比的突出贡献。

党禁解除后,郑玄已58岁。为避黄巾之乱,郑玄再次率弟子入不其旧地,恢复康成书院,继续治学授徒。此时,亦正是清廉贤能的不其县令童恢主政期间,一境清明,百姓安居乐业。想必两人亦有一段交际的佳话。

可惜好景不长,由于黄巾起义,天下大乱,终至粮食断绝,书院难以为继。郑玄只得与学生们痛哭一场,分手各奔前程。郑玄避战乱至徐州,得到徐州牧陶谦热情接待。郑玄在徐州深居简出,专心研习经学,达五六年之久。

北海相孔融,对郑玄特别尊崇,他一面为郑玄修葺故居庭院,一面再三派人敦请郑玄回郡。建安元年(196年),郑玄从徐州返回高密。据《后汉书》记载,郑玄在回高密的路上曾遇到大批黄巾军。黄巾军"见玄皆拜,相约不敢入县境"。

黄巾军尊重士人,史书多有记载。据《后汉纪·献帝纪》,高密一县,竟未受黄巾抄掠。郑玄以自己的人格、学识和名望不但得到王公贵族的尊重与厚待,也受到起义军的敬畏,从而保护了乡梓百姓。

此时,郑玄学问愈深,声名日隆。朝廷当政者屡次三番征辟(朝廷召之称征,三公以下召之称辟)他入朝为官。首先是执掌朝廷权柄的外戚大将军何进征辟,州郡官吏胁迫其起行。何进为表示礼贤下士,对郑玄礼敬有加,设几杖之礼以待。郑玄不为所动,为保其名士节操,拒不穿朝服,只穿普通儒者的便服与何进相见。仅隔一夜,未等授予官职便逃离。

之后三司府及公卿将军们竞相征辟,被州辟、举贤良方正、茂才等共有 14 次。郑玄皆拒不受,包括袁绍举其为茂才,表请其为左中郎将。公车(汉代官署名)征左中郎、博士、赵相、侍中等,郑玄也都没有就职。汉献帝征郑玄为大司农,位列九卿。他虽在家拜受,乘安车至许昌,但马上又借口有病,请求告老还乡。

建安五年(200 年)春,郑玄患病。当时袁绍与曹操正僵持于官渡,袁绍欲借郑玄之名望笼络人心,强迫其随军。是年,郑玄病重,于元城县(今河北省大名县)病逝。

文风今犹在,再铸新世风

"栽下梧桐树,引得凤凰来"。也许在郑玄心目中,康成书院就是枝繁叶茂的梧桐树,四方而至的学子就是展翅翱翔的凤凰,怀揣"以礼治国"的思想,期待他们学成报效国家之日,就是国泰民安之时。

美则美矣,这种政治主张尽管渺茫,绝无实行可能,却也闪耀人本的光辉,穿越历史的时空,令人肃然起敬。

想想吧,青山绿水之间,康成先生修订经书,学子们埋头苦读。儒学的基因深深扎根于这片沃土,他的内心一定是充盈富足的,那一番怡然自得的神情,该是让今人多么羡慕!

自东汉以降,广袤的崂山大地上,涌现出了华阳、青峪、崂山、石屋、下书院等诸多学府,旁支斜出,文脉不绝。因了康成书院的缘故,崂山作为道教名山,更增添了一抹亮丽的文化色彩,儒道共舞相得益彰。

康成书院,梦一样的存在;郑玄,注定被镌刻在崂山的丰碑之上。

时至今日,当年的康成书院,早已湮灭于历史的风雨中。明正德七年(1512 年),即墨知县高允中主持重建的书院,也难寻遗迹。然而,曾几何时,崇文尚学、勤奋求知的书院,使铁骑山东麓这片边远乡土成为令人刮目的人才生长的沃壤,顾宪成的"风声、雨声、读书声,声声入耳,家事、国事、天下事,事事关心"在书院渐成风气。

尚礼乐学的康成书院植传统文化之根,扬民族文化之魂,是文化贫瘠之乡挺拔的神奇之树,铸造出一段新的世风,其地位在青岛教育史上难以撼动,闪耀着书院文化精神的光芒。

郑玄与康成书院有着不能割舍的历史血脉。作为对郑玄的缅怀与追忆，当年开办书院的村庄沿袭书院之名，与之毗邻的村庄，因是郑玄引领弟子演习"周礼"之处，故名"演礼"。不仅如此，那草长叶宽坚韧的青草和叶若圆滑多变的秦篆的楸树，也有了"书带草"和"篆叶楸"的雅称。

往事如烟，岁月如流。郑玄之后，书院不再是造就士子的唯一，治学者代有名贤，苦读者精英辈出。时代不同，学子们其实是一样丰富、一样渴望、一样沉迷、一样热烈，如同生命一样春秋代序、生生不息……

法显讲经长广郡

江九胜

悠悠青岛，红瓦绿树，碧海蓝天。绿树葱茏的湛山，面朝大海，春暖花开，曲径通幽。湛山寺的钟声持久、庄重、悠远、绵长……寺内佛堂大厅坐落着一尊高一点五米的塑像，他额宽眉高，眼长鼻阔，目光坚定，望向虚无，表情祥和。令望者肃然起敬，心境平和，思量人生。他的目光望向远处，望向世界，望向不可知的未来……他开创了中外文化尤其是中外佛教文化交流的先河，他就是中国佛教史上具有里程碑意义的大德高僧——法显。

他，一生表仪天下，为后世求法者树立了光辉的榜样。法显精神，展现了自立于世界之林的风骨以及自强不息、厚德载物的品质。鲁迅将"舍身求法的人"与埋头苦干的人、拼命硬干的人、为民请命的人等并称为"中国的脊梁"。由于崂山是法显陆路西行海上回归的第一站，历史把法显精神和青岛文化紧密地连在了一起。

北齐武平二年(571年)，建于城阳夏庄源头的法海寺成为崂山规模较大的佛教庙宇。这是由于法显当年在崂山传播佛教的影响。自法海寺开始，到隋朝大珠山一系列佛教石窟的开凿，形成了青岛地区的佛教高潮。由于法显的影响，关中之学东徙，宣传佛教教义的义学波及彭城(今江苏徐州)。青州刺史时驻彭城，"徐州实为北魏义学重地"。

411年，法显搭乘商船循海路回国，路遇狂风暴雨，停靠转乘，几经周折，最终于412年在长广郡不其县域内的崂山登陆。笃信佛教的长广郡太守李嶷听到法显从海外取经归来的消息，立即亲自赶到海边迎接。法显六十五岁出游，前后共走三十余国，历经十三年，回到祖国时已经七十八岁。他那双沧桑的大脚终于踏上故地乡土不其城——青岛崂山南岸。

经考证,法显登陆地是崂山南岸栲栳岛一带。崂山,也作劳山、牢山,而"牢山"之名见诸文字,出自法显的《佛国记》。栲栳岛,位于崂山沙子口村东南 1.5 千米处,处登瀛湾与沙子口湾之间,是陡阡口山南伸入海中的小半岛。该岛呈南北走向,面积约 3 平方千米,三面环海,岗岭起伏。岛上有沙子口东山、烟台顶和南岛诸山,最高点海拔 175 米。

不其城乃长广郡的郡治。法显于此讲经弘法。青州兼兖州刺史刘道怜得悉法显已居长广,便立即派人邀请。刘道怜是刘宋武帝刘裕之仲弟,国子学生出身,虽资质平平,但跟随刘裕南征北战立过一些功劳,义熙初年领堂邑太守。李嶷将法显介绍来,"显持经像随还。顷之欲南归。青州刺史请留过冬。显曰:贫道投身于不反之地。志在弘通。所期未果不得久停"。事实上,法显在青州住了一冬一夏。

崂山是东夷文化的发祥地之一,自古因特殊的地理气候和优美的自然环境,成为出家修行人向往的地方。据史料记载,早在先秦时期崂山就集聚着许多道家方士。但是,魏晋及以前崂山及周边地区没有佛教活动记载,也没有佛教寺院的遗迹。法显登陆前,佛教已经传入青岛地区。

长广郡太守李嶷尊佛信教,虔诚之至,极力挽留法显在长广郡译经传教,翻译佛经,并在其靠岸登陆处创建石佛寺(即栲栳岛之潮海院)。从此,佛教在崂山地区声望大振,青岛沙子口街道栲栳岛南岸的潮海院印记着法显的足迹。研究法显的专家、学者普遍认为,法显是从这里登陆青岛,并在此生活过一段时间。潮海院,南面临海,其余三面环山,空气清新。院内千年古树、古井,环境清幽,法显寄居此处,心旷神怡,气定神闲,安心讲经,理顺游历行迹,为整理经卷、撰写《佛国记》打下了坚实基础。潮海院,始建于南北朝时期,后又赋予纪念法显西行取经随海潮而来,在此登陆与崂山结缘的渊源;潮海院也叫石佛寺、白佛寺,法显在当地留居一年,受到地方长官,尤其是太守李嶷的特别礼遇。法显赠送一尊佛像给地方,这尊佛像极可能是用白色石料雕琢而成,供奉于潮海院、建立庙宇,便以佛像命名为石佛寺,或白佛寺。石佛寺建成后,听经人众,影响极大,佛教开始在崂山地区兴盛。现在的潮海院系按照古样式重建,其正殿廊道还挂着法显的画像和法显西行图。在通往寺庙山门的道路两侧,有六棵银杏树已有 1600 余年,华盖参天。据说是法显当年所种。山门两边各一彩塑门神,高达两三米。海潮院自从诞生就历经磨难,被淹、年久失修、"文革"破"四旧"被毁、塑像被毁,寺庙被拆,被修缮、转为他用……寺院无言地承受着加诸己身的各种考验,也记录着它曾经经历的历史,更浓墨重彩书写着法显与青岛的不解之缘。

潮海院门有湛山寺方丈明哲题写的院名——"潮海院"三个大字熠熠生辉,正殿廊道里挂着高僧法显的画像、法显西行路线图和潮海院简介,殿前殿后的门柱上均书刻着楹联。院内一副楹联颇具气概:钟鼓声中垂思百代云舒云卷,貔貅旗下静观千年潮去潮来。

2003 年,青岛市在崂山东岸华严寺前立一法显铜像,像座楷书八个大字:"法显崂山登陆纪念"。后加一组铜浮雕,以纪念法显,人称"法显广场",虽选址存争议,但是法显与青岛、与崂山的佛缘是一定的了。

法显在译经讲经过程中,同时将他出国 15 年,经历 30 余国的山川风物、社会民情等旅行考察,包括往返横渡太平洋的时间、气象、海况和全部航行日程记载下来,著为一部旅行记,于 416 年公之于世。此书原名《历游天竺记传》,后人简称《法显传》,又名《佛国记》。这部书补充了印度古史,于阗、龟兹史书的不足,详细记载了印度佛教古迹和僧侣生活,成为一部集地理、历史、社会、宗教之大成的杰作,具有极高的科学价值。东晋元熙二年(420 年),法显在荆州江陵的辛寺圆寂,终年 86 岁。法显的数百名弟子闻知后,痛苦不已,各地百姓也前来吊唁,接连多日,络绎不绝。

读法显的《佛国记》,很多处让人落泪。在从敦煌穿越沙漠时,他写道:"沙河中多有恶鬼、热风,遇则皆死,无一全者。上无飞鸟,下无走兽,遍望极目,欲求度处,则莫知所拟,唯以死人枯骨为标识耳。"可知其行途之寂寞孤苦,甚至生命亦难以保全。在南度小雪山时遭遇寒风暴雪,同道慧景感染风寒,口出白沫,不幸圆寂,法显抚之悲号,深切感人。离乡愈久,思乡愈切。在师子国无畏山寺见到故土商人奉献给青玉佛像的绢扇时,老人热泪纵横:"法显去汉地积年,所与交接悉异域人,山川草木,举目无旧。又同行分披,或留或亡,顾影唯已,心常怀悲。忽于此玉像边见商人以晋地一白绢扇供养,不觉凄然,泪下满目。"虽经千难万险,老人却依然深怀着眷念故土的爱国之心。

柏杨先生说:"法显,是中国历史上第一位留学生,而且最有成绩和最为成功。"

张梁先生指出:"法显之前,众人认为一阐提(恶人)不能成佛。法显归还后,将携回的《方等般泥洹经》译出,经云:"泥洹不灭,佛有真我,一切众生,皆有佛性。"张梁先生书中还说:"儒释道,是中华文化的三大源头。孔子老子法显,是传统国学的三位至尊。"

时间切回到今天,曾任青岛市委书记的李群,在"青岛与一带一路的历史渊源"研讨会的致辞中,提到了 1600 年前的东晋高僧法显,经陆上丝绸之路,赴古印度寻求真经,十多年之后沿海上丝绸之路,最终北上登陆青岛,使青岛与"一带一路"的悠久历史渊源得到进一步夯实。法显的足迹为丝绸之路画了一个圈,出发时的西行走丝绸之路,归国北上为海上丝绸之路,法显一生圆满,为中国、为丝绸之路乃至世界也画了一个圆满。

法显于 412 年在崂山登陆回国,并于长广郡不其城讲经弘法,为青岛留下了一份宝贵的历史文化遗产。归国后,法显将带回的梵文佛经译传,填补了汉地律藏的空白,为中土引入了涅槃思想,开创了"印度的梵文佛经开始通过中国僧人直接传入中国"的历史纪元。法显之于崂山本是不期而遇,但对青岛佛教文化却产生了深远的影响。

顾炎武赋诗玉蕊楼

肖任飞

每到铁骑山,必提玉蕊楼。

玉蕊楼,名字如雪似玉,令人充满遐想,只念其名,便是唇齿生香。如果深品,一股书香气息便随着时光的长河流淌过来。

玉蕊楼原址在崂山的铁骑山南,离惜福镇书院村1千米,所在的村庄,被称为楼上村,山明水秀,颇有一番好风光。后来,因修书院水库,此村庄搬迁。

玉蕊楼,为明代御史即墨人黄宗昌所建。黄宗昌,曾任雄县、清苑县知县和监察御史,崇祯十年(1637年)罢归故里。因慕郑康成之为人和学识,特地在康成书院故址南1千米处构筑了这座玉蕊楼,隐居其中,并且特意写了《玉蕊楼》七言绝句:"四山菡萏玉嶙峋,中有危楼耸出新。十亩长松半亩竹,康成书院北为邻。"

此处钟灵毓秀,风景独特,给了他无处不在的山水之乐。他在《崂山志》卷七《别墅》中,专门撰写了《玉蕊楼自述》,文中写道:"是楼为二层,古色古香,院落门庭精致,周围景色幽邃,四山环抱,涧水前汇,茂林修竹,涉目成趣。"景致如画,清幽深远,此时读来,依旧令人向往。

安谧宁静的环境特点,也让他可以潜心著述。在玉蕊楼,黄宗昌和其子黄坦一起,完成了第一部《崂山志》。《崂山志》共分八卷,详细记载了崂山的著名景点、宫观建置、历代隐居崂山的名士高僧、崂山的风物、奇闻逸事等,辑存了崂山许多有价值的史料。不仅如此,黄宗昌更是借此书,抒发了自己当时的悲叹和感慨。后来,顾炎武也为《崂山志》作序。在这篇序言中,顾炎武对崂山之山名做了全面探求,他最精辟的见解是,"秦始皇登劳盛山"其中"劳盛自是两山"。"劳山"之名源于秦始皇的见解,认为"秦皇登之,必一郡供张,数县储待,四民废业,千里驿骚而后上也。于是齐人苦之,而名劳山也。"颇有见解。

　　玉蕊楼僻居海隅,在当时接纳了很多明亡后不愿出仕的文人墨客,汇聚了许多旧僚宿儒,如胡峄阳、韩良辅、范士骥等人,时称"崂山七十二君子"。他们在此饮酒作诗,悼亡国之情,抒郁闷之气。康熙年间,即墨人纪润在《劳山记》中把玉蕊楼誉之为"吾邑第一山庄"。这其中,明末莱阳名士宋继澄曾有五言律诗《山庄》记载此楼。黄宗昌在玉蕊楼还接纳过莱阳爱国诗人董樵,明代饶州知府张允抡,明亡后,张允抡不愿出仕,隐居玉蕊楼执教授徒约 10 年,玉蕊楼也因此人才辈出。

　　思想家和文学家顾炎武在明亡后遨游北方,也曾在玉蕊楼居住过。明亡后,顾炎武来到山东,并结交当时活跃在即墨的明代遗臣和文士,主要是即墨黄氏家族中的黄坦、黄培,名士杨还吉,以及曾任饶州知府的莱阳进士张允抡。在这座玉蕊楼里,顾炎武有感于郑玄的康成书院,作《不其山》一诗:

荒山书院有人耕,不记山名与县名。

为问黄巾满天下,可能容得郑康成?

　　道出了郑玄在不其山上建康成书院,黄巾军避之不扰的史实。

　　顾炎武和张允抡私交甚好,志趣相投并为之写下了《张饶州允抡山中弹琴》五言诗一首:

赵公化去时,一琴遗使君。五年作太守,却反东皋耘。

有时意不惬,来蹑劳山云。临风发宫商,二气相氤氲。

可怜成连意,空山无人闻。我欲从君栖,山涯与海滨。

　　但实际上顾炎武的崂山行并非游山玩水这么简单,从他结交的人士来看,他们都有着和他一样的抗清之志。也正是因为和这些人的交往过密,顾炎武还有了一次牢狱之灾。这与当时的"黄培文字狱"一案有关。黄培也是位抗清人士,顺治十八年(1662 年)于七抗清起义爆发,黄培在道义和物资上给予支持,并作诗 200 余首,命名为《含章馆诗集》,分赠亲友。这首诗集被黄家的仇人一再利用,一直到姜元衡告到朝廷,引起雷霆之怒,最终黄培被处以绞刑,参与人士都遭到逮捕。顾炎武也是其中之一。顾炎武在狱中被囚禁了 7 个月,矢口否认曾到即墨和崂山,更否认曾与许多反清文人相识,加之友人相救,才幸免于难。但他与明末遗臣张允抡、宋继澄共同为黄宗昌《崂山志》写的序言，也因此不敢于清代面世，致使《崂山志序》在清朝灭亡后的 1916 年才正式出版。

顾炎武情绪流露较少，留下来的，只是他游历、赞颂崂山的一些诗篇而已。

书写崂山的作品，除了前面提到的《不其山》《张饶州允抡山中弹琴》，顾炎武还作《劳山歌》《安平君祠》等诗篇。

《安平君祠》写道：

> 太息全齐霸业遗，如君真是一男儿。
>
> 功成栈道迎主日，志决危城仗锤时。
>
> 饥鸟尚衔庭下粒，老牛犹饮穴边池。
>
> 可怜王建降秦后，千古无人解凵奇。

赞颂战国时齐人田单使用火牛阵，出奇制胜，大破燕兵，一举收复齐国上地的业绩。

《劳山歌》则歌颂了"劳山拔地九千丈，崔嵬势压齐之东。下视大海出日月，上接元气包鸿蒙"的崔嵬雄奇和"奇花名药绝凡境，世人不识疑天工。云是老子曾过此，后有济北黄石公"的神秘古老。

另外，崂山"神仙之宅、灵异之府"的美誉，也出自顾炎武的手笔，使得崂山声名远播。

如今，崂山犹龙洞洞额有题刻"云是老子曾过此，后有济北黄石公"，这句诗摘自顾炎武长诗《劳山歌》，1981 年秋由书法家沈鹏草书，定格了顾炎武在崂山的踪迹。

浩浩历史，皆如烟云，唇齿间也只留下了昔日的墨香。

始终不能湮灭的，是玉蕊楼过往的猎猎风情。

遥忆城阳武工队

杜刊功

1994 年 4 月,青岛市进行市区行政区划调整。从此,一个自原崂山区划分出来的新行政区——城阳区,正式宣告成立,首任区委书记为原崂山区委书记宁经谋同志。其时,我任城阳区委办公室副主任,伴随着新区的建设和发展,忙碌而充实。

非常幸运的是,第二年初冬时节,我参与接待了另外一位 50 年前的城阳区委书记——当年赫赫有名的"城阳武工队"队长李肇兰同志。这位与中国共产党同年诞生的老人,时年 74 岁,身体健朗、为人谦和、衣着简朴、言谈举止间丝毫看不出是一位曾经驰骋战场、叱咤风云、令敌人闻风丧胆的老战斗英雄。历史蓦然划过时空,瞬间在这里交汇——时隔半个世纪,两位新老城阳区委书记在新城阳握手会面,追忆战斗岁月,畅谈和平发展,令人不禁有时光倒流之感,顿生无限感慨。嗣后,按照组织要求,我又数次与老人见面,商谈有关具体事宜。交谈过程中,我发现老人记忆力特别好,烽烟往事,娓娓道来,充满深情,如数家珍。

城阳地处即墨以南,崂山西麓,西临胶州湾,胶济铁路东端,是青岛通往内陆的"北大门"和咽喉要道,历来为兵家必争之地。当年的城阳区是即墨县的"老五区",其隶属、区域、人口等,与今日之新城阳区当然不可同日而语。抗战时期,日军在这里重兵驻守,严密统治,城阳武工队就活动、战斗在这个虎口之地,先后有一大批仁人志士,投身抗战,为国捐躯。

李肇兰出生于今即墨区李家西城村,1943 年 7 月参加革命并加入中国共产党。1949 年前,曾任中共城阳分区委书记、城阳武工队队长。1983 年底从昌潍地区科委主任一职离休后,他以一种时不我待的强烈责任感,舍我其谁的神圣使命感,历时五载,三易其稿,呕心沥血,奋笔疾书,完成了40万字的革命回忆录《城阳武工队》。他说:"我离休之后,许多老战友和熟悉城阳武工队情况的老同志,都认为我是当年城阳武工队的主要领导者,又是武工队对敌斗争最知情的人,几次敦促我把武工队与日伪、国民党反动派和当地土顽势力拼搏的那段不寻常斗争经历写下来,留给后人。加之,我每每忆起当年那些斗争场面和革命斗争的岁月,便心情激荡,感慨颇多。为缅怀死难的战友,我着笔了,伏案五年写成此书。"(《城阳武工队》后记)书中,有两位原山东省委书记分别为其题词、作序。苏毅然同志题词为:"追抚英雄革命史迹,发扬艰苦奋斗精神。"梁步庭同志在序中说:"书中真实地记述了城阳武工队在抗日战争和解放战争中的战斗历程。故事情节动人,文字朴实无华……城阳武工队是一支英雄的地方武装。他们在党组织的领导下,从小到大,由弱到强,在战斗中发展壮大,成为一支战斗力相当强的小部队……特别是当时担任区委书记兼武工队长的李肇兰同志,对党忠诚,立场坚定,又善于走群众路线,处处身先士卒……城阳武工队与人民群众一起坚持斗争,直到最后胜利。"

回忆城阳武工队,就不能不回溯青岛特别是即墨地区抗日武装力量的建立。1937年10月上旬,日军大举侵入山东,形势十分危急。在山东省委统一部署下,一批优秀党员和青年知识分子,纷纷深入农村,依靠群众,恢复、发展党组织,开展抗日武装斗争。青岛沦陷一个月后,出生于即墨袁家屯的共产党人袁超,不避艰难危险,联络故旧亲友和有志之士,先后组织了300多人的武装力量。1938年2月,中共胶东特委和山东人民抗日救国军第三军总部正式为这支队伍颁布番号,命名为"山东人民抗日救国军第三军第七大队"。此后,七大队逐步扩编为5个中队。同年3月4日,即墨抗日独立中队在即墨县李家西城村王家茔宣布成立,李肇岐任中队长,进入崂山一带开展抗日游击活动。

即墨县大队的成立,是城阳武工队诞生的前提和发展的基础。抗日战争进入决胜阶段之际,各地八路军主力部队急需转入外线作战。1942年春,胶东地区根据抗战形势发生的重大变化,为了继续坚持边缘区斗争,亟须在大沽河沿岸一带建立一支地方武装,以打击铁路沿线的日伪军。为此,胶东区党委下达了"在胶、即两县建立地方武装,开辟游击区"的指示。3月16日,胶即游击大队成立;4月,大队发展到120余人,经胶东军区第四军分区(也称南海军分区)批准,胶即大队改称为南海独立营;9月,又奉命改编为即墨县大队,从此,即墨西北边区开始由游击区变成根据地。它的建立,还使南海党政军离开大泽山区、南下大沽河流域的战略计划得以实现。即墨县大队成立时,又建立了5支区中队(或称武工队):城阳武工队、马山武工队、金口武工队、即墨第三区中队、即墨第四区中队等。这些武装骁勇善战,在打击日伪顽,巩固抗日民主政权,保卫抗日根据地方面做出了巨大贡献。

为加强对城阳地区抗日活动的领导,1944年3月,中共即墨县委派李肇兰前往开展工作。明年6月,县委任命李肇兰为城阳区委书记兼区长,周强、杨华任副书记,江子岐、张玉光分别任副区长和区委委员,同时成立城阳区中队。不久,为适应形势需要,即墨县委将城阳、新村两区合并为城阳区,区中队改编为"城阳武工队",李肇兰任队长,江子岐、宫崇月任副队长。这段历史,李肇兰在《城阳武工队》第七章《虎口拔牙》中曾这样回忆:"1945年6月初,我南海主力部队向青岛外围进逼,司令部驻扎在马山以南官路村。城阳区形势大变了,日本鬼子龟缩在即墨城、城阳和南泉三个据点,轻易不敢出来活动……一天,南海地区专员刘宿贤派人把我叫去,他和善地向我分析了抗日战争的形势之后,又说:'我已通知即墨县委任命你为城阳区区长,不久由县里再派位副区长和部分干部去。'……9日这天,天刚黑,(在张家西城西庙)20多人集合起来。我与来人一一握手问好,然后站在庙台旗杆座上宣布说:'即墨县城阳区中队今天成立了!'"

城阳武工队建队之初,有队员16人,仅李肇兰有短枪1支。武工队决定从敌人手中缴获武器,武装自己,打击敌人。1945年6月,武工队绕过进犯崂山的日军大部队,摸进张家西城保公所,缴获长、短枪各1支,同时搞清了日军进山的目的。同月,李肇兰在丹山群众的协助下,只身闯入日伪军住所,从敌人手中夺得驳壳枪、步枪各1支。1945年9月,武工队获悉温良乡伪乡队20余人已转移至大北曲,便兵分两路直插敌人驻处,歼敌大部。翌年初,武工队发展到50余人,6月16日,在仲村截击由即墨城南逃的国民党地方军200余人,大部予以歼灭。

　　1945年11月,国民党第八军由青岛开往崂山,驻城阳、大周村一带,所到之处,碉堡林立,封锁严密,实行恐怖政策,地主势力抬头,纷纷组建"武装联防队"。为打击国民党军队和地主武装的嚣张气焰,中共城阳区委决定,首先把消灭西城汇联防队作为突破口,然后把联防队的巢穴逐个摧毁。1946年8月至次年1月,在城阳区委的指挥下,武工队与即墨县大队1个连协同作战,3次攻打西城汇,联防队员大部被歼、被俘,余者逃亡。同年底,联防队队长田有义被抓获处死,周围十几个村的联防队大为震慑,纷纷缴械投降,归顺武工队,城阳武工队威名大振。1947年1月,副队长江子岐率队员5人巧妙地摸进郭庄保队部,活捉保长赵世政。1948年除夕,武工队进入敌后海西村,俘盐警中队长及保长各1人。

　　城阳武工队自成立后,一直活跃在胶济铁路城阳段以北,北宅和流清河以西,墨水河以东的大片土地上,出奇制胜,打击敌人。城阳武工队运用"游击战"的战略战术,在当地群众的支持下,打死杀伤了大量敌人,打得青岛外围的国民党驻军和乡村保卫队胆战心惊,在青岛人民武装的战史上写下了辉煌一页。自1945年1月至1949年5月,武工队在对敌斗争中不断地发展壮大,从几个人发展到100多人,并为解放军主力部队输送干部、战士100余人。仅以江子岐同志所在的小周村为例,村子虽小,却具有光荣的革命传统。江子岐1938年1月参加革命工作后,受中共南海地委派遣,在日伪严密封锁的城阳地区从事地下交通联络工作,在城阳、石桥、郭庄、田村一带建立秘密联络点,传送青岛地下党与胶东军区情报站的情报,并多次只身涉险完成护送中共南海地委、胶东区委领导通过日伪封锁线任务。1945年6月,已担任城阳区副区长的江子岐与李肇兰组建了城阳武工队,该村村民江树木、江树竹等8人参加了武工队。

　　五年多血与火的战斗岁月,城阳武工队先后有十多名战士英勇牺牲,许多同志身负重伤,终身残疾,他们为民族解放事业做出了不可磨灭的贡献。1947年2月,即墨县委授予城阳武工队"模范武工队"光荣称号;同年7月,胶东军区和南海军分区又命名该队为"李肇兰武工队",并荣记集体三等功。李肇兰在《城阳武工队》前言中曾深情地说:

"这支英雄的武工队在抗日战争和解放战争中,战斗生活是坎坷的,艰险的。它的历程,是斗争的历程,光荣的历程! ……在革命斗争的历程中,武工队曾出现过许多惊心动魄、可歌可泣的动人事迹,至今令人难以忘怀。40多年过去了,每当我回忆起那些壮烈牺牲的同志,那些激战的紧张场面,那些悲壮的英雄业绩,便禁不住心情激荡。"

2015年是中国人民抗日战争暨世界反法西斯战争胜利70周年,恰距我与李肇兰同志初次见面过去整整20年。6月,我感赋七律《城阳武工队》一首,追忆武工队的光荣史迹,表达对李肇兰同志和他的战友们的无限崇敬和缅怀之情:

家亡国破烽烟怒,抗日英雄李肇兰。
墨水河侵腥雨骤,丹山岭入暮云残。
忍埋碧血月魂冷,愁拭霜刀鬼胆寒。
遥忆城阳武工队,无声心底涌波澜。

青山埋忠骨　火炬映丹心

——记七十年前战役旧址铁骑山

李　强

　　城阳历史上曾叫不其县,据考证,是因为域内的不其山而得名。秦朝时,有不族和其族在此山周边居住,因而这山就取名不其山,即如今的铁骑山。秦统一六国后,秦始皇采纳丞相李斯的主张,在胶州湾西岸设齐郡,并于公元前 221 年置不其县。当时的不其县地域广阔,包括现在的青岛市区、城阳、即墨南部。《即墨县志》(清乾隆甲申本)载:"不其县东二十里,一名铁旗山,俗传鲁肃建旗于此。"另传,唐王东征时,曾在山上插过铁旗,故名铁旗山,后演化为铁骑山。据史料记载,中国古代历史上最著名的两个皇帝秦皇、汉武都曾来过不其县。解放战争中,解放军与国民党残余部队在铁骑山进行了一场激烈的战斗,此战为最终解放青岛奠定了坚实的基础。可见,此地从古至今都具有极其重要的地位,发挥过极其重要的作用,难怪在不乏名山的青岛,却独独为铁骑山留有一席之地。

　　铁骑山位于现在的青岛市城阳区惜福镇街道,距区政府约 20 千米,沿城阳区内的东西主干道正阳路一直向东,在惜福镇街道转到 212省道(即青岛至王哥庄的青王公路)后再向东行走约 3 千米的路程便可到达铁骑山。这里四周群山环立,嵯峨争奇,树木茂盛,葱郁荫翳。远处山峦层叠,群峰起伏,山脊连亘,云遮雾绕;近处巨石横陈,悬崖陡峭,灌木丛生,杂草缠绕。212 省道由山下横贯东西,宛若一条飘带系在群山之中。山的东侧自然天成的书院水库更是为这里增添了一种灵动和秀气。初到此处,给人一种人间仙境、世外桃源的感觉。当地人依山傍水,沿铁骑山向纵深处开发出了棉花山旅游景点,近年来成了青岛市里及周边城里人休闲度假的好去处。

　　铁骑山就坐落于 212 省道南侧,踞高而下,与对面的松山形成南北对峙山峰,恰好扼住进出崂山的咽喉,自古以来,这里都是兵家必争之地。山下的 212 省道向南分出一条岔路,蜿蜒崎岖直插群山深处,路边就是书院水库及其延伸的支流。这条路是山里人进出的唯一通道,如今已经由原来的车马土路改造成了双向通行的柏油公路。从212 省道转入此路向前一直走,就到了近年来新开发的棉花村旅游景点。村庄深居山里,处处都是自然景观,尤其以山中出产的桃、杏、葡萄等最为出名。再向里深入进去,也就到了崂山山脉的腹地,即久负盛名的三标山以及崂山北九水风景区了。

整个铁骑山分南北两峰,宛如两座天然城堡,为三标山之北脉,主峰海拔 328.8 米,面积约为 1.5 平方千米,南坡险、东坡缓、西北坡陡。因山顶巨石连骈,四周岩石雉堞,当地人也称"石城山"。

铁骑山临 212 省道的北坡有解放青岛时牺牲的解放军烈士墓群(现已经迁入烈士陵园),山南有百福庵,东南有康成书院(郑玄授徒处)。山上灌木密布、杂草丛生,有黑松、赤松、刺槐、酸枣、火炬等若干树种,覆盖率达 100%。北山山顶为一巨石覆盖,石上天然形成一方脸盆大小的水坑,一汪清澈见底的雨水溢满小坑,在周围山石遍布、树木丛生的山顶,难得的一汪清水显得弥足珍贵。

如此山清水秀的地方,让人怎么也不会与腥风血雨的战场联系在一起。尤其是和平年代时间长了,人们对过去战争年代的事情也就漫漫淡忘了。中国历史上那场轰轰烈烈、为人类战争史留下深刻印记、让中国从此改天换地的解放战争,刚刚过去还不到七十年,有些亲历过的父辈们仍还健在,但在许多年轻人那里恐怕早已淡出了历史,当年战争的场景即使有些人还记得,也只是一种轻描淡写的模糊记忆。许多人也许根本就不会想到,我们脚下的这座铁骑山,当年就曾发生过一场激烈的战斗,成百上千的人就牺牲在了这场战斗中,那也是解放青岛的关键一战,战斗的激烈程度现在听那些亲历者回忆起来,都让人不寒而栗,触目惊心。

不用说那种枪林弹雨的生死考验,仅仅就是眼前这座铁骑山的险要,也不是随随便便可以征服的。为体验战争年代那种翻山越岭、爬山过坎的艰难,追忆战争年代里的那种艰苦卓绝。我选择一个阳光明媚的日子，在南坡向阳的一面，带着登山杖身临其境地体验了一次征服铁骑山的过程。山不算高，也不算十分险要，但攀登起来却并不容易，整个山都被灌木覆盖着，很有些原始的味道。山坡上没有一条现成的路可走，要想上山就得在乱草丛生中摸索前进。时不时被缠绕着的酸枣刺或是什么带刺的杂草扎一下，那种滋味也是够受的。从山坡下进入茂密的灌木丛后，人就直接失去了方向感，向上看不到天空，被密实的树木遮挡得严严实实。向四周看全是一样的树木和杂草，辨不清哪里是东西南北，只有凭着感觉朝着自己认定的方向一步一步探索着走。有时走出很长一段距离，感觉错了方向，便再重新调整目标。有时脚下头上全被杂草树木覆盖了，寸步难行，就只有用手和登山杖扒出一块仅仅能容下半个身子的地方爬着过去。历尽各种艰辛，经过一个多小时的时间，手上腿上都被扎满了一个又一个带血的记号，透过树木终于又可以看到湛蓝的天空了，目测一下，仿佛离山顶也就还有不到 50 米的直线距离了。

岁月静好，风平浪静的和平年代，没有任何的妨碍，爬起山来都是如此艰难。可以设想在解放青岛的铁骑山战役中，战士们顶着敌人的枪弹，冒着敌人的炮火，在艰难的拉锯战中，一次次攻上山头，又一次次被迫撤下，是何等的艰难。据说在一天一夜的战斗中，解放军反反复复攻占这个山头 9 次，最终才取得了战役的胜利，当时的艰难情形是可想而知的。

接近山顶时，不经意间，突然发现在周围的这一段山坡上，不再是那种杂乱的灌木，取而代之的是一簇簇红红的火炬树，夹杂在那些黑松、刺槐当中，看起来分外耀目。红火炬一个一个长在每一条树枝的顶端，像是专门挑着的红穗子。红的深沉且艳丽，给平淡的山坡突然增添了一抹靓丽的景色。这难得一见的血红的火炬树，会让人不由地想到发生在脚下这座山上的那段历史以及在那场战斗中牺牲的那些战士们。

铁骑山战役是解放战争中千千万万个战役中的一个。1949 年 5 月 28 日，原本是一个再普通不过的日子。然而，就在这一天，位于青岛城阳的铁骑山却经历了一场历史上绝无仅有的荡气回肠的战斗。

当时节节败退的国民党军队为了保住青岛，妄图凭借崂山天然的险要地势负隅顽抗。他们选择在山高坡陡、森林茂密，易守难攻的铁骑山上修筑工事，在周围精心构筑了一层又一层坚固的工事作为把守青岛门户的防御阵地。并偷偷以所剩无几的正规国民党二五五师两个营取代了原来驻防在这里的杂牌军青岛保安旅，想借此扼住进出青岛的咽喉要地，阻滞解放军东进崂山南下青岛。

5月28日，一路高歌猛进打到山下的解放军警四旅向铁骑山的敌军发起了猛烈攻击。当时固守铁骑山的敌军是十一绥远区刘安祺部，他们仰仗美式装备和天然屏障，严防死守。解放军警四旅十一团七连担任主攻任务，上午九点战斗打响后，铁骑山上满山都是炮弹、手榴弹、子弹的呼啸声，满耳都是轰隆隆的枪炮声，整个山被硝烟弥漫着，被炮火燃烧着。解放军虽已事先侦察过铁骑山敌情，但并未发觉守敌已由原来的青岛保安旅换成了国民党正规军二五五师一部。由于对敌兵力情况掌握不准，使得开始的进攻受到很大阻击。随后警四旅十一团调来炮兵，十几门大炮一字排开，向铁骑山顶的敌军阵地发起猛烈的炮火射击。几个小时后，敌人阵地便变成一片废墟。炮击停止后，埋伏在山脚下的解放军战士一跃而起，迅速向敌人占据的山顶冲去。经过四个多小时的激烈战斗，下午一点左右，解放军占领了铁骑山北山头，十一团战士把敌人全部压缩到铁骑山南山头。

又经过几个小时激烈的战斗，铁骑山两个山头被解放军全部占领。这时，战士们也达到了极度疲劳的程度。取得阶段性的胜利后，解放军战士们忙于做饭修筑工事，放松了对敌人的警惕。没有想到的是，此时刚刚败下山头的敌人又组织了起来，凶神恶煞般地偷袭上了山头。原来被赶出阵地的敌人不甘心自己的失败，他们以每人120块银圆的悬赏，收买了一批亡命之徒组成敢死队，向十一团的战士冲来。战士们在筋疲力尽的情况下仓促应战，终因寡不敌众，退至山下。就在这次被偷袭的过程中，战士们用年轻的生命谱写了一个个悲壮的故事，涌现出了一批可歌可泣的英雄人物和事迹。

据当年一些亲历者回忆，十一团七连指导员叫宫毛光，他和山顶上的解放军战士发现敌人袭击后，立即奋力抗击，在弹尽粮绝的情况下,战士们用刺刀和石块打击敌人,顽强地坚守阵地。敌人见敢死队不能占领阵地,便又组织了一个营的兵力进行更大规模的反扑,眼看着黄压压的一片敌人冲上了阵地。指导员宫毛光便带领一班战士同敌人展开了肉搏战。在与敌人近距离的搏斗中,战士们面对敌人扔过来的一个又一个的手榴弹,丝毫没有一点畏惧,往往是边往前冲边捡起正在咝咝作响的手榴弹,再用力扔到敌人那边。随着近距离搏击的持续,战士们的伤亡在不断增加,敌人一群一群地冲上了山顶,情况陷于危急之中,指导员宫毛光和山顶上的十一团七连战士被迫突围撤退。

在突围战斗中,战士们英勇顽强,视死如归。每一名战士都把"冲锋在前、退却在后"牢记心中。战士初月俊被敌人包围,他端起冲锋枪顽强地向敌人射击,当他打完最后一颗子弹时,被扑上来的 3 个敌人紧紧抱住,初月俊的枪被拽掉了,双手又被紧压在自己的肚子上。在这生死危急的关头,他果断拉响了腰间的手榴弹,并高呼"打倒国民党反动派,解放全中国",抱着敌人跳下悬崖,壮烈牺牲。

为了掩护战士撤出阵地,十一团杨副营长坚持在一个掩体内向敌人射击。这时敌人的火力密集地向他封锁过来,通讯员劝他下山,他说:"同志们先撤,让我坚持到最后。"敌人的火力越来越密集,通讯员急了,拖着他的皮带向下拽。皮带被拖掉了以后,又拖着他的衣服,衣服也被扯掉,他硬是要坚守阵地。最后他被通讯员拉着裤带拖了下来。

敌人占领铁骑山进行搜索时,突然发现七连副连长纪水京仍在一个地堡内没有撤退,便立即包围了他。敌人高喊着"捉活的",向他一点点靠近。纪副连长丝毫没有惊慌,用匣子枪沉着还击,迅速撤退。敌人的手榴弹一个一个向他扔过来,他的手和脸被弹片和树枝刮的鲜血直流,凭着个人的机智和勇敢,纪副连长最终摆脱敌人安全撤下山来。

激烈的铁骑山争夺战进行了一天一夜,为了彻底打通大军南下的通道,消灭青岛外围敌人。5 月 29 日上午,解放军组织了更强大的火力,对铁骑山守敌再一次发起了进攻。几十门榴弹炮同时向山顶猛轰,敌人的阵地被彻底摧毁。山下被我军全部占领,吓得敌人到处东躲西藏,北山很快被重新收复,南山峰的敌人还在负隅顽抗。解放军派出一个连,沿山下向东迂回到敌人背后,出其不意地冲上山顶,将敌军一名连长活捉,其余敌人乖乖举手投降。不到中午,铁骑山两峰全部被我军占领。

铁骑山一战,警四旅十一团牺牲了一百多名干部战士。活生生的年轻士兵一个个倒下去,用自己的生命换来了歼敌九百余人的辉煌战绩。胜利的取得非常艰难,双方激烈地反复争抢山头阵地,方圆不足几百米,总面积1.5平方千米的场地上,一天多的战斗中躺下了上千具尸体,想一想就可以知道那场战役的激烈程度。担任主攻任务的警四旅十一团七连,活下来的没几个人。据统计,全连120名官兵,最后只剩下37人,这也使铁骑山战斗成了解放青岛诸多战斗中最为惨烈的一仗。

如今,站在这里,再也看不到丝毫战争的痕迹,四望全是青山绿地和茅草密林。当年弥漫的硝烟、呼啸的枪弹、战场的凄惨早已被现如今人们幸福美满的生活深深地遮盖。这个昔日的战场已经成了青岛市民踏青赏景的好去处,人们感兴趣的多是这里远离城市喧嚣的那种清静、四周青山遮蔽一望无际的那种空旷、润泽而又满含负氧离子的那种空气的新鲜以及在登山过程中产生的那种快乐。唯有这一株株红灿灿的火炬树,还在百折不挠地以它艳丽的红色,纪念着那场流血成河的战斗,提示今天的人们永远不能忘却过去的那段惨烈的历史。

"不其山不老,革命史尤新,青山埋忠骨,火炬映丹心!"我们年轻的一代,更应该珍视现在来之不易的和平,积极进取,努力奋斗,让那些为此付出生命的革命先烈们在九泉之下感到欣慰。

丹山岭上觅英魂

贺建国

丹山岭位于崂山西麓,城阳区夏庄街道南端,海拔135米,面积0.5平方千米。就自然景色而言,在崂山众多的奇峰险壑中,它很普通,说不上有什么特别的地方。

要说这里一点名气也没有,也不尽然。青岛十景中的"丹邱春赏",说的就是这里。据记载,当年,这里果木成林,春天里曾经是一片花的海洋。东起少山,西到西岭,南接罗圈涧,北至西小水,花浪起伏,连绵似海,引得青岛的市民纷纷前来踏春赏花。不过这个青岛十景是1936年评选的,这一景如今已少有人提及了。

这里也是一片历史悠久、灾难深重的土地。从明朝起,丹山人便在这里辛勤劳作,繁衍生息。1898年德国人占领胶州湾,丹山岭是德占区与清政府的即墨县相对峙的前沿阵地;1914年日本人占领青岛,这里又成了日战区的军事重地。1938年日本二次占领青岛,这里是我敌后游击队抗击日本侵略者的游击区。直到新中国成立,丹山人民才过上当家做主、安居乐业的幸福生活,这片古老的土地才焕发出勃勃的生机。

斗转星移,如今的丹山岭,周围是宽敞的马路,林立的高楼;东面的青银高速丹山大桥,一桥飞架,气势恢宏,远远望去犹如一道挂在半空中的彩虹。桥上车水马龙,昼夜川流不息。每年的春天,附近还零星剩下的果木里,桃花、杏花、梨花争相开放,还有山上一些不知名的野花,让这里依稀还能看到一些曾经的景象。

时至今日,丹山岭依然是附近居民休闲的一个去处。但人们来此地已不仅仅是游玩,更多的人是来瞻仰烈士纪念碑,缅怀革命先烈。

1949年5月31日8时,在这里打响了青即战役解放青岛最后的一个攻坚战——丹山岭战役。英勇的人民解放军,昼夜轮番向盘踞在丹山岭负隅顽抗的国民党残兵败将发起猛烈的进攻。枪炮轰鸣,硝烟四起,国民党军困兽犹斗,垂死挣扎,阵地几次易手,那是一场惨烈的殊死搏斗。历经一天一夜的浴血奋战,6月1日9时许,英雄们把血染的红旗插上了丹山岭!6月2日,青岛解放。

丹山岭战役,歼敌一个加强营,俘虏敌人150余人,打退敌人一个团的援兵8次疯狂反扑。解放军也伤亡惨重,共死伤2000余人,牺牲500余人。这些战斗中牺牲的烈士,大部分是附近平度、莱西、胶州等地的,亲属们把烈士的遗体运回了家乡。最后还剩下18名烈士的遗体,村民们在山上树碑安葬。

暮秋时节,秋风瑟瑟,怀着一颗崇敬的心,我来到丹山岭,拜访这片英雄的土地,祭奠那些长眠的英灵。

从南面上山,山脚下是丹山社区的新居。前期的楼房已建成入住,小区内树木成排,绿草如茵,道路干净整齐,楼房宽敞明亮。后期还有一大片楼房正在建设,工地上塔吊林立,机器轰鸣,一派繁忙的景象。紧靠居民楼的南面,有一条通向山顶的路,路两边的山坡上植满了松树,满目苍翠。间或有几棵红枫和黄栌点缀其间,经霜的叶子火红一片,宛如一面面迎风招展的猎猎战旗。野菊星星点点,花开正灿,迎着秋风摇曳,一股幽幽的清香远远地就扑面袭来,

山顶地势开阔,视野极好,树林中有残存的战壕和碉堡,这是当年国民党军队修筑的防御工事。战壕顺着山的走势,从南到北,长约两千米左右,深有一人多高。在北山头,还有一个很大的碉碉,低头弯腰,从狭窄的门口进去,里面有可容纳三四个人的空间。在山坡的隐蔽处,还分布着一些零星的暗堡。坑道和碉堡交错成网状,互相连通,彼此策应,可以形成密集的火力点。这些工事用钢筋水泥和石块构筑,虽经六十多年风雨侵蚀,依然非常坚固。用脚踩踩那长满青苔的碉堡,纵身跳进那长长的战壕,来回地走一走,看一看。那一刻,仿佛时光倒流,耳边隐约响起冲锋的号角、厮杀的呐喊,眼前幻化出满山遍野弥漫的硝烟、招展的红旗、冲锋的勇士……

山顶的中部,是烈士纪念碑。在远远地看到纪念碑的那一刻,我停下了脚步,绕到附近的山坡上,采得一束黄灿灿的山菊花,这才走近

纪念碑,恭恭敬敬地把花放在碑前,然后鞠躬致哀。碑前的石阶上,整整齐齐地放着一排菊花,有黄的,有白的;有的已枯萎,有的鲜艳如初。看来英雄们并不寂寞,这里是常常有人来祭拜的。

纪念碑用大理石做成,2006 年由丹山社区出资修建。整个碑体是一面迎风招展的党旗,碑顶雕刻着和平鸽和党徽,中间是 18 位英烈的名字,他(她)们是:雷风春、王嘉祥、王延巧、王成之、王林友、陶乐亭、关振华、金洪彦、徐玉珠、张克信、孙石山、孙翠云、于文清、姜彦祥、谭维展、方和资、无名烈士、无名烈士。边上刻着"革命烈士,永垂不朽"8 个大字,底部是英雄的浮雕图。直到现在我才知道,这 18 位烈士中有一名是女烈士,还有两位是无名烈士。

映入眼帘第一个英烈的名字是雷风春,时任人民解放军先头部队尖刀连指导员。他本该指挥作战,带领战士冲锋陷阵,然而还没等到丹山战役真正打响,他就为保护村民的生命壮烈牺牲了! 当他冒着敌人的炮火,飞快地跑过去,纵身将惊慌失措的老人和孩子扑倒在自己的身下时,肯定来不及多想,他只是条件反射似的,自然而然地就那么做了。那老大娘就如同自己的母亲,那孩子就如同自己的孩子,危急时刻,他感觉自己就应该冲上去,义不容辞,责无旁贷。

人民子弟兵一切为人民。这可不仅仅是一句喊在嘴上的口号,它是用鲜血和生命做保证的。战争年代是这样,和平时期的抢险救灾中,我们依然能看到人民子弟兵舍生忘死抢救受灾群众的身影。

张克信,山东莒县人,一名刚刚入伍的新战士,年仅 17 岁,是参加丹山岭战役年龄最小的战士。然而就是他,人小志气大,在看到战友们一个个倒在敌人暗堡的枪口下时,双眼冒火,义愤填膺。在征得领导的同意后,他怀揣炸药包,冒着敌人密集的炮火冲了上去。受伤倒下了,但他没有停下来,继续匍匐前进,最后他用尽全身力气滚向敌人的暗堡,拉响了手中的导火线。碉堡被炸毁了,张克信也英勇地献出了自己年轻的生命。董存瑞舍身炸碉堡的事迹在中国家喻户晓,然而这个有着同样壮举的张克信,却默默无闻!

一个年轻的战士,何以有如此的气魄和胆量? 我想这毫无疑问是坚定的理想信念在起作用。一个浑浑噩噩的人,一个心中没有祖国和人民的人,面对生死的严峻考验,断然不会有这样大义凛然的举动。战斗结束后,战友们在整理烈士遗物时发现了他鲜血染红的入党申请书,上面工工整整地写着:亲爱的党组织,我自愿加入中国共产党。

让我不能忘怀的还有徐玉珠烈士。她是女子连的一名战士,18岁,江苏徐州人,是这18位烈士中唯一的女性。这个年龄的许多女孩子,还没有离开母亲温暖的怀抱,然而徐玉珠,却早已是一个奔走在枪林弹雨中救死扶伤的解放军卫生员。据统计,丹山岭战役经她抢救下的伤员有50余人。而且她还兼做战地宣传员,在炮火停息的间隙,用喇叭向对面的国民党军队喊话,宣传我军的政策,劝导敌人投降,起到了震慑和瓦解敌军的作用。丹山岭战役的胜利,她功不可没。

当她冒着纷飞的子弹,穿行在弥漫的硝烟中,用柔弱的肩膀、蹒跚的脚步,把一个个伤员背下山的时候;当她站在阵地前,高举着喇叭,清脆的嗓音在山间回响的时候;当她被子弹击中,身体挣扎着倒下,一腔青春的热血静静地洒向这片土地的时候……那是一种怎样的惊心动魄!

用手轻轻地抚摸着纪念碑上英烈的名字,冷冰冰的,寒气袭人,然而这曾经是18个鲜活的生命。他们来自全国各地,为了祖国的富强和独立、为了人民的幸福和安康,勇敢地献出了自己宝贵的生命。2001年,城阳区革命烈士陵园建成后,区人民政府把辖区里分散的烈士墓,统一搬迁至凤凰山烈士陵园。这18位烈士的忠骨也被迁至陵园妥善安葬。但当地的人们觉得,烈士们并没走,每年的清明节,他们依然会自发地来到山上祭奠烈士。他们坚信,烈士们的事迹会在这片土地上代代相传,烈士的英魂也必将永存于这片青山秀水之间。

夕阳西下,怀着一颗沉重的心,告别英烈。走出好远,忍不住回头再看,秋山寂寂,落日镕金,那一刻,有一种悲壮的情怀在内心涌动。"只解沙场为国死,何须马革裹尸还。"革命烈士永垂不朽!

崂山水库散记

杜刊功

崂山自古被称为"神宅仙窟""海上名山第一",清澈甘醇的崂山泉水因之名闻天下。峻岭蜿蜒,抵其西麓,有一处被人惊呼为"美掉魂"的弯月形山谷"月亮湾",这就是著名的月子口——美丽的崂山水库之所在。2006年晚秋,我偕友于此登高,纵目远眺,风景殊绝,云山秋水,夺人心魄,曾赋五律寄怀:"南北几秋峰?长湖一望中。烟含月子口,日探水龙宫。白练环山静,青云落影空。心飞出笼鸟,振翮动西风。"

白沙河是崂山的第一大河,发源于巨峰天乙泉,流域32千米,涵盖崂山西、北之大部,上下落差近千米。河之中上游隐藏在群山深谷之中,仪态静谧,秀若处子,可谓"养在深闺人未识"。这里"环滁皆山",中成盆地,储水量大,具有构筑天然水库的良好条件。流亭刘世洁兄在《白沙河流韵》一文中介绍:"清光绪二十四年(1898年),德国占领青岛,即墨县以白沙河为界,河以南归于异邦。民国三年(1914年),日本取德国而代之,白沙河开始了以水源供养城市,成为与青岛发展休戚相关的民生给养。民国二十二年(1933年),沈鸿烈麾下的青岛工务局长邢契莘即把在月子口筑坝蓄水列于计划,先期沿河打井输水以解近渴……"

青岛是一个严重缺水的城市。20世纪50年代初,市委就开始谋划修建水库,以满足生产发展和生活需要。最初,水库选址包括大沽河、五龙河和白沙河等三处水源地,但因财政收入限制,最终决定在月子口修建水库,拦截奔流而下的崂山雨水和白沙河水。月子口是白沙河流出崂山的最后一个峡口形成的,地势独特优越,夹河南北两座大山,巍然而立,坚不可摧,恰是两面天然坝体,且此处离市区较近,水质绝佳,因而是筑坝建水库的首选。

1958年,青岛市委月子口水库工作委员会成立,9月1日开始动工修建。水库工程由国家建筑工程部给排水设计院设计，国家计划委员会批准，治淮总队一支队负责施工。水库拦腰筑坝于白沙河中游的小风口与张普山之间，大坝由无数块青白色的方石砌成，宽底平顶，横锁峡口，巍然雄峙。1959 年 7 月拦洪蓄水，次年 5 月 9 日正式竣工，开始向市区供水。水库总库容量为 5601 万立方米，最大水深 24.5 米，汇水面积为 5 平方千米，流域面积 99.6 平方千米，年均供水量约 2320 万立方米，使青岛的日供水量达到以前的两倍。水库原设计灌溉面积 1 万亩，1977 年后因水源紧张停灌，专供市区生活用水。开始，水库被命名为"月子口水库"，完工后正式定名为"崂山水库"。

　　崂山水库可以说是人类巧妙利用大自然的杰作，又是一件巧夺天工的精品，今天看来，这里的自然、人文景观，简直就像后来举世闻名的长江三峡水库工程的微缩翻版。放眼望去，两岸青山夹峙，一水逶迤长流，不假雕琢，顺势而为，坝横南北，峡出平湖。这里风景旖旎，如五彩画卷，妩媚动人，似清韵长诗；这里群峰环抱，山色苍翠，水波潋滟，美不胜收；这里云影天光，烟水交融，鸥鸟翔集，草木葱茏，如梦如幻，宛若绿色江南。水库建成，其自然风光和现代建筑，又形成了"天堑截坝、溢洪飞瀑、野鸭凫水、璀璨黄石、标塔水印、华楼叠石、月子垂钓、华东月夜"等新的八大景观，秀丽壮观，令人陶醉。《城阳文化》一书（区政协文史资料）用诗一般的语言描绘道："崂山水库风光绮丽：晴日的早晨，站在大坝上眺望，只见一轮火红的朝阳，从水中冉冉升起，鸟在朝阳里展翅飞翔，山花白云倒映在库中的水面上，景象万千。而在华灯初上的夜晚，整个库区飞霞流彩，这时水库却是另一番姿态：天空的流星，牵着细长的银线，把一弯银月拽到水底；满天的星斗，落入水库中，踏波逐浪，随意动荡。崂山水库在蓄意营造着大自然的万般风情，为'神仙窟宅'的崂山，平添着一处绚丽多彩的奇观。"

　　当年，为崂山水库建设，库区村民做出了巨大牺牲和贡献。凉泉、华阴、香里等十多个自然村的村民，为保障工程建设，让出良田，异地搬迁。如老华阴村原在水库中部，清康熙年间，胶州王氏一支迁此建村，因居华楼山之阴，故名。后逐渐发展成 16 个自然村，分布在白沙河两岸。修建水库时，西响石、太平沟、西周的全部居民，楼里、东响石、李涧、周家庄及慧炬院的部分居民迁至夏庄以南另建新村，亦称"华阴新村"，后徐家、莲台、东流水、楼里北山及东响石、周家庄的剩余居民陆续迁入华阴新村，原村住户越来越少。几十年来，这里的山区居民全力保护生态环境。他们克服困难，顾全大局，种粮栽树，垒石修田，保持水土，涵养水源，世代守护着这块青岛市重要的水源地。

为了增加库区居民收入，提高生活水平，各级政府连年不断地加大扶持力度。水库上游是城阳区夏庄街道8个行政村（共36个自然村）组成的崂峪景区，这里"三面环山，群峰耸翠，急流乱石，万壑藏幽，北有天然山川屏障，南依华楼山梳洗楼，上承群山奔涌之势，下衔崂山水库之源。景区内水果资源丰富，尤以崂峪樱桃久名远扬，其樱桃个大、味醇、色泽红、甜度浓，种植各色樱桃35万余株，每年4月初景区内繁花似锦，5月中旬又呈现出漫山遍野的樱桃万树、红杏千株的美丽景象，素有'齐鲁第一樱桃谷'之美称。"（《城阳区志》）由于盛产的樱桃品质佳，无污染，色鲜味美，营养丰富，深受人们的青睐。为了扩大销路，自2003年开始，当地政府每年在这里举办声势浩大的"樱桃山会"，并沿岸修路固坝，方便人们出行。一年一度的盛会，吸引着成千上万的市民和游客前来采摘樱桃，品味特色农家宴，已经成为青岛闻名的节会活动。如今，长湖两岸，十里画廊，每到春日花期，各色花树竞相开放，争奇斗艳，芳山秀谷，仙云绮霞，香气馥郁，纵横弥漫，处处涌动花的海洋。蜿蜒悠长的山谷中，石墙村落，幽街小巷，绿树掩映，曲水流淌，恍如世外桃源，云中仙乡。樱桃成熟的季节，则岭壑如醉，游人如织，车水马龙，塞谷壅川，游客纷纷前来采摘品尝，分享丰收的喜悦，一片欢腾景象。

崂山水库水底及其周边，还有许多历史古迹，供后人登临游赏，追寻凭吊：南岸有著名的"华楼叠石"梳洗楼、崂山华楼宫，其西侧有白鹤峪和镜岩楼遗址，有明代高僧自华所建的兰若洪门寺和砖塔；大坝北边是神堂口，向东是慧炬院遗址，再东有黄石宫和黄石洞，洞前有太古堂遗址，堂东曾有为清康熙年间即墨知县康霖生所建的"康公祠"等。其中，华楼山为海上名山，是崂山三大奇山之一，因其峰宛若叠石高楼，故称华楼山，亦名"华表峰"。太古堂位于原华阴村，在凤凰岭之前,白沙河北岸半里处,其遗址今已不复存在。原为明大理寺评事、胶州人赵任的别墅,明崇祯五年(1632 年),大学士、礼部尚书高弘图罢官后,游崂山时甚慕此地,正值赵任年老思归故里,便将别墅赠给高弘图,高遂将其更名为太古堂,自称"太古居停"。崇祯十六年(1643 年)高弘图复出,远去南京任职。后此处被曾任过县令的胶州人王锦购得,其后裔王大来乃清代著名文人,一度迁居华阴居 20 余年,对崂山多有诗文记述。有《移居华阴》诗云:"移家小住聚仙乡,黄石宫前楼底庄。一院花留容足地,万山重绕及肩墙。闻来药圃锄春雨,静坐溪岸钓夕阳。日在辋川图画里,平生夙愿快相偿。"其隐居斯处之闲情悠意,跃然纸上,堪比唐王维《辋川别业》之"雨中草色绿堪染,水上桃花红欲然。"于此遥念古人进退行藏,不禁令人悠然神往。

2009 年冬的枯水季节,人们惊奇地发现,水库底部泥地中露出了一些纵横交错、样式奇特的石柱,经考察辨识,竟然是清代咸丰年间华阴村的贞节牌坊,距今已有 150 多年的历史,这也是崂山地区有记载的唯一一处贞节牌坊。清同治版《即墨县志》"贞节坊"条目中记载:"县东南 35 里为儒童王中宽妻杨氏立。"

水库南岸的"响石",可谓天造之器,绝妙胜景:几块巨石互相迭架,中有缝隙,状似喇叭。每当大风飞扬,穿石缝而过,便会不时发出奇妙的响声,伴随水声鸟音,听如天籁。石上尚有元代石刻,至今清晰可见。"响石"旁边的村庄,即因此石命名为"响石村"。

毋庸讳言,因形势所致,当年修建水库的历史背景是特殊的,建设大军中的人员成分是复杂的,其主力军竟是一支特殊的施工队伍——由 1 万余名正在服刑改造的囚犯组成的"治淮工程总队第一支队";其他还有青岛的专业施工队伍,有 4000 多名民兵,有各级机关下放到农村锻炼的干部,有许多"戴帽"的"右派"分子——其中就有"极右分子"、物理学家束星北……他们身份不同,境遇各异,但都为修建这座水库流过血汗。历史不会也不应该忘记他们,就像浩瀚崂山水库,虽然淹没了月子口那些村落古迹,但永远不会淹没人们对历史的记忆。2008 年夏日,我读完刘海军先生赠送的新著《束星北档案——一个天才物理学家的命运》,感慨万千,曾自步前韵吟《秋雨月子口怀束星北》

一首:"冷雨隐云峰,苍茫往事中。伤怀束星北,哀曲徵商宫。萧瑟三秋色,蹉跎一梦空。烟波寒水阔,月子口悲风。"关于当时紧张热烈的建设场面,有经历者曾这样回忆:"坝上万名施工大军不分昼夜地干活,几百台车辆和机械设备马达轰鸣,场面非常壮观。"

随着经济的快速发展、人口的不断增长,对于青岛市日益巨大的需求来讲,崂山水库很快又如杯水车薪。进入 20 世纪 80 年代,水库供水明显不能满足市区使用。于是,另一项举世瞩目的伟大水利工程——亚洲最大的人造坝筑平原水库"山东省引黄济青工程棘洪滩水库"横空出世,将千里滔滔"天上来"的"黄河之水"引入青岛,从此大大缓解了崂山水库的压力。于是,一东一西两湖碧水遥相映照,宛如晶莹的项链和璀璨的明珠,镶嵌在葱翠的城阳大地上,闪闪发光,熠熠生辉。

数年前,在崂山水库之北的青峰山(现命名为毛公山)处,又新发现了一处酷似着中山装的毛泽东站立石像,天然而成,巍然而立:石像神色凝重,远眺苍山碧水,犹似遥望潇水湘江。这是大自然的深切怀念,是一处自然与人文完美结合的新景观,为美丽的月子口平添了一段壮丽动人的红色风景。

旷世明珠

刘好军

好辽阔的一片汪洋。这哪里是陆地建起的水库,分明是平原荡起的海:风和日丽,天晴云柔,水天浩瀚,澄明辽远,万顷水面宛若一面巨大的银镜,镶嵌在广袤的大地上,蓝天白云倒映在它的怀抱,碧水深处,鸥起雁落,燕鸭戏水,甜憩的游鱼不甘寂寞,不时搅起朵朵水花,荡起层层涟漪。然而,一俟风云突变,暴雨来临,则狂风怒吼,乱云飞渡,黑云压顶,浪涛翻滚,一道道闪电照耀着一个个巨浪在骤雨中前行,一个个惊雷此起彼伏,为汹涌的巨浪擂鼓助威。那前边的巨浪刚扑向堤岸轰然作响撞得粉身碎骨,后面的浪头又前赴后继跟了上来……一个个巨浪似千钧雷霆排山倒海,仿佛要把堤坝撕开,冲破羁绊恣意狂荡。可是,那逶迤的长堤巍然屹立,固若金汤,岿然不动……

出了青岛北上西折,沿着宽阔的 204 国道徐徐而行,快到城阳、胶州两区市交界处,一道雄伟的长堤犹如缚龙的巨索迤逦远方,字体清白、幼松镶边的"引黄济青棘洪滩水库"几个大字好似证章,佩戴在宽厚如茵的堤坝胸前,赫然映入眼帘,这就是被誉为"亚洲明珠"的亚洲最大的人造坝筑平原水库——山东省引黄济青工程棘洪滩水库。

山东省引黄济青工程棘洪滩水库坐落于青岛市城阳区棘洪滩街道西北部,横跨城阳、即墨、胶州三区市交界处,库区占地 14.422 平方千米,围坝长 14.227 千米,坝顶均高 14.24 米,总库容 14568 万立方米。从博兴大渔张引水闸流出的黄河水,跨市过县,风尘仆仆,一路东进,不辞劳苦地长途跋涉,在棘洪滩水库稍做憩静,一番洁身净体后,便欣然南下,为干渴的青岛送去生命之源。

坐落在万顷碧波中的青岛,背山面海,宛如闪耀在黄海之滨的一颗明珠,大海的波涛抚摸着它,崂山的矿泉浸润着它,使它成为一座被水滋养、因水而兴的城市,"碧海青天千里浪,绿树红楼万户春"是它靓丽容颜的生动写照。然而，20世纪90年代之前，青岛是中国北方缺水最严重的城市，严重缺水成为青岛的梦魇。青岛的河流，多为独立入海的季风区雨源型山溪性小河，源短流急。雨汛期暴雨骤降或淫雨连绵，河水陡涨，水流湍急，而一到枯水期径流变小，河川干涸断流。青岛的降水，严重旱涝不均，降水量不足。扭开自来水水龙头，清水哗哗流出本是天经地义，可对青岛来说是那么的奢侈。人们至今对当年缺水的情景记忆犹新：水龙头上锁，家家备水缸，老少三辈一盆水，一些工厂处于停工或半停工状态。1977年久旱不雨，遭遇历史上特大干旱，河道断流，水库干涸，坝塘枯竭；1981年遭遇百年不遇的特大干旱，河干库涸，水井枯竭，地下水位大幅下降，夏秋作物基本绝产，小麦播种难以进行，无奈延迟，城乡人畜饮用水困难，有的生产大队买水吃，城市生活用水限量供应。

　　水是万物之源。没有水，万物不生，百业不兴，生命凋零。

　　青岛对水梦寐以求，记不清多少年，多少回，碧澄甘冽、波光粼粼的清流从梦中流过。

　　缺水就去找水。翻开青岛的近现代发展史，其实就是一段翻山越岭、筋疲力尽的找水史。新中国成立后，仅依靠白沙河水源供水严重不足。于是，在月子口修建崂山水库，这是青岛供水史上的新篇章。然而，随着工业的发展，崂山月子口水库的供给杯水车薪，便将昌潍地区平度县（今平度市）尹府水库、烟台地区莱西县（今莱西市）产芝水库停止农灌，引水青岛，以解燃眉之急，但远水不解近渴，供水势态依然严峻。青岛把目光瞄向了大沽河。山东省和青岛市组织了强大的找水阵容，其中省里的厅（局）长，市里的市长、局长60多人，每天拿着三毛钱补贴，在绵长的大沽河流域打机井、建地下引水渠引水青岛。1981年，青岛遭受百年不遇的大旱，滴水贵如油，又从崂山深处的书院水库、流清河水库引水市里……可是，国民经济的发展，特别是改革开放如火如荼，方兴未艾，青岛却喊渴声不断。于是，找水的步履迈向远方，找水的脚步依然匆匆。青岛几十年找水找得太辛苦、太疲乏，身心疲惫的青岛终于悟出，只有跨流域、长距离引水才能一劳永逸，碧水长流。

　　80年代初期，是个孕育梦想和希望的时代，"引黄济青"的种子破土发芽,众目聚焦调水黄河。时任国务院副总理万里等党和国家领导人更是胸怀天下,心忧苍生,情系"引黄",屡商国是,指点江山。几番寒暑,几度春秋,1985年秋天那个五谷丰登、粮香果甜的收获季节,山东省引黄济青工程的宏伟蓝图终于众手绘就,笼罩在青岛的缺水阴霾开始拨云见日,水润岛城指日可待。

1986年4月15日,新中国成立以来山东省最大的市政和水利工程——山东省引黄济青工程,在棘洪滩水库配套工程胶县桃源河改道的隆隆开工炮声中,拉开庄严帷幕。

引黄济青誓师的铿锵誓言和开工炮声,如春雷破空,唤醒了桃源河这条古老的河流。由于它流经即将建设的棘洪滩水库库区,与水库建设休戚相关,对其改道势在必行。

桃源河改道,就是桃源河流向不变,将原河道改为从胶济铁路赵家堰铁桥处,沿棘洪滩水库大坝西侧流经即墨、胶县,在小新河入口处进入新河道。桃源河改道是棘洪滩水库建设的序曲和前奏,时间紧,任务重,是块难"啃"的硬骨头。勇于拼杀、敢打硬仗的驻鲁部队,承担起桃源河改道的任务。人民子弟兵1个旅4个团5000余名精兵强将昼夜兼程,从豫中平原、沂蒙山区、胶东半岛长途跋涉奔赴桃源河畔。他们中有抗日战争时期沙家浜的"江南猛虎队",有解放南京直捣国民党"总统府"的"双大功九连",有抗美援朝时期屡建奇功的"江阴老虎团"……部队进驻桃源河沿岸村庄后,驻地掀起军民一家、水乳交融的拥军热潮。村民们热情迎接部队官兵的到来,主动为部队倒屋腾房,将儿子娶亲的新房腾出让给战士居住,把孩子准备结婚的被褥盖到战士身上,家里包饺子、擀面条,做了好吃的,也不忘给战士们送去。各村组织妇女为战士们洗衣服、缝被褥、绣鞋垫,更有人家替到了婚嫁年龄的女儿物色到英武的战士,因碍于战士在部队期间不能谈婚论嫁的规矩,退伍后才成为房东的上门女婿,留下了棘洪滩水库建设做媒喜结良缘的佳话。军魂锻造的铁军,用忠诚和青春汗水回报人民的养育,将军民鱼水深情化作起早贪黑、披星戴月、挥汗如雨的苦干巧干,推进着工程的进展,使桃源河改道工程在猎猎军旗中提前鸣金,人造崭新河道牵手原有南北河流,清澈的河水荡着欢腾的浪花一路南下。

桃源河的成功改道,使棘洪滩水库成为引黄济青工程的重头戏,棘洪滩水库成为决战引黄济青工程的主战场。各路水电大军、城建劲旅千里迢迢,从四面八方汇集棘洪滩水库施工现场。这里白天红旗招展,炮声隆隆,汽笛声声,人来车往,川流不息;夜晚灯火通明,车灯闪闪、人影憧憧,机械轰鸣,喧嚣嘈杂,一派夜以继日热火朝天的繁忙景象。工程进度的捷报不时传来,高大雄厚的坝体日渐合龙。

为了棘洪滩水库的建设,库区群众付出了巨大的代价,做出了重大的牺牲。除奉献土地外,胶县杨家庄、即墨县桥西头、新立和崂山县毛家屋子、徐家屋子村被水库所占用,乡亲们泪眼婆娑全部迁徙,离开了世代生息的家园。

1989 年 11 月 25 日,是个永载山东省和青岛市历史的大喜日子,经过千余名指挥员和工程技术人员、万名人民子弟兵、百万建设者历时 3 年零 7 个月的心血和汗水的浇铸,举世瞩目的山东省引黄济青工程终于凯歌高奏,像一枚硕大无朋的果实瓜熟蒂落。当黄河水流入棘洪滩水库时,人们沸腾了,锣鼓声、鞭炮声经久不息,建设者们激动地欢呼雀跃,奔走相告,成年累月的辛劳疲惫,化作了喜悦幸福的泪水在脸上流淌。十几天后,清洌甘甜的黄河水进入青岛市区,广泽百业,滋润民生。如果说大沽河孕育了青岛,那么引黄济青工程则赋予了青岛第二次生命。从此,青岛摆脱了干渴,不再畏惧旱魔,汩汩清流灌溉着岛城改革开放和现代化建设的沃土,哺育着青岛茁壮挺拔于根深叶茂的国际大都市之林。棘洪滩水库以其速度快、质量好、投资省,受到国务院和山东省委、省政府的高度赞许,李鹏总理欣然题词:"造福于人民的工程"。

山东省引黄济青工程及其枢纽棘洪滩水库是 20 世纪 80 年代齐鲁儿女军民团结,万众一心,众志成城,改天换地,开拓创业,勇往直前的结晶和见证,这一旷世壮举已载入史册。景色秀丽的棘洪滩水库宛如一颗璀璨的明珠,闪耀在青岛市北部,成为齐鲁大地一大人文景观。阳春三月,春光灿烂,漫漫长堤犹如绿色长龙,堤坝上莺飞草长,鸟语花香,蝶飞蜂舞,辽阔如海的水面云烟氤氲,朦胧如纱,水鸟不时地在水中起落;盛夏酷暑,烈日燎人,炎炎三伏上蒸下煮热浪逼人,堤岸上草木翁郁，浓绿遍地，清波轻摇，碧浪生风，祛热除暑，清爽纳凉，汗不染身；天高云淡，秋高气爽，浩浩长堤似平原突兀的长城，明净清澈的水面银鳞戏浪，南飞的雁阵从堤坝上白霜染过的青草上空掠过，红枫醉酡库区的秋色，蓝天明净而高远，浩渺的库水将秋天的美景揽入怀中；北风呼啸，雪落冰封，皑皑白雪将库区装扮成一个银色的世界，一派壮美的北国风光，长长的堤坝舞动着银龙，昔日苍绿的草木银装素裹，琼枝玉叶，迎风起舞，呼唤着新春的到来。凛冽的朔风极少能将这片苍茫的水域冻结成一面晶莹的银镜，更多的是这片没有冻结的大水成为苍鹭、野鸭、鸥燕等水鸟觅食过冬的天堂。

漫步在棘洪滩水库堤坝，清晨，一轮旭日从水中冉冉升起，静静的水面光芒四射，流金溢彩，云蒸霞蔚，灿若锦绣；夜晚，天上的星星将一轮明月拽入水中，清冽的库水轻柔地抚摸着月亮皎洁的面容，洗下一片银白的月华。星星欢快地跳跃着尽情洗浴，一会儿浮在水面，一会儿沉入水中。鱼儿对水里的星星十分好奇，不时用嘴巴去捕捉，用尾巴去撩拨，搅起片片水花，发出轻微的响声。看着眼前的良辰美景，心中陷入对往事的回放与重温，棘洪滩水库建设的峥嵘岁月被激活，不由地心潮起伏，胸怀激荡。人们啊请记住，正是有了这片黄河母亲乳汁的滋养，才使得青岛江山如画，青春永驻。

史海拾珠

胶州湾,我梦牵魂绕的地方

刘雯婷

大海,把黑黝黝的目光
投向彩色的帆,
于是小船拉起了漫长的海岸线。
风,摇啊摇,
老渔民、活蹦的鱼虾,
蘸红了大枣,
笑裂了饽饽。
静默的跨海大桥捋直了胡须,
接来送往。
倔强、挺拔的汉子,
甩跑了飞溅起来的浪花,
归航。

路,弯弯曲曲,
树木抽出窈窕的腰身,
蝶飞凤舞。
新建的回迁楼房,
扯着娇羞,躲躲藏藏。
邻家小女,从门缝露出粉嘟嘟的笑,
快门快速按下,
不远的前方,
青岛、红岛、黄岛——
姊妹般的梳妆,

　　咦,哪一个是出浴的仙女、待嫁的新娘?

　　——胶州湾,我要为你歌唱!

　　我到过风光旖旎的夏威夷、神秘浪漫的爱琴海,也留恋过巴哈马的粉色沙滩,还有奢华迷人的杜梦湾。这些遥远而绚丽的风景,仿佛昨天的梦,转瞬即醒,但美丽又古老的胶州湾却长伴我左右、让我梦牵魂绕。她不仅风光秀丽,气候宜人,更是一位挥毫泼墨的大师,她的笔下,红瓦、绿树、碧海、蓝天、赤礁、彩帆,色彩斑斓、丰姿绰约;那些高楼大厦、高架长桥、高速公路,轻云出岫、淡墨相宜;这里悠久的历史文化和人文底蕴,更成了笔下匠心独妙、源远流长的城市发展的巨大蓝图。

　　胶州湾是我们永远的母亲湾。

　　据史料记载,大约在 6000 多年前,青岛附近的火山和地壳的相互作用形成了这个冲积平原,胶州湾最早的名字叫“少海”,其水域面积最初约 1000 平方千米,由于淤沙与人为作用,现有水域只有 400 平方千米左右,沿海诸河系独流入海的河流,有大沽河、白沙河、墨水河、王戈庄河、白马河等,海岸线长且多曲折,岛屿环绕,周围现有海岛 69 个,总面积为 21.1 平方千米,海岸线总长 132 千米,湾内海阔水深,风平浪静,终年不冻。

　　在民间,关于胶州湾的形成,凡居住在海边的老人都能说出一大箩筐故事。千百年来,人们用自己勤劳的双手创造了胶州湾古老而灿烂的文化与文明,这里的一草一木无不折射着他们的聪敏与智慧。有惊心动魄的“蛟龙驼胶州”,说的是两条蛟龙为救这块即将下沉的陆地,打跑了作恶多端的恶魔,用自己的身躯托起了胶州;有悲欢离合的“九嫚神仙炕”,善良的九嫚,在拒绝嫁给地主恶霸徐二麻子时,被抓关进了地牢,几十年如一日,苦练佛法,硬是把地牢的地面坐成了一铺石炕,在洪水泛滥的时候,九嫚牺牲自己拯救了全域老百姓,后人们把她作为“天后娘娘”供奉。但我记忆最深的还是小西老奶奶故事篓子里最精彩的一个片段,老奶奶是个朴实憨厚的渔家女,说话那是石磨滚碌碡——实打实,她心中珍藏着这样一个故事。

　　胶州湾原有一个村落,俗称“洪州”,城的东侧就是东海,多年来人们过着男渔女织的自然生活，这几年，随着雨水增多，附近的姑水河、白沙河等几条河在城的东南侧低洼处汇集入海，洪州城经常受到洪水的威胁。除了天灾还有人祸，王尧子是洪州四里八疃远近有名的大地主恶霸，他在这里欺男霸女、打家劫舍，无恶不作，他挺着一个酒囊大肚皮，里面是一肚子坏水，家里已有几房老婆了，还不停地霸占良家妇女，是个混草不过的恶魔。洪州城的人生活在水深火热之中，早就有了搬离此地之意，只是苦于无处可搬！这一年，南方来了一位卦师，他围着洪州城转了几圈，当他看到洪州城王尧子家门口的石头狮子时，嘟囔着说了一句"狮子红了腔，淹了洪州城"的卦语，大家都以为他疯疯癫癫，并不拿这话当回事。话说城内有一户胡姓人家，闺女胡云儿聪颖灵秀，貌美如花，有人赞曰："胡家有女美若仙，肤如凝脂臂润圆。杨柳细腰芊芊步，粉面桃腮眉如烟。自幼熟读圣贤书，出口成章礼仪全。更有暗香盈满袖，屡教蝴蝶忘家还。"云儿还弹得一手好琴，就是那种用鲸鱼骨做的鱼骨琴，其状如圆滑细润的鲸鱼，惟妙惟肖；其声如万颗珍珠轻落银盘，清脆悠扬。每逢喜庆日，云儿都会弹上一曲，曾引来了无数鸟雀齐声欢唱。俗话说"家中有女不中留，留来留去填娘愁"，闺女出落得越美胡家娘就越心慌，她担心恶霸王尧子动坏心思，便四处托人，想把闺女尽快嫁出去。其实云儿早就有心上人了，那就是住在洪州城北的姓少名海的小伙儿。少家家境也算富裕，祖辈是南方人，他爹靠向北各地贩运橡胶、香料等物品挣了些钱，花巨资在洪州北侧高地上盖了一大溜房屋，带着一家老小及帮手在此过活。郎有心女有意，两家很快定下来了办喜事的日子。迎亲这天，少家敲锣打鼓前往胡家迎娶新媳妇，谁料，半路上被王尧子带人拦住花轿抢走了新娘子，把新郎和迎亲的人还狠狠地揍了一顿，少海忍住疼痛，急急忙忙回家搬救兵，胡云儿则哭喊着试图逃跑，可是王府的狗腿子们死死地抓住她，她哪里逃得了啊！云儿想想自己的纯洁之身将要被这个王八蛋糟蹋，还要与心爱的少郎生离死别，一颗心裂痛成了秋后的石榴——顿时七零八落，待花轿刚到王府门口，云儿趁人不备就一头撞上了门口的石狮子，眼看殷红色的鲜血沾满了石狮子，石狮子的腔果真红了！说时迟那时快，瞬间天空乌云翻滚，雷雨倾盆，附近几条河流的洪水像是被激怒的狮子,咆哮着冲向王府,前来看热闹的居民乱成一团、四处逃命。少海回头看此情景,也顾不上回家搬救兵了,立即引导着大伙儿迅速向高地转移,当最后一个人离开时,就听远处传来天崩地裂的巨响声,整个洪州城像掉在地上的一块豆腐,顷刻间被挤成了一滩烂泥,天空降下一口倒扣的大黑锅,把整个王府完全扣在锅底,激流湍急的洪水迅速吞没了这一切。昔日金玉满堂、豪华奢靡的王府连同欺压百姓、恶贯满盈的王家人顷刻不见了踪影。少海和乡亲们被眼前的一幕惊呆了,万幸的是除了云儿,乡亲们都逃了出来,失去新娘的少海瘫坐在岸边哭喊着,悲痛欲绝,那些无家可归的乡亲们也围着他抱头痛哭。为了安置乡亲们,少海化悲痛为力量,率领大家在自家附近加班加点重建家园,不日此地就建成了一个不小的村落。因少海是大伙儿的救命恩人,他家又是靠贩卖橡胶用品起家,这座城就被人们叫作"胶州城",少海还从大北方引进了马、牛、羊等牲畜用来耕种、运输等,此地也俗称"马城"。

不久,洪水慢慢消退了,洪州城原址变成了一片汪洋大海,人们便顺口叫它"少海"。少海可是个聚宝盆,里面生长着数不清的海味,有黄鲹、海鲋、鳗鲡、鲨鱼、牙鲆、黑头、摆甲、钻子、巴鱼、鲻鱼、寨花、青板、梭鱼、白鳝、光鱼等鱼类;有大蛸、奇鲼、鱿鱼、海蜇等软体类,还有螃蟹、海蛎子、蛏子、扇贝、海虹、大、小海螺、蛤蜊、虾虎等很多有壳类;还有末货、蚝艮、泥蚂、海沙子"四小天王"……浅水中还有一种鱼,长相非常丑陋,身材短小,最大的也不过手掌心大,酷似贼胖的恶霸地主王秃子,人们便叫它"小地主",吃它时,人们喜欢猛火油炸。还有一种身材娇小、身体两侧有长刺、头上扎着两个小辫儿、肉质鲜美的红色鱼儿,有人说那是云儿穿着嫁衣呐,它与"小地主"鱼不共戴天,"小地主"鱼处处躲着它,性情中的人们便把这种鱼叫作"红娘子"。由于受月球和太阳引力的影响,湾内的潮汐也就是涨落潮,每天两次小的,十五天一次大的,大潮可以把湾里的水彻底循环一次,而且大沽河、北胶莱河、沿海诸河流三大水系的水汇流其中,故这里浮游生物繁殖较快,水质有利于鱼类、贝类的生长,尤其称奇的是每次大涨潮时,都会有"红娘子"鱼被冲上岸来,人们都说那是云儿惦记着少海和乡亲们,不时地回来看看。凑巧的事还有一件，就在胡云儿撞石狮子的地方，一夜之间出现了一座小岛，岛的中间还生长着一棵不知名的小树，叶子呈红色的心形，就像是云儿琴柄上系着的红色绸带，整座小岛远看仿佛就是云儿的那把鱼骨琴，夜深人静时还能听到悠扬动听的琴声，后来此处被称为"琴岛"或"小青岛"。

有恩不报非君子，吃水不忘打井人。少海和大伙儿没有忘记云儿，为纪念她，大伙儿捐资在寺门街建了一处庙宇，用来供奉救苦救难的云儿娘娘，周边的善男信女也不断地前来祈福，屡试屡验。后有僧人入驻其中，增建了天王殿、大雄宝殿、藏经阁、钟鼓楼、观音殿、地藏殿、普贤殿、文殊殿等殿堂，把这座小庙扩建成了远近闻名的慈云寺。

一方水土养一方人，大海里取之不尽的海洋生物成了这里的人们赖以生存的宝贵资源，人们自发修建了渔船、码头和货运仓库，休养生息，不久就出现了"估客骈集，千樯林立"的繁荣景象。因其靠近胶州，大部分水域又处在内陆，在少海年迈故去后，为避讳，人们便改称它"胶州湾"。

这是关于胶州湾的又一个美丽而凄婉的传说。

其实，在我眼里，胶州湾就是仙女们不小心遗落的一颗明珠，它外表晶莹透亮、淡雅脱俗，内心雅致韵秀、流光溢彩。当然，凉爽夏日才是胶州湾最为美艳绝伦的时刻，湾内水面或静如处子，或惊涛拍岸，很多时候她看上去像是一块被揉皱了的巨幅绸缎，闪着蓝光无限地向远处延伸着，调皮的波浪不断撞击着岩石，发出了粗犷的呐喊，浪花飞溅，珍珠般的水花悄悄地抚摸着游人的脸颊，顿觉清爽宜人；松软的金沙滩上，凉伞和帐篷如朵朵颜色各异的蘑菇，优雅地舒展着身躯，最让人感到惬意的是去大海上游玩，或洗澡或钓鱼或出海，阳光把人们用各色调色板定格在蓝色的海面上，远处水天相连，船儿如一滴油墨在水中飘忽不定；尤其是在傍晚，金灿灿的晚霞映在辽阔的海面上，白色船帆被镶上了一层金色的花边，近看宛如出浴的公主，仪态万方，"一道艳阳铺水中，半含娇羞半妆红"，这分明就是一幅动静相间、气势磅礴的浓彩油画！此时此刻，你不得不敬仰大海她神秘的生命力和超越自然的创造力！不得不惊讶于她那气吞山河的气势、海纳百川的博大胸怀。胶州湾不仅是人们游玩的天堂,还是我国少有的天然内陆优质港口及货运集散中心,板桥镇、塔埠头、山角码头和青岛港口,以及近、现代大港和前湾的开发,使青岛与世界各国拉近了距离。最近几年,胶州湾架起了跨海大桥,开通了海底隧道,西海岸经济区已经落地开花,北岸也崛起了红岛经济区;高铁凌空而建,潜水艇水下畅游。胶州湾的崛起和发展,是无数前辈沐风泣血、艰苦跋涉换来的,青岛人永远不会忘记胶州湾那一段饱经沧桑、任人宰割的屈辱历史,她曾在 1897 年被德国强占,签订了"胶澳租界条约",后被日本占领两次,分别在 1914—1922 年和 1938—1945 年,直到 1945 年我们才收回了这片领地。过去动荡不安、千疮百孔的胶州湾一去不复返,智慧聪明的青岛人把胶州湾珍珠般的梦想变成了现实。为让胶州湾永远保持碧海蓝天,青岛市在 2008 年全面实施"环湾保护,拥湾发展"的战略,胶州湾的生态环境得到了前所未有的改善和发展,胶州湾如今成了全国最大的半封闭海湾国家级海洋公园。胶州湾的各行各业正以迅雷不及掩耳的速度赶超世界先进水平!

　　站在风光旖旎的胶州湾畔,领略大海的无限风光,郁结在心中那些嘈杂浮躁、成败得失,还有我作为诗人的梦、歌唱家的歌,一股脑释放。

　　胶州湾,我将为你放声歌唱。

白沙河的故事

邓青山

在青岛的山海之间，流淌着一条原生态而静寂美丽的河流，她的名字叫白沙河。

白沙河位于青岛北部20千米左右的城阳区，由东发源于有"北方九寨沟"之称的著名崂山北九水。一路在崇山峻岭中飞溅，在奇石幽谷中欢唱，吸山花之芳华，吻野草之甘露，带巨石之清凉，从自然的呵护中尽情地流淌。

美丽的白沙河流域，是从夏庄樱桃小镇开始的。然后，由东高西低的地势，经过流亭空港小镇蜿蜒地流向大海。这段距长十多千米流域的水面，河床平坦而辽阔，在都市的喧嚣与霓虹中穿行，在现代与自然中辉映，在山海中悠然的倾诉着人类与自然的和谐之美。

白沙河的岸边，有天然的荷塘，那雨夜的蛙声带来阵阵的乡愁。春天的樱花，怒放在河堤，在春风中尽情洒下彩色的花瓣雨，把相遇的时光呈现的那么高雅与奢华，这是自然界盛情而极致的美啊。夏天的洪流，从高低错落的河堤上一波波奔腾而来，开阔的河床如齐鲁大地儿女的情怀那么执着与率真，把所有的激荡放归于大海；西奔的河海口，充满着白沙之水的远方，这是一条河的归宿与命运的转折。秋天金色的阳光下，河边那片片紫色的芦苇荡，那么温暖那么可爱，是一条河最精美的礼物。冬天薄薄的白雪，是白沙河的婚纱，可爱的水鸟们静静地守护着这银色的世界，她们在寒冷的冬季赋予一条河顽强的生命气息，河冰上鸟儿走过的痕迹，留下一串一串的思念。

白沙河天然原生态的水草资源，吸引了各种水鸟们在这里生息繁衍。这条河是鸟儿的家园与天堂。常见鸟有银鸥、黑尾鸥、斑嘴鸭、苍鹭、夜鹭、绿鹭、池鹭、鹤鹬、林鹬、泽鹬、金眶鸻等水鸟。

白沙河畔还有珍稀的震旦鸦雀，她是鸟中熊猫，是中国特有的珍稀鸟种。它的名字非常中国化,古印度称华夏大地为"震旦"。这种鸟的第一个标本采集发现是在中国南京,所以定名为震旦鸦雀。由于这种鸟生活空间仅限于芦苇荡中,且数量过于稀少,中国人叹为"鸟中大熊猫"。白沙河居住着这么珍贵的客人,是这条河的幸运,是一代代勤劳的城阳父老乡亲对生态环境的保护,使这条河成为美丽海滨青岛又一张耀眼的名片。如果你有缘,可以在白沙芦苇的枝头,邂逅一只美丽的震旦鸦雀,她在那儿等你。这是一场千年的等待么!

白沙不仅仅有迷人的自然风光,还有悠久的人文历史文化。胡峄阳文化园就位于白沙河北岸,主建筑有胡公祠、观音殿、云屿阁三大部分。2007 年,城阳区流亭村的胡氏后人和当地的居民在政府的帮助下,在洼里村头胡峄阳先生故居旧址,修建了占地 5 万平方米的文化公园,以缅怀先哲。2014 年,胡峄阳传说成为国家级"非物质文化遗产"。

胡峄阳先生,是明末清初的历史名人。虽然他生活在距今 300 多年前,但如今在东流亭、洼里一带提起胡峄阳,居民们依然津津乐道。史记胡峄阳生性倔强、叛逆,他对清初的剃发留辫、易装政策极为抵触。16 岁时,他赴莱州府参加科举考试复试,那时为防夹带材料作弊,考生要经过监场人员搜身后才能进入考场。由于无法忍受此行为,胡峄阳便拂袖而去,并发誓终身不仕,专心从事教育和文化事业。他开馆授徒,博览群书,并著有《易象授蒙》《柳溪碎语》《寒夜集》等著作。

美丽久远的白沙河,不只是一条有水有草有鸟而流淌的河流。这条流淌在现代都市文明与自然生态中的河流,有着远古的故事和神奇的生命,她永远静静地等待着每一个期盼走近她的人们。

大沽河美丽的传说

刘雯婷

大沽河是我们的母亲河,她用蕴含血泪的乳汁滋润着广袤沃野,养育了无数沽河儿女;她一直忍辱负重,承载着人类发展的历史和文明;她饱经无数沧桑岁月,依然无怨无悔。她是我们坚强的脊梁和生命之本。

大沽河千年流淌,曾惹得文人墨客激情勃发、豪情满怀,他们用出神入化、妙趣横生的华章,给我们留下了无数关于大沽河文明的遗产。据史料记载,大沽河最早见于《春秋左氏传》,古称"沽水"。"沽尤","沽"即大沽河,"尤"即小沽河。大沽河位于胶东半岛西部,干流总长179.9 千米,流域总面积 6131.3 平方千米,其中,青岛辖区内干流长127 千米,流域面积 4850.7 平方千米。它历经栖霞、莱州、莱阳、莱西、即墨、平度、城阳、胶州,在胶州营海码头南入胶州湾。

如果把胶州湾比作雍容华贵、艳冠群芳的新娘,那大沽河就是一位美貌绝伦、豆蔻年华的姑娘,她俏丽如若春之桃,清雅胜似秋之菊。她不仅是人类文明坎坷起伏、烽烟迭变的记载者,更是青岛近百年辉煌发展史的参与者与见证者。她的每一滴水,都折射着沽河两岸劳动人民聪明智慧、顽强不屈、奋斗拼搏的勇气和力量。关于大沽河的传说,多不胜举,似乎大沽河有多少滴水就有多少个神秘莫测、瑰丽迷人的传说。

在招远、莱阳一带,传说有姐弟俩比赛谁跑得快,谁知回头一看,只见各自身后跑出来一条大河,姐弟俩合在一起一直跑到了胶州湾大海的怀抱,于是两股河水汇成了一条更宽大的河,就是现在的"大沽河"及支流"小沽河",大沽河成了人们团结友爱、齐心合力的化身。

而在莱西大沽河岸边,相传唐王李世民路过此地,迈过一条小水沟,给它起名叫"大步河",河的旁边有位财主叫"槐树疤",他看上了闭月羞花的长工坠姑,岂不知坠姑和一起扛活的王常河早已私订终身,可"槐树疤"猥琐好色,他要王常河砸开大步河里那块十几丈之大的青石,如砸不开就要霸占坠姑。王常河翻山越岭,终于在崂山太清宫拿到了劈山斧,青石被裂开,蹿出一股强大的水柱,这水撺着"槐树疤"一路狂奔形成了一条宽大的河流,"槐树疤"被淹死,大快人心。老百姓为颂扬坠姑忠于爱情的精神,给大步河改名叫"大沽河",大沽河成了人们惩治邪恶、向往纯洁爱情的象征。

在美丽的青岛大沽河畔,则流传着寓意更深的故事。

古时有一村庄叫"大不小村",说大不大,村里只住着十户居民;说小不小,南北距离却有十千米之长。村周围有条小溪常年流水潺潺,清澈见底,水呈奶白色,甜醇可口。这里一年四季绿树茵茵、花团锦簇,居民们凭借得天独厚的水资源,用小溪水混合天然植物萃取的各色颜料染布,染出的布匹不仅色彩鲜艳、柔软舒适、还顶磨耐穿,受到方圆百里老百姓的喜爱。俗话说"人怕出名猪怕壮",一天,来了一个商人想用重金买断他们的染织技术。大家看他肚皮滚圆,一脸混理肉,断然拒绝了他的要求。于是那人指挥狗腿子攻占了村庄,"我叫龙梭,有愿意给我干活的留下,不愿意的一律打死喂狗"。在他的棍棒、淫威逼迫下,村里的劳力都成了他的长工。龙梭心狠手辣,性格暴躁,他让长工们日夜不歇地为其染布,大家暗地里都骂他是"坏种脓梭"。就在"坏种脓梭"大发其财时,一件奇怪的事发生了,小溪里的水不知何故断流了,龙家染坊不得不停工了。"坏种脓梭"气的团团直转,他骂完了老天爷就骂这帮长工,怀疑有人捣乱。

停水足有一个月了,地里的庄稼也旱死了,可是全村竟然没有人渴死、饿死!"坏种脓梭"对这一反常现象不淡定了。俗话说:"不怕贼偷就怕贼惦记着",他围着村庄转了几天后,认定问题就出在"大姑子"家。"大姑子"是这家闺女的诨号,因从小失去爹娘,为照顾家她年过二十还没出嫁,弟弟"酸巴"娶了一位名叫"篷子"的媳妇,篷子年小,天天围着大姑姐"大姑子、大姑子"地叫着,久而久之,人们都忘了她的真名了。"坏种脓梭"来后,她们失去了生活来源,现在居然连水都没了,一家人生活可真是雪上加霜,大姑子为此焦虑万分。有天夜里,她迷迷瞪瞪地做了一个梦,梦见一仙女拿个铲子在地上比画了一番,然后说"取之有道,恩惠均沾,不义之人,贪致祸端",大姑子醒来后,想了很久,难道仙姑在暗示我挖井取水？于是,她动手在后院潮湿的地方挖了起来,果然挖出了一眼井,一家人乐坏了,除了饮用外,还偷着拾起了染布的营生,并把井水和布匹偷偷分给乡亲们用以救命。大姑子时刻牢记仙女的叮嘱,珍惜来之不易的每一滴水,绝不贪多,就这样总算保住了全村人的性命。

"坏种脓梭"生气地带着狗腿子来到了大姑子家,翻箱倒柜四处寻找水源,井口终于被发现了。他恶狠狠地说:"怪不得外面没水了,原来你这穷鬼把水脉挖家里来了。来人,赶急把井挖深挖大,我需要更多的水染布。"大姑子急忙上前制止说"使不得,这井不能开大了,会引发水灾的呀!""坏种脓梭"哪里听得进去,他指挥着狗腿子们夜以继日狠命地挖,大姑子的家成了一片废墟,篷子和酸巴一看家没了,发疯似的扑向"坏种脓梭",弱小的酸巴、篷子哪是这些坏蛋的对手,"坏种脓梭"一手一个抓起两人摔进了松散的土堆里,可怜的酸巴、篷子顷刻间被土掩埋。就在这时,井口边一股清水汩汩流出,久旱逢甘露的人们从四周赶来,欢呼雀跃,只有大姑子意识到灾难来了,她顾不上解救酸巴、篷子,要求大家尽快逃命,而人们却围着水井只顾开心,大姑子急了,她猛地扑上井口,想用身体堵住井水,并大喊"乡亲们,快逃命啊",哪知井口土方塌陷严重,大姑子整个身子如一颗石子,瞬间掉进了深不见底的井里,"坏种脓梭"还在井旁望着滔滔流水,乐呵呵地做着发财的美梦。村里人意识到了危险,终于主动撤离了,不多会,那井水就像失控的野马蹿的比柱子还高,刹那间"坏种脓梭"和那些狗腿子被水冲得无影无踪。由于"坏种脓梭"的贪婪和疯狂,井水日夜冒个不停,它向北蜿蜒流淌到了招远阜山,并在较低的地方形成了多条支流,向南一直流到南海。流了七天七夜后,这个村旁被流成了一条又长又宽的大河。水流逐渐平稳后,大河岸边只剩沙土,已是寸草不生。慌不择食的人们在篷子、酸巴死去的土堆上惊喜地发现了两种野菜,便采来煮食裹肚,菜虽略带苦酸味,倒也充饥,而且今天采完了,明天又能生出新的枝丫,大伙儿便给它们起名叫"篷子菜""酸巴救",有篷子菜的地儿一定有酸巴救。乡亲们知道是大姑子救了他们的命,便把这条河就做"大姑子河",年年六月六这天都包饺子供养纪念大姑子。早先,大姑子河两岸的老人们还会到河边烧纸祭奠、祈福。"大姑子河"叫了若干年后,有人感觉绕口,后来有识字的先生说,河本身应该有"水",就把"姑"写作"沽",还省略了"子"字,"大姑子河"就成了大沽河了。

由于大沽河的水染过布匹,它这一路走来总带着不同的色彩,在招远一带,大沽河的水是粉红色的,所以,当地的苹果都是香喷喷、粉浓浓的样子,令人爱不释手;在莱阳一带,大沽河的水略显淡绿色,当地的梨树得以灌溉,果实就有了一种绿萌萌、软兜兜的感觉,入口即化,远近闻名;到了平度一带,大沽河的水就成了微紫色,平度出产的葡萄紫滢滢、甜滋滋,香味悠长;到了青岛胶州湾畔,大沽河的水就呈现出原本的奶白色,河边种出的大白菜娇滴滴、脆澄澄,鲜美可口,是当地的一绝。大沽河岸边生长的篷子菜,每到秋季就披上鲜红的外套,带着酸巴救伴随着大姑子一起回家探亲,母亲们便会用篷子菜为远道而归的游子做一锅味道鲜美的篷子菜包子,咬一口,那种幽香绵软、鲜味浓郁的感觉,就是母亲的味道!

大沽河不只是名字带有如此神秘的传说,她奇特的水产品也是当地一绝。

大沽河向南汇入南海,因海水、淡水相混成"两合水"的缘故,这里哺育了诸多特色水产品。俗称最有名的"沽鲻、淮鲤、海中鲳"三种鱼类,排在第一的沽鲻就是大沽河独有的"脂鱼"了,它生活在大沽河入海口周围三四十平方千米的地方,沽鲻也叫"梭鱼",因它肉多都叫它"脂鱼",脂鱼十分贪食,长到六七两重会因自身脂满体胀而死,而且气性非常大,一旦落网不能逃脱,就会立即触网而死,当地老人说那就是"坏种脓梭"做的怪。所以,有经验的渔民,捕上来脂鱼后先把它打晕,预防它自杀,自杀的脂鱼味道较差。脂鱼(沽鲻)、甲鱼和鲤鱼也被誉为"沽河三鲜侠",足见其鲜美。大沽河还有黄姑鱼、梭鱼、鲈鱼、鲅鱼、丁头鱼、光鱼、小地主鱼、嘎牙鱼、草鱼、鲫鱼、鲢鱼、白鳝等,仅生活在这里的常见鱼类就达 100 余种。大沽河除了丰富的鱼资源外,各种贝类也让人垂涎三尺,如黄皮蛤、纹蛤、河蛤、蛏子、香波罗、祖鲁、河蚬、小田螺以及各种叫不上名字来的贝类,还有末货、蚝艮、泥蚂、海沙子"四小天王",像大蛸、小白虾等更是鲜美无比。还有一种令人难忘的美味就是大河蟹，它两只大甲上满是毛，是名副其实的"毛手毛脚"的毛将军，样子看上去跟大闸蟹差不多，吃起来味道却异常鲜美，这些都是大沽河特有的珍稀美味，别处鲜见。大沽河这些河鲜，因其独特的味道被人们称为"赛海鲜"。有诗云"春韵沽河飞鱼虾，烟波千顷郎归坝，炕头绣娘点红唇，蟹肥鱼香传万家。"

在生活物资匮乏的年代，民间流传一句话叫"一年河鲜半年粮"，也就是说大沽河各类河鲜可以顶老百姓半年的食物，平时大家还可以用小河鲜换粮食，因此大家都说大沽河是我们的"救命恩人"。

大沽河有一种自由烂漫、酣畅淋漓的精神元素在水中荡漾，她不仅是成年人的衣食父母，也是孩子们的天堂。孩子们在这里摸鱼捉虾、打水仗、藏猫猫……在和鱼虾嬉水中寻找到了一份独特的天真、快乐和幸福。

当然，大沽河也具有其破坏性的一面。旧时代发生的洪水泛滥事件无计其数，周边居民生命财产损失严重。官府也对大沽河进行过治理。最早记载大沽河修缮治理工程的文字见于元朝，尽管以后历朝历代对大沽河地治理没有停歇，但收效甚微，甚至还出现过易子而食的惨剧，再加上旧中国，政治腐败，军阀混战，更是民不聊生。新中国成立后，经过党和政府的多次除淤、拓宽，扶堤等，大沽河再未发生过严重水灾，两岸人民也过上了安居乐业的新生活。

沽河沐春，恰逢治理高格局，人民惜福，喜迎改革新时代。从1998年开始，青岛市对大沽河治理提出了世界眼光、国际标准，随后提出了在沽河沿线规划设置"九星连珠"美丽景观，打造沽河生态廊道、景观廊道、休闲廊道、度假观光廊道等，构筑"三区五湖九湿地，绿道连通十五点，二十二桥跨两岸，二十五闸水相连"的现代河流景观，同时结合沿河村庄改造，把大沽河打造成一条富有生命气息和文化底蕴的文明新沽河，现在我们的母亲河正在呼吸着久违的青春气息，恢复她端正靓丽、气势磅礴的容貌呢。

相信在不久的将来，我们这位虽经磨难仍流淌不息的母亲河——大沽河，必将以崭新的容颜，承载着我们几代人的美好祝福和梦想，继续前行，源远流长。

唐王泉的传说

刘晓燕

身为地地道道的城阳人，说起"城阳惜福镇"您可能一点儿都不陌生，说起"铁骑山"您肯定也耳熟能详，但如果说起"唐王泉"，您也许还没听说过吧？

其实"唐王泉"这个名字的由来远比"城阳"这个名字还要久远！这里面还有一段君圣臣贤，爱子如民，一代帝王诚心终于感动上苍的感人故事。只是年代已经太久远了，那个美丽的故事已随汩汩甘泉逐年逐月地流逝，而越来越沉淀于苍茫山野，古树里，民心中……如今，值此繁荣昌盛，百姓乐业之太平盛世，或许我们再无那般饥渴之苦，但吾辈不其子孙依然切望这个君明臣正、浩然长存的故事永归民史，永存民心，成为古老的不其城遗留下来不可或缺的那一部分……

话说，在唐朝的贞观年间，在古老的不其山（今铁骑山）发生了一件特别神奇的大事！什么大事呢？那可是关乎民生，关乎社稷的大事！

那年，鸭绿江东部的高丽王造反，经常派兵来侵犯边境。而且最令唐太宗李世民头疼的是：这个领兵的大将叫盖苏文。那这个盖苏文究竟是何许人物呢？提起这盖苏文啊，他可不是一般的人物！不然也不会令唐太宗不敢小觑。他年轻时曾被派往长安留学，留的什么学呢？按现在的说法那就是最高等的军校，所以这盖苏文早已熟读兵书《孙子兵法》，把那三十六计运用的更是炉火纯青。他常常运用这些计谋，打仗时以巧取胜，让唐军很头痛。这一日，探子向唐王大帐进报，说据边境可靠消息来传，盖苏文这次又来犯边境，而且他亲率一大股兵力，偷偷渡海来到崂山脚下侦探，并获取了不少我方情报！

军师徐茂公向唐王献策：如果再不败退高丽兵，恐怕战局对大唐局势将非常不利，唐王李世民闻言，再也坐不住了，决定亲率大军东征高丽，一举扫平战局，安定社稷！

　　唐王李世民率军师徐茂公、大将军薛礼等浩浩荡荡一行大军一路风尘仆仆行军。那日，大军终于来到东海边，却发现此地百姓正遭受干旱之苦，方圆几十里已数日无雨，河干泉枯。唐王即刻命士兵在不其山下安营扎寨，一方面他要在这里筹集渡海木船，调度粮草。一方面他要想办法解救这一方灾民！他立刻命士兵在山顶挂起唐王的大旗。在山麓阳坡设立了行辕后，立刻来在军营大帐中看《孙子兵法》《齐民要术》等书，他火急火燎地搜寻这解救干旱之法。

　　接连数日，天旱依旧，唐王李世民急得团团转，还是一点解救的方法也没找到。

　　此时，不其山周围数十里旱情日重。驻扎在此的数万官兵和老百姓，正处于口干舌燥、嗓子冒烟的境地。旱情如不缓解，必成大灾，别提去退敌，就怕军心大乱自己先毁了士气！唐王李世民更加心急如焚，只得找徐茂公商量缓解之法。茂公则不慌不忙地对李世民说："陛下莫急，您乃人间真龙，若不下雨，或是天意未到，今夜我就陪陛下仰观天象，看看天意如何？您可以人间天子之意，替万生祈愿。"李世民立刻有了精神："军师，这可行？"茂公不慌不忙点头道："君乃真龙天子，与上苍连脉！"李世民惊喜："为黎民百姓，我愿做一切！"

　　当晚，徐茂公陪唐王李世民登上观星台，点香烧纸，徐茂公口中念念有词，三炷香后，指出紫微星的位置，再说出其中北斗星的所在，举目观看。过了一会，茂公问道："陛下，您看北斗星的光芒如何？"李世民道："我已发现此星时隐时现。"茂公道："陛下乃天上紫微星下凡，此星时隐者，显示陛下正遭受旱灾之苦，时现者，乃上天显示不几天当有缓解之法。"李世民听后，心中稍有欢喜。遂问道："还要观什么星？"茂公用手指画了一条线，道："请看天河，玉帝早已册封甘泉仙子主管人间泉水，她此刻正同众仙子们在天河中戏水玩耍，她已收到陛下发出的信意，陛下现在即可向仙子祈祷了，请甘泉仙子即刻帮助黎民百姓解除这人间的干旱之苦！"

　　李世民听罢，立即双膝跪地，毕恭毕敬地祷告说："凡人李世民，虽贵为人间天子，但无力解除干旱之灾，望祈甘泉仙子救苦救难吧！"说完,只见天河中有八颗星突然闪亮。茂公道:"陛下请看,星光闪亮,说明甘泉仙子已听到陛下的祷告,不久必将有甘泉出现。"

你道天河中的星光为何闪亮?那确是甘泉仙子在作法,她也早已得知凡间天子遇劫,只是一直天意未到,她在此就等唐王的祈祷了,只一接到天地通达之意,甘泉仙子立刻广袖一收,收集起天河中的八颗水珠,遂向人间的不其山东坡散去!

天亮后,士兵一片沸腾,赶紧来报唐王李世民说,不其山的东坡同时出现八眼甘泉,泉水汩汩,流动有声如玉珮叮咚,请唐王等过去先品神泉之水,唐王与军师大臣们大喜,赶过去品尝,泉水白如玉露呈琼浆色,用瓢剆起入嘴甘洌,甜至心里,那叫一个爽啊,唐王立刻名士兵召集当地百姓先民后军排队饮用。说也奇怪,这些泉水怎么喝也不少,喝掉一瓢长出一瓢,打出一桶又长出一桶,百姓和士兵别提多高兴了,立刻跪地齐呼:"唐王真主万岁,万万岁!"如此一日下来,军民都喝的口甘肚圆,于是上下军心同气,那个士气就别提多高涨了!

借此天机,李世民正好率大兵过境,可想而知,此时的部队士气该有多高,自然没费吹灰之力就把敌军彻底击败了!出战大捷,唐王李世民大喜,令所有三军将士再返回不其山庆功敬拜。

返回不其山后,李世民令三军将士和当地居民举行大型祭拜活动,大庆三日!

大军撤离后,当地居民为感唐王李世民的爱民圣意,为这几眼甘泉取名"唐王泉"。说也奇怪,后来这几眼泉水成了当地居民心中的圣水,老百姓们传言除了口感甘洌之外,喝的时间久了一些小病竟能自愈,由此一传十,十传百,很多百里之外有沉病久治不愈的老百姓们也都赶来取水,"唐王泉"也因此而一时名声大噪。

时光如白驹过隙,如今,唐王的铁蹄声早已消失在茫茫的时光隧道里。历经了时代变迁的不其山虽然已改名为铁骑山,但它依然岿然不动地屹立在这里,用一双静默的双眼凝视着这仍汩汩不息的甘泉,仿佛千年不变地在讲述"唐王泉"那段最古老的故事!

摩天岭的新传说

刘好军

五月，摩天岭上的槐花开得正酣，那一排排槐树被槐花簇拥着，雕饰的摩天岭披云盖雪，层林尽染，沐浴的岭上春色分外明丽。

摩天岭不远，就在胶州湾北岸、棘洪滩街道，是一道东西走向、稍微凸起的高坡，或者说是一条低矮的、略高出平地的丘陵，犹如老牛的脊背，历经沧桑，形成的一道土岭。可别小瞧这道方圆 4 平方千米的土岭，名气大着呢。

相传，清代乾隆皇帝玩腻了江南山水，便想到崂山亲巡御览。足智多谋的诸城籍大臣刘墉深知皇帝出行必定车马仪仗，前呼后拥，浩浩荡荡，走州过县，惊扰官府，劳民伤财，于是，便花言巧语劝阻皇帝的崂山之行。说是去崂山，必然经过摩天岭，这摩天岭岭高离天三尺三，伸手能够着天，岭上路险涧深，崖陡峰高，海雾弥漫，豺狼出没，岭下的"棘洪滩"荆棘丛生，洪荒无际，生长着寸步难行的"绊马索"，飞舞着遮天蔽日的"食人蚊"……乾隆皇帝闻听摩天岭如此险恶，便打消了去崂山的念头。刘墉阻止乾隆皇帝的崂山之行后，摩天岭便蜚声东西，名贯南北，谁人不知，无人不晓，只要提起，妇孺皆知。

此时，摩天岭全然没有了传说中的荒凉与凶险，岭上的槐花开得热烈，一树树迎风怒放，一穗穗甜香飘逸。缤纷的槐花皓如冬雪，琼花玉蕊，群芳斗妍，风情万种，沁人的花香芬芳肺腑。印象里，槐花的世界洁白晶莹，然而摩天岭上有几棵槐树却与众不同，开出绛紫色的花朵。兴许蜂蝶从未见过紫穗槐花，便嗡嗡嘤嘤浅吟低唱着，欢快地舞动着双翼，热切地亲吻着凝固枝头的紫锦红霞，更增添了摩天岭的艳丽明媚，春色璀璨。

站在春日的摩天岭上，槐花香里一股股现代工业气息扑面而来，槐树掩映的是青岛轨道交通产业开发区核心区、中国最大的高速列车产业化基地。五月斑斓的阳光在槐林间跳荡,海风轻拂,摇曳的槐树枝条花叶间,遮遮掩掩、闪闪烁烁、明明灭灭着青岛四方机车车辆股份有限公司和青岛四方庞巴迪铁路设备运输有限公司两个现代化高速列车生产企业。这里厂房林立,厂区洁净,花红树绿,没有嘈杂的噪音和滚滚的浓烟。一个个实验室、一条条生产线、一个个装配车间,忙而不乱,有条不紊,旋转的车刀,闪耀的焊花,忙碌的身影,无不彰显大国工匠的风范,一列列现代化的动车,从他们的手中诞生。停车场上、实验线上,一列列生产下线的高速动车组如同一条条银龙,或停泊或运行,洁白的车身在春天的阳光下明净闪亮,线条流畅,赏心悦目。这些动车组或已经调试完毕,等待交付上线运营,或正在调试测试,进行着最后的检验试行。

而记忆里的摩天岭虽无传说中的荒芜险恶,却也是丑陋无比,没有绿树,鲜有绿色,更缺少花香,是个"兔子不拉屎"的地方。岭上沟壑纵横,杂草稀疏,胶州湾北上的潮汐涌进羊毛沟,漫上摩天岭,岭下洪江河汛期暴雨泄洪不畅,海水倒灌,特别是海啸肆虐水淹摩天岭后,海潮退却,土地严重碱化,留下大片涝洼和白茫茫的盐碱地。这里十年九春旱,摩天岭又是块坡地,盐碱土层下,覆盖着俗称"红浆板"的沉积岩,掺杂着砂砾碎岩,难以蓄存水源,好不容易下场雨,雨水又跑向两边,干旱、瘠薄,连草都是蔫蔫的,一副病态的样子。然而,夏秋季节的汛涝洪水,却使摩天岭变成另一番模样,那一丛丛、一片片的海蓬菜、碱蒿、芦苇、茅草生长的旺旺盛盛、蓬蓬勃勃,分明在诉说摩天岭不是岭,而是一片盐碱荒滩。

农业集体化时,摩天岭是铁家庄、棘洪滩、港东、院后庄4个生产大队的土地。生产队在摩天岭从来不种植喜爱大水大肥的小麦、玉米等庄稼,只种植那些抗旱涝、耐贫瘠的谷子、高粱、地瓜和其他小杂粮。摩天岭土质差,产量低,碰上好年头种一瓢,打一盆,要是摊上春旱秋涝的年景,往往种籽不获,颗粒不收。摩天岭的土地种之不值,弃之可惜,但生产队还是年年种植,盼望着遇上好年景,有点收成。

为了改变摩天岭的自然面貌,改善恶劣的农业种植环境,各生产队利用冬春季节,组织劳力开展农田水利基本建设大会战,大搞台田建设,开挖汇水沟渠,建设排涝水网,整地改土,治涝改碱。然而,这些农田水利基本建设的成果,往往一场大水冲来付之南流。

农村家庭联产承包农业生产责任制实行时,各生产队在摩天岭的土地,分给哪家哪家不要,生产队实在没办法,只好采用抓阄儿的方式,才将土地分到各家各户。农业生产积极性十分高涨的人们,对分到的摩天岭的土地倾注了心血,抛洒了汗水。他们挖沟排涝,引水压碱,从外地引种生长期短、抗旱耐涝的农作物,加强田间管理。尽管人们挖空心思,想尽办法,但由于摩天岭的自然条件,每年的收成与生产队集体耕种相比,也好不了多少。

真正使摩天岭脱胎换骨发生根本变化的是 1986 年。铁道部四方机车车辆工厂钟情于这里,其投资近亿元的国家“七五”期间重点建设项目客车扩建系统拥抱了摩天岭。7 月 21 日,对摩天岭来说具有历史意义,四方机车车辆工厂客车扩建系统在岭上奠基,这标志着中国北方最大的铁路客车制造基地的诞生,人们欢呼雀跃,奔走相告。从此,古老而沉寂的摩天岭喧闹起来,测量绘图,划线打桩,车水马龙,人来人往,一片繁忙的景象。一朵朵焊花燃亮了黑沉沉的荒野,推土机、挖掘机的轰鸣惊扰了酣睡的兔鼬,打桩机的晨曲牵来黎明的霞光,高高耸立盐碱滩上的脚手架,托起冉冉升起的朝阳……1988 年 9 月 18 日,这里生产出第一辆硬卧客车,从而拉开了铁路客车生产的序幕。此后,摩天岭上生产的铁路客车,不仅满足了国内铁路市场的需求,还打入缅甸、坦桑尼亚、斯里兰卡和中国香港等国家及地区的铁路市场,从而改写了摩天岭的历史,书写着摩天岭的新传说。

摩天岭变了,变得不再荒凉,那曾经的盐碱荒滩,经过科学改良,槐树、柳树、芙蓉、杨树、桃树、松树等树木扎下了根,月季、石榴、樱花等花卉竞展靓姿丽容,尤其是春天各种花儿举绿摇红,打扮的摩天岭花团锦簇,姹紫嫣红,春色迷人。摩天岭不仅引得蝶飞蜂舞,也引来了中外最大的铁路合资企业——青岛四方庞巴迪铁路运输设备有限公司,在四方机车车辆工厂客车扩建系统改制的青岛四方机车车辆股份有限公司一墙之隔安家落户,与翘首相望的青岛四方有限公司共 3 家企业组成了铁路客车制造的劲旅。

2006年10月，摩天岭上传来了令人振奋的消息，青岛四方机车车辆股份有限公司生产出中国第一列时速200千米的动车组。从此，四方股份、庞巴迪、四方有限3家铁路客车整车制造企业由生产普通铁路客车转向生产高速铁路动车，形成以高速列车整车制造为主导，零配件研发制造为补充的产业发展模式，建成世界上装备水平最优、产能最大的高速列车产业化基地，也是国内高速动车组制造数量最多、品种最全、质量最优、技术最先进、安全运行里程最长的生产基地，更是国家轨道交通装备产品重要的出口基地、全国新型工业化产业示范基地、全国高速列车知名品牌创建示范区。动车产量占全国总量的66%，在线运营动车组占总量的42%，其中四方股份每4天就有3列动车组交付营运，在世界轨道交通装备制造领域跃居第一位。为此，摩天岭成为全国最大的轨道交通产业开发区——青岛轨道交通产业开发区的核心区，3家动车整车制造企业带动起摩天岭周边120多家为其生产配套的企业。当年在摩天岭上种植庄稼的铁家庄、棘洪滩、港东、院后庄4个村庄，早在四方机车车辆工厂客车扩建系统建成投产后，村里就建起了为其生产配套的零部件制造企业，那些在摩天岭上种地的庄户人，喜气洋洋地撂下锄把子，进工厂当上了产业工人。

光阴荏苒，沧海桑田，摩天岭翻天覆地的巨变仿佛在弹指之间。随着摩天岭的变化，那些曾经在摩天岭上土里刨食的村庄，加快实现着农村向城市、农民向市民的转变。村里的土地成为青岛轨道交通产业开发区工业建设用地后，庄户人不再种植庄稼，青壮年都务工经商，破屋陋舍的村庄，进行了或正在进行旧村改造，人们搬迁住进宽敞明亮的楼房，庄户人融入农村工业化、农村城市化的滚滚浪潮中，昔日孜孜以求的好日子涌进家门，曾经的追求梦圆盛世。

五月的摩天岭海风轻柔，春和景明，槐荫下、公路旁停放着不少车辆，人们或在树下观花，或在岭上赏景，或在倾听老人讲述摩天岭新的传说，拍照的、散步的流连忘返，欢声笑语在槐树下流淌。在这个春光明媚的季节里，他们像这些飞舞的蜂蝶一样喜欢上了摩天岭，从心灵的深处发出由衷的赞叹：壮哉，今日的摩天岭；美哉，春天的摩天岭。

村旁流过羊毛沟

刘好军

羊毛沟不是条沟,是一条潮汐性河流。发源于青岛市城阳区棘洪滩街道港北村的羊毛沟,因临近胶济铁路即墨市南泉镇以南,这里地势涝洼,人称"南泉洼",其流水连同毛家庄、中华埠一带和沿河流域,由于夏秋汛期暴雨洪水或连绵淫雨,形成多如羊毛的细密溪流,或由北向南,或由西向东汇入河道;又因早年间河道两岸盐田密布,为纳潮引水和盐运便利,滩户盐民在河道两岸开掘密如羊毛的河沟支流,以利潮汐涨落纳潮提水和运盐帆船进出而得名。蜿蜒迤逦的羊毛沟宛如一条玉带由胶济铁路以南的"南泉洼",飘过棘洪滩、上崖、下崖、古岛村旁,往东一抖,一路南飘,落入上马街道程哥庄村东胶州湾。羊毛沟一年四季风光旖旎,景色如画,形成一道悦目靓丽的风景,充满韵味隽永的诗意。

过了年,阳光变得明丽,微微南风轻柔温暖,羊毛沟活泛起来。河水驮着大块的冰凌顺流而下,两岸残雪渐渐消融,那被誉为"鲜得没法儿说"的"开春第一鲜"梭鱼,在河道里游动,下小海儿的汉子手掂渔网,瞅准鱼情一网下去准有渔获。沉寂一冬的野鸭,在水中梳理着羽毛,鸥鸟或从水面掠过,或在河边啁啾悠闲觅食,鸟鸣此起彼伏,不绝于耳,仿佛天籁。人勤春早。盐工借着开春的潮流,往盐田里纳潮进水,为春盐晒制备料。

时光很快进入了春潮奔涌的阳春季节,羊毛沟畔透出绿色,芦芽破土,香蒲、野菜等先后萌芽,杨柳吐芽披绿,各种野草展现生命的迹象,麦苗由淡绿变为浓绿,在春雨里拔节。报春的燕子、催春的布谷与鸥鸟竞天而翔,蛰伏一冬的青蛙在春雨中,放声唱响春之歌。羊毛沟两岸氤氲水汽,薄雾袅袅,海腥气息随风袭来,河面空烟弥漫,云雾蒸腾,白茫茫一片,分不清哪是水,哪是雾。丝丝云雾,柔柔流水,花草碧树,还有那留恋水面的飞鸟,营造出若隐若现的梦幻境界。

进入初夏,羊毛沟充满盎然生机,鲅鱼、鲈鱼、鳝鱼、油鲹、白虾、海蟹出现在河道里,鱼儿不时地跃出水面,在河面上荡起水花,两岸泥沙中沙蚕蠕动、蛤蜊生长,岸边被独鲈、爬蟆等小海蟹掏挖出密密麻麻的洞穴。这些蟹类长不大,平时待在洞穴边吹泡吐气,一遇见人,倏忽入洞而逝。那人称"海狗"的弹涂鱼,不是在水面不停地游走,就是在岸边不住地跳跶,引得人们忍不住去抓它。羊毛沟畔的芦苇和绿树汇成墨绿色的海,野花遍地盛开,蜂蝶飞舞,原本不毛之地的盐碱涝洼之处,海蓬菜等碱性植物生长的蓬蓬勃勃,各种杂草悄然舒身。河汊沟塘中,一丛丛青翠碧绿的香蒲高傲地擎起一枝枝蒲棒,众多野菜开放出一片片夏日的风情,微风送来野菜微苦的清香,它们与芦苇、绿树清晰地倒映在明净的水面,风姿绰约,清新亮眼,使人眩目。各种鸟儿成群结队的飞来,在树林、草丛中栖息筑巢,生儿育女。晨光晚霞涂染碧波,释放着一派恬适。盐场的贮水库、送水道、荒水池、卤池中,养育着鱼虾、蛤蜊和海蛎子,以及一种叫"海赖花子"的贝类,疯长着喂猪的上好饲料笕菜和卤虫。羊毛沟生动起来,收了工的人们和放了学的孩子涌向羊毛沟,有钓鱼、摸虾、挖蛤蜊、捞海赖花子的,有捞笕菜、捕卤虫、撸海蓬菜、剜野菜、割青草的,你来我往,人声嘈杂。"风吹草低见牛羊",牛羊在河滩上安详地吃着鲜嫩的青草,牧童在惬意地放牧着夏天。厚厚的春盐在盐田里闪闪发亮,盐工们将晶莹的盐粒用捞耙收起,一车车推往盐台,堆起一座座炫目的盐山。羊毛沟的河水倒映着帆影,一只只运盐的帆船穿梭羊毛沟,鸥燕盘旋,水鸟绕船,用欢鸣送走一船船海盐。

经过春天的哺育,夏天的滋养,秋天的羊毛沟变得丰腴起来。河道里的鱼长得又肥又大,时常跃出水面,"扑棱"一声搅起水旋儿,荡起一圈圈涟漪。盐场的贮水库、送水道、荒水池里,生长的鲅鱼、鲈鱼、油鲹、鳝鱼、白虾、蛤蜊等鱼虾贝类进入最肥大、最鲜美的时期。此时的羊毛沟人气格外旺盛,背着旋网、粘网、拖网,拿着渔竿,提着撩钩,拎着蛤蜊耙子等渔具下小海儿的,推车挑担提筐拐篓捞笕菜、撸海蓬菜的,扛着步网捕捞卤虫的,似乎要把羊毛沟挤翻。

羊毛沟肥沃的泥质，两岸的沙蚕，河流携带的大量有机物和水生物，成为海产品饕餮的美食，所哺育的鱼虾蟹贝鲜美浓烈，风味独特。那以小鱼虾和草根嫩叶为食的海蟹，经过阵阵秋风地抚爱，壳满膏肥，青壳白腹里，雄蟹油满，雌蟹膏黄，肉韧味鲜，堪称海产品中的精品，还未蒸食就惹得人垂涎欲滴，颊齿留香。

秋风一场接着一场，天气渐渐凉了，大地在秋风中变得萧瑟，红颜绿色逐渐消退，然而，羊毛沟畔却摊开满目锦绣。广袤的河滩上，一丛丛、一簇簇海蓬菜如血似火、如霞似锦，为荒凉寂寥的秋天送来了暖意。秋风舞动着彩笔，将各种树木的叶子涂抹得五彩斑斓，绚丽多彩。无名野花铆足了劲儿吐出一年中最后的芬芳，开出一年中最后的烂漫，像一片片晚霞铺展，挽着海蓬菜的赤红、树木的多彩和草木的绿色，与不远处一座座秋盐堆起的晶山相辉映，倒映在羊毛沟银白闪亮的水面，构成一幅立体的精美画屏。

悠悠白云下，随着落叶撕扯去一片片日子，那随风起伏的芦苇荡海波涛汹涌，为晚秋送来一幅醉人的图画。

"蒹葭苍苍，白露为霜。"尽管是深秋，但是羊毛沟畔浩瀚的芦海，似乎还没有完全蜕去春夏的基调，与金黄的水草、火红的碱蓬、粼粼的波光构织成色重霜浓的浪漫。芦苇秸儿绿中呈黄，蓬松的芦穗由胭脂色洇延成银白色的芦絮，白茫茫的芦花汇成云海，宛如愈积愈厚的雪花，酷似成熟的蒲公英轻歌曼舞，漫天飘洒，形成"芦荡飞雪"的壮美景观。

当西北风挟裹着大片大片黑沉沉的乌云向南奔涌的时候，羊毛沟敞开宽广的胸怀，接纳漫天飘舞的雪花。冰封雪飘的隆冬，羊毛沟畔被冰雪覆盖着，一望无际的雪原白雪皑皑，分不出哪是滩涂、哪是芦荡，辨不清哪是路径、哪是沟壑。寒凝聚、人踪稀，万物冬眠，大地一片肃静。然而，在这苍凉静谧的冰天雪地里，羊毛沟却是雁鸭及其他水禽的天堂，它们不惧畏严寒，在这里过冬。白天，成群结队地飞起觅食；夜晚，结伴栖眠于羊毛沟两岸的盐田水池、河汉沟壑、水洼塘湾、野地麦田。茫茫旷野，天寒地冻，但野兔、黄鼬却欢天喜地地出没于村前庄后、街头巷尾、草丛树林、麦地荒野、河边沟旁。猎人出现了，他们都是羊毛沟沿岸村庄的人们，或结伙，或独行，不分白昼地寻觅着猎物，每回出猎，不是背回雁鸭，就是提回野兔。

冬天的羊毛沟畔，欢乐了孩子们的童年。他们放学后、星期天、寒假里，成群结伙来到羊毛沟畔结冰的河沟塘湾水洼，在坦荡如砥的冰面上抽打着被称作"懒老婆"的陀螺。自制的滑冰板你来我往，穿梭于光洁平滑、晶莹照人的冰面，一串串欢笑回荡在羊毛沟上空，为寂凉的寒冬注入了生机与活力。

羊毛沟盛产的鱼盐鲜亮过一辈辈人的生活，成就过一代代殷实人家。曾经宽阔的河道，是重要的渔运航道，可相向而行两只载重五六十吨的三桅大船。下游及入海口处的程哥庄村东，更是船进船出，来来往往，忙忙碌碌，一派"日出千杆旗，月升万盏灯"的盛景，最多时泊船三百多只。清晨的日出，送走多少劈波踏浪、耕海牧渔的风帆；西沉的夕阳，迎回多少捕捞鱼汛、满载渔获的渔船。日夜奔涌的海潮，迎来一艘艘客船，送走一批批商贾，圆了多少客商的梦幻，见证了羊毛沟的富华繁荣：江浙闽的商船将丝绸、茶叶、蔗糖、竹木、桐油、染漆、陶瓷等源源不断地运来，由棘洪滩登陆运往北方各地；海西、程哥庄、阴岛、潮海等的货船，满载松木、皮货、鱼盐、粮食、香火、棉花、棉布、油料、杂货等扬帆南下，奔向南方口岸。南北商机在这里汇聚，东西风情在这里交融。

因为有羊毛沟，沿河流域少有涝淤之灾。夏秋汛期，天降暴雨，水汇河道拥抱在一起，南下入海。然而，羊毛沟并不总是清丽温顺的，历史上羊毛沟或因洪水肆虐，或因暴雨海啸，多次发生毁盐田、淹禾稼的悲剧。夏秋湿热的天空下，羊毛沟静静地流淌。突然一阵狂风刮来，黑云密布，蓦然天昏地暗，凉风四起，草木被刮得东倒西歪，鸟儿水禽蜻蜓乱飞，天阴沉得如漆似墨，黑得几乎令人窒息。狂风稍歇，瓢泼大雨从天而降，雨水的激情一旦释放，便在大地上狂欢起来。"南泉洼"等众水汇集在羊毛沟吹响了集结号，原本有些瘦削的河道先是变得丰满，而后激荡澎湃起来，黄土色的滚滚浊流波涛涌起，一排追着一排，一浪高过一浪，浩浩荡荡，如同千军万马气势磅礴，呼啸着雄性的豪迈和粗犷。受海潮顶托，原本难以下泄的洪水如同生下根，在羊毛沟住了下来,肆意汪洋于两岸,汹涌的洪水冲毁盐田,雨化结晶的海盐,长势茂盛的庄稼被淹,丰收的希望浸泡在洪水里,化作泡影……

为了驯服桀骜狂荡的羊毛沟,20世纪70年代,红旗插遍羊毛沟两岸。东岸,炮声隆隆,机械轰鸣,青岛南万盐场对落后分散的老滩进行改造,将羊毛沟河道截弯取直,重新开挖,展现出现代化盐场的清新容颜;西岸,各生产大队秋后冬闲不再"猫冬",以生产队为单位组织起整地改土、治涝改碱的队伍,气势豪迈地开赴羊毛沟畔,疏浚、拓宽、开挖一道道河沟,建造一方方条田、台田,植下一排排树木,筑起一条条新路,使其田成方、沟渠畅、路相通、树成行。第二年,新植柳杨榆槐等树木和棉槐等灌木开枝散叶,生根发芽,争吐新绿,新播田菁等耐涝碱作物满目苗壮,与芦苇汇成绿色海洋。盛夏酷暑,漫步葱郁的林间小路,凉风飒飒,清爽拂面,感觉不到一丝儿暑气。改造过的粮田,麦浪起伏,玉米怀金,高粱喷火,硕大的谷穗随风点头。放眼羊毛沟,绿树环绕,芦草凝翠,渠网纵横,禾稼茂盛,水清鱼跃,好一处鱼米之地。

时光如流,悄然消逝于岁月的长河;光阴荏苒,带走多少无言的往事。20世纪80年代后,各种利欲膨胀,身处滚滚红尘中的羊毛沟,自然不能置身世外桃源,远离世俗的尘埃。熏心的利欲化作污水浊流滚滚南下,使羊毛沟流淌着满河黑臭;无边的私欲挥舞贪婪的刀斧,将羊毛沟砍劈的遍体鳞伤、一片荒凉;恣意享受后的现代生活垃圾,掩埋了羊毛沟靓丽的芳华;工业化的浪潮,湮没融化千年盐业……更有人嫌弃羊毛沟的名字太土气,将它更名为"祥茂河",真是无知浅薄,荒唐悲哀。羊毛沟昔日鱼游虾跃、贝卧蟹行、草木葳蕤、野花遍地、鸟击长空的景象荡然无存,大片草场退化殆尽,许多生物、植物不见了踪影,漫漫黄沙挟裹着白花花的盐碱卷土重来。那盛满欢乐童年、风华少年、洋溢青春的羊毛沟呢?那调节过日子咸淡、丰盛过贫困生活、甜蜜过苦涩岁月的羊毛沟呢?那充满故土情意、荡漾满河乡愁的羊毛沟呢?不见了,不见了,那些曾经的美好记忆烟消云散。羊毛沟那清秀可人的模样,只能定格在老一辈的记忆里,长存于新一代的梦境中,成为人们心里挥之不去的永远疼痛。

2015年,羊毛沟下崖段迎来了巧手打扮它的人。棘洪滩街道下崖社区青岛忠群集团的隆隆机械、穿梭车辆唤醒沉睡的羊毛沟。河道宽畅了,污浊去了应该去的地方,羊毛沟花海湿地留恋住人们的脚步。作为城阳区西部旅游中心,国家 3A 级旅游景区,油菜花开出满地金黄,荷花婆娑碧波生香,长廊里的葡萄奋发向上,碧绿草地环抱玲珑的教堂,波光托起的木屋一派安详⋯⋯2016 年 7 月 16 日,首届青岛城阳水上国际啤酒节在羊毛沟花海湿地举办,玉液琼浆溶于夏日妩媚的风情,欢乐和凉爽让激情迸发四射,人们在这里放飞心灵,寻找家园的感觉。

蓝天白云下,青草绿水旁,成群结队的人们在羊毛沟畔拍照留念。随着快门的"咔嚓"声,羊毛沟的丽姿镂刻进时代的底片,羊毛沟的靓影永驻在人们的心坎。

金身难免劫　玉宇少迎晖

——记城阳古迹玉皇庙

李　强

悠悠岁月，流年沧桑，多少往事如烟；时光流转，齿月年轮，几多宠辱沉浮。世事难料，有些看似平常的事情也能平地而起青云直上，勇立潮头成为时代宠儿，有些无限风光的事情却也可能会走下神坛黯然神伤，淡出记忆成为历史一去不回。难怪古人有"乾坤空落落，岁月去堂堂"的咏叹。城阳玉皇庙，这个曾经声名远播、香火旺盛、红极一时、远近闻名的庙宇，如今却破落成了一地废墟、一片狼藉。亲历现场，看了那种破败荒芜的场景，禁不住让人唏嘘不已，感叹历史跌宕，岁月无情。

城阳玉皇庙又称通明宫，位于现在的夏庄街道西宅子头社区北的玉皇岭上。北依凤山，东邻惜福镇河，南连工业园区，西接烟青高速，居高临下，俯视四方。相传，唐代贞观年间，武则天从此地路过，随从的风水大师袁天罡对武则天说，这个地方风水极佳，可能会出颠覆政权的大人物。武则天一听慌了手脚，急忙问该如何是好，袁天罡说可以建座玉皇庙，把玉皇大帝请到这里，可以压住这里的风水。于是，女皇在现今南山宾馆北侧的玉皇岭上修建了玉皇庙。庙内供奉着玉皇大帝，承接着四面八方善男信女的香火，奉行着看护一方、管理一方的责任。当然这只是一种传说，玉皇庙究竟是哪朝哪代谁建立的，为什么建在这个地方，则有着各种不同的说法。

据有些老人介绍，玉皇庙建于北魏时期，这应该算是最早的关于玉皇庙建设年代的传说了。清同治版的《即墨县志》载："玉皇庙在县南二十里凤山，邑南皮令蓝再茂建。"据查，蓝再茂是明末清初人，与历史上相传的北魏、唐朝贞观年代差得太远，应该属于重修。庙宇重修是常有的事，清乾隆年间就曾重修过一次，可见有些地方的史志记录也不准确。

史料记载,当时的玉皇庙占地超过 50 亩,结构庞杂,各种宫殿齐全,有玉皇殿、阎罗殿、娘娘庙、关公庙等,主殿供奉着玉皇大帝。庙宇有着非常丰富的文化艺术底蕴,其建筑风格集纳了中国宫观建筑的主要特点,庙内琉璃、壁画、木雕遍布。整体建筑显得主次分明,整齐又富有变化。中轴线上的主体建筑,由南向北依次排列,总体呈现南低北高、拾级登临的形状,像一头卧距山顶的雄狮,俯视和保护着山下的百姓。庙堂前后有 40 级台阶,庙里还有戏台,据说规模比崂山的太清宫还大。可以想见,当年这里矗立着的,是一所非常恢宏、非常壮观、非常有气魄的殿宇。

庙门朝南,门前是一堵高约 4 米,长约 50 米的粉白影壁墙,既遮挡了庙内景象,也屏障了外部的冲击,成为四方香客进门前的第一个照应。

转过影壁,登上 27 级台阶便是正门。正门又称南阁,高 2 层,高旷巍峨。阁前书"通明宫"三个大字,这也就是为什么玉皇庙又叫通明宫的原因了。阁内藏有经卷,阁的两边依照古代对称的建筑风格,东边建有钟楼,西边建有鼓楼,正所谓晨钟暮鼓。庙分前后两院,从阁下进入大门便是前院,前院两边各有偏殿五间,内供十殿阎罗像,刻画的惟妙惟肖,充分体现了古代劳动人民的智慧和才华。

再往前走,东侧是娘娘庙,供奉着送生娘娘、南海大士,多有周边不孕不育的妇女来此烧香求子。西侧是 3 间关帝庙,供奉着关羽、关平、周仓等。院中有石碑 4 尊,古柏 2 株。

继续向北再登上 13 级台阶,是龙虎殿,殿前书"昊天大帝"四个大字,殿内供奉着哼、哈二神。绕过龙虎殿便进入庙内的后院,这里也是正厅大殿,正面是玉皇殿,此殿高大雄伟,飞檐斗拱,黄裳绿瓦,金碧辉煌。殿外挂"昊天金阙"匾,殿内是"万天帝主"匾,大殿正中供奉玉皇大帝,泥塑金身,庄严威武。两侧有太上老君、王母娘娘,两面山墙壁上画的是天宫帝国,云雾缭绕,神来仙往,衣带飘飘。大殿两厢各有 5 间侧房,房内供奉着尉迟敬德、薛礼等唐代大将。

庙的东侧北部是花园,广植松竹花卉。南部为生活区,有大伙房、东西两个客房、道士住房、仓库、磨坊、牲口棚等百余间。庙内庙外古木森森,庙前一古松粗大无比,需要4人才能合围。一棵酸枣树也很罕见,估计也得3人才能合围。一棵合欢树枝叶繁茂,亭亭如盖。庙的西侧有巨柏11株,树龄均在百年以上。庙里种了许多板栗树,收获的时候道士们吃不了,便磨成面粉,储存起来,年景不好时拿出来食用,也不生虫子。

到了20世纪30年代,庙内还有道士30余人,雇工七八人,庙产27万余平方米,庙内办小学一处,延请名师教授,附近农家子弟均可免费入学。

每逢农历正月初八、四月十八、十月二十八为庙会日。逢庙会日,山东半岛各州各县都有人赶来参加,附近的村民更是携家老小忙于赶会,各村几乎都是家家闭户,街街空巷。庙会上有山货市、海货市、粮食市、布匹市、农具市、牲口市等等,有唱戏的、赌博的、耍杂技的、卖膏药的,善男信女,求神问卜,游客商贩,观光牟利,人山人海,车水马龙,香烟缭绕,热闹非凡。

可惜,好景不长。到了20世纪40年代,兵荒马乱,战火不断,道士们逃离流散。据说有几个八路军战士隐蔽在庙里,国民党便在后桃林社区的位置,用迫击炮射击玉皇庙,庙宇被战火摧毁。到了1946年秋,田村人王某领人拆庙,附近村民也纷纷动手,当地居民用拆来的庙产盖房砌墙。新中国成立后,玉皇庙已经破损非常严重,当时提倡去除迷信思想,主张破除"四旧",自然没有人去维护。后期又在原址附近修水库开荒,再后来玉皇庙经历一场火灾,庙宇被彻底损毁,从此泯灭。

现在,在玉皇庙的原址上又建起了一座占地足有几千平方米的两层大型庙宇框架,远远就能看到雄踞在玉皇顶上的这个新建筑。遗憾的是这个建筑只完成了主体架构,便成了一处违章建筑物,在这里已经矗立多年了。这个建筑物独居山顶数年,寒来暑往,风吹雨打,想必也体味了人间冷暖,尝尽了各种苦头,处处显露出了一副破败苍凉的景象。周边是正在兴起的各种建筑物和施工中的脚手架,庙的框架内及庙外的场地上稀稀疏疏地散落着一些祭祀用过的瓶瓶罐罐和烧过的纸灰痕迹。那是一些没有忘记过去的人们,依然在这处原址上寄托着自己的情思和愿望。也是在向人们证明,这里曾经的过往和历史,以及那些成为记忆的繁华。除此之外,还有这里的土地,也铭刻着那些记忆里的时光,见证着眼前所发生的一切,怀念着那些被遗忘的日子和那座早已废弃的庙宇。

慧炬院的传说

邓青山

中华民族灿烂的历史在五千年的璀璨星河里沧海桑田。东方的文明古国,她结淀的深厚的历史文化,永远悠长地流淌在人类文明的巨卷里。在神州 960 万平方千米神奇的土地上,一代代华夏儿女,继承了中华文化,踏着先圣的足迹一步步走向繁荣科技的未来。

今天,我们要回顾久远而钟灵毓秀的慧炬院,就坐落在美丽的山东青岛。美丽的山东,位于祖国的东部沿海,黄河下游,地处华北平原。北面是渤海,东面是黄河,西面与河北、河南接壤,南面与安徽、江苏接壤。

山东,是一个景色优美的地方。有国家重点风景名胜区,有国家历史文化名城。"好客山东"已经成为齐鲁大地重要的旅游标志。山东的文化底蕴十分厚重,齐鲁文化是先秦时期齐鲁国地盘对照今山东形成和发展的一种地域文化。山东是"孔孟之乡",礼仪之邦,山东曲阜是著名的孔子的故里,邹城是亚圣人孟子的故里。

山东历史悠久,文化灿烂,素有"孔孟之乡,礼仪之邦"的美誉,是中华民族古老文明的发祥地之一。山东名人辈出,孔子被誉为万世师表,孟子、庄子等历史名人对中华文化乃至世界文明产生了重要影响。

今天,我们所要追寻的慧炬院,就坐落在山东青岛雄伟峻秀的崂山脚下。崂山以海上名山著称。崂山主峰为巨峰,也叫崂顶。山中山峰险突,奇峰异石,松柏参天,古树盘踞,山径曲折,植被久远,奇花争妍,山溪潺潺。崂山殿宇肃清,山海相连,也是最为理想的避暑胜地。在当地民间有句俗话:"千难万难,不离崂山。"可见,崂山在当地老百姓心中虔诚的地位。

盛夏,雨后的崂山,山中天然的湖泊碧水汪汪如眼,满池后借山势一泻千里,飞奔而下。有的地方溅起千万簇水花,有的地方如瀑布飞流,有的地方如银蛇环绕。清澈洁净的崂山之水,在原生态的山中蜿蜒奔流,由东向西流向崂山水库,带着甘醇清凉的崂山之水汇聚在这里,汇成一汪蓝色的碧波世界。

流传千百年的古刹慧炬院,就位于今天的城阳区夏庄镇崂山水库的北岸。慧炬院是城阳最古老的寺庙之一,至今已有1700多年的历史了。院里曾经的晨钟远鸣,木鱼悠悠,香蜡飘飘,朝拜的信徒,朗朗的读书声,都是乡民们的归宿,都是精神的家园。可是,寺庙在1966年被毁坏,今天的人们已经无缘再见其尊容。虽然古刹已随风雨和历史尘封,但是崂山月子口水库北库,距离慧炬院遗址不远的地方还有一个山洞,名叫"支贡洞",传说正是这山洞的主人修建了慧炬院。传说只能是传说,也无从考证。不管怎么说,至少曾经雄伟厚重的慧炬院因为它带给一代代人的信仰和精神力量的家园而被传承记忆。今天的我们,只能去史料里追寻它辉煌盛世的昨天,追寻先人们的足迹,寻找我们曾经充满犁耕和求知的生命之旅。

在这里,关于这个"支贡洞",还有一个久远的传说。相传慧炬院是由隋朝的大将军修建的,他给自己起了这个法名叫"支贡",并拓收了一百单八个徒弟,在庙里修炼起来⋯⋯各种版本的传说,都为慧炬院增添了无形的神秘色彩,也一步一步证明了慧炬院在一代又一代人们心中的地位和寄托。

当我们在寻找慧炬院的时候,还要提到一个重要的历史人物,他为我们对慧炬院的寻找增添了更多的信息,同时也更进一步直观地展示了慧炬院在这片土地上所有的荣光和尊严的存在。他就是圣贤胡峄阳。"千难万难,不离崂山",这是青岛人经常挂在嘴边的一句话。那么这句话出自何人之口?他就是曾经即墨县流亭人(今城阳流亭)胡峄阳。在当地老百姓眼中,他既是一个真实的人,因为家谱、史书上均有记载;同时,他又是当地百姓尊崇的"神",因他精通周易,料事如神。他饱读诗书,留下数部著作,是当地有名的易学家、理学家;他为人师表,劝人向善,是百姓心目中的圣贤之人;他总是竭尽所能帮助别人,对穷苦百姓有求必应,不求回报。胡峄阳传说流传至今,还被列入国家级非物质文化遗产名录。

胡峄阳,名良桐,后更名翔瀛,号云屿处士,据清乾隆五年(1740年)《莱州府志》载:"胡翔瀛操履端洁,邃于理学,邑人所称峄阳先生。"虽然他生活在距今300多年前,但如今在东流亭、洼里一带提起胡峄阳,居民们依然津津乐道。

胡峄阳是流亭胡氏的第十代,被后人称为十世祖,因在家排行老三,所以被当地百姓恭敬地称呼为"胡三老爷"。他的传奇,从一出生就开始了。

传说明朝崇祯年间,即墨县流亭村胡际泰家生了一个儿子。生儿育女本为常事,但胡家这个儿子降生时却出现了异象。那日清晨,一道霞光直射白沙河,映红了四周,只见一朵朵白云齐集于此,一群群鸟儿也欢叫起来。正在人们议论这奇异的天象时,一朵五色的云彩从东南方缓缓飘来,停留在了流亭上空。只见那块彩云越来越大,一声响雷穿过云际,霞光直射胡家,冲散了一团黑雾。霎时电闪雷鸣,就在此时胡峄阳出生了,于是人们纷纷议论:这个孩子必定不是等闲之辈。果然,没多少工夫儿,胡家门前就来了一位道人,此人仙风道骨,见到胡际泰就连声道喜,原来这是位神仙,特来通知胡家:新生儿不是凡俗之人。道士告诉胡际泰,他的儿子是天上星宿下凡,被霞光打散的黑雾便是妖孽作怪,想阻止星宿投生,得雷神相助将其驱散,从此这孩子便再无大灾大难,而且还会为人师表、造福百姓。

事实上,胡峄阳的家庭虽称不上书香门第,但家学也颇有渊源。其曾祖父胡文翠明万历年间曾在河南汝宁府西平县任典史,清乾隆、同治版《即墨县志》中,均列其名。至其父胡际泰,虽已致力农桑,但一直继承祖德,诗书相伴,虽然家境每况愈下,但一直注重子女教育,并对胡峄阳寄予厚望。这从他给胡峄阳取的名字上便可见一斑:山东邹县峄山之南有洞,孔夫子曾在此聚徒讲学,胡际泰希望自己的儿子以后也成为通晓诗书之人,于是便给他取字"峄阳";而峄山周边盛产桐木,古传桐木乃凤凰栖居之吉木,故取名"良桐",期望儿子步圣人后尘,做崇尚礼仪、品行高洁之人。

中华是世界传统文化之都,我们生息繁衍到今天,我们厚重的过去,我们辉煌的现在,我们璀璨的明天,都是那些古老的文化托起我们一次又一次的砥砺前行，使我们这个民族不断的成长、更加空前的繁荣。一个民族有他的历史，有他的信仰，有他的使命，更要很好地去传承。一代又一代先圣们逝去，我们只能去保存下来的历史古迹和史册中寻找他们。这些都是人类历史长河中十分重要的链接。今天我们寻找和追忆慧炬院，就是传承一种文化和精神文明的家园，也是对我们生长的这块古老热土的仰望。

今天，我们只有去历史的资料中翻阅关于慧炬院的种种传说。在这里，我们追忆胡峄阳先贤的历史，因为他是近代城阳具有重大影响的历史文化人物，妇幼皆知，大街小巷百姓常谈。他曾经在慧炬院中学习成长，从慧炬院宝藏的经典古书中吸取了远古的文明，他为慧炬院昨天的历史增添了厚重的一笔。

今天，慧炬院宏伟的身姿被淹没在岁月的风尘里，遗址也只有在书中找寻。今天，我们在寒冷的深冬，走进新建的"胡峄阳文化园"，或许是对我们探索慧炬院的一种慰藉。

在城阳区黑龙江北路，向西峄阳路的入口处，矗立着一座庄严的牌坊，上书"峄阳故里"。在峄阳路的北边，为了传承我们悠久的文化，修建了气势雄伟的"胡峄阳文化园"，为我们学习古老的城阳文化探索了一条快捷的道路，树立这座"峄阳丰碑"，让我们的直观地了解自己的文化文明之源，也是通过此处，我们可以追溯到慧炬院的前世今生。

小寨子村的时光记忆

肖任飞

每次开车去世纪公园的时候，都会经过小寨子村。

沿途的村子有很多，之所以对小寨子村留下深刻印象，源于它沿街的有特色的一排建筑，灰瓦白墙，是我喜欢的风格。

后来查了查，小寨子村还真是个历史悠久的村落。

据《张氏族谱》载："吾祖张氏闻先人祖居小云南乌撒卫十字街大槐树底下，明初以武功得高位，支庶分袭。自千户讳徽，百户讳清，兄弟二人筮仕即墨。徽任鳌山卫城、清任浮山卫所，分守海隅。"相传洪武二十一年（1388年）清从浮山所调守城阳，随军家属驻城阳东1千米处，至玄孙福能、福安繁衍成村，为志世职，取村名"百户寨"。后人认为"百户"有发展受限之意，于清顺治年间改为现名。

以前，小寨子村东西中心大街中段有棵大槐树，至今有600余年树龄，据传是张氏由"小云南"迁来时，为沿袭旧俗，在村中栽下的立村标志树，也含有犹望故地之意。该树从栽植至今，饱经沧桑。抗日战争和解放战争时期，几次险被砍伐。1978年的一场大火，虽然树枝着火，干黄叶焦，但第二年又神奇般复活，现仍枝叶繁茂，春华秋实。1992年，云南电视台为追溯张家支脉，专程到小寨子村拍摄了这棵古槐树。现今，它已被妥善保护起来。

虽然改成小寨子村，但其实并不小，村子里还开设了小寨子村展览馆。

新中国成立前，小寨子村有一户闻名即墨南乡的大地主张以詹，其父张宾正，家中堂号"源昌"，曾在女姑山以贩卖油粮发迹。发迹后回村买地、建房，鼎盛时期在小寨子村占地800余亩。坐落在小寨子村东西大街两端北侧的张家大院，有房屋29间，青砖瓦结构，条石巷道，极具特色，1949年后被辟为学校和村庄办公之用，虽历经沧桑，但风貌犹存。

后来,被开设为小寨子村展览馆。该馆以大量的图片和历史纪实,记录了小寨子村民和城阳地区人民的苦难岁月,展现了新中国成立后小寨子村民在全国农业劳动模范张式瑞的带领下改变了一穷二白的经济状况以及改革开放以来各项事业发生的巨大变化,留下了珍贵的历史记录。

张式瑞为何许人呢?

1951年,胶州专署第一个农业生产合作社——张式瑞农业生产合作社就是由他一手创办的。在他的带领下,农业科学技术在小寨子村迅速推广应用,使小寨子生产大队粮菜生产连年获得好收成。张式瑞农业社的先进事迹和小寨子村农科所农业科研的成就,引起了各级地方人民政府的高度重视,中央、省、市新闻及时予以报道,使小寨子村在20世纪五六十年代声名远播。

不仅在农业方面,小寨子村的企业发展也在蒸蒸日上,成为城阳区经济发展强村。

在走访小寨子村历史文化的时候,我发现小寨子村非常重视教育,群众性文化活动开展得有声有色。这个村在新中国成立前就办起了私塾,新中国成立后更是注重文化教育,惜才育才,在教育上舍得投资,并且自1995年开始,就对考取中专、大学的本村学生,实行一定的奖励。对教育的高度重视,使得小寨子村的学生越来越优秀,近年来人才辈出。

除了重视教育,小寨子村民间艺术活动也搞得如火如荼。他们先后组织了腰鼓队、秧歌队、锣鼓队,参加城阳镇历届艺术节,并建立老年人活动中心,使老年人的夕阳红生活变得多姿多彩起来。

如今的小寨子村,旧村改造全部完成,建起"玫瑰苑""芙蓉苑""翠竹苑"三个居民小区,百姓和美,安居乐业,老有所养,幼有所教,处处洋溢着幸福的味道。

回家经过小寨子村的时候,已是黄昏。远远望去,玫瑰苑几个大字在渐次亮起的灯光下显得分外醒目。吃完饭的老人,正在慢悠悠地散步,间或会有几个孩子,咯咯笑着,跑来跑去。真的是"黄发垂髫,并怡然自乐"啊!

时光地流逝,并没有让小寨子村有任何的颓态出现,反而散发出更加浓郁的玫瑰香味,也愈发生机葳蕤起来。

故迹遗痕

永远的城子遗址

毕英丽

回青,没有去"城子遗址",因为"城子遗址"成了永远的"城子遗址"。像初恋的情人在我心底荡漾,残缺的流淌显现着完整。也许喜欢想想你,多于看见你……

平静地开车在繁华的街道,葱绿的草地,整齐的树林,心里盼望已久的城阳已经不远。我知道我的城阳,它是否也知道我即将到来?离别快二十年了,虽是故乡,却因为遥远的心事,残缺的情绪,让它变成我的一个梦,偶尔如天堂中的梦,幽远而宁静,像昙花一现短暂地绽放。

将车停至一边的公园旁,公园中心的石阶上坐着一位女孩,她说着一口地道的城阳话,短发,脚下一双绑带旅游鞋。清纯、典雅、庄重、唯美。我与她搭讪,她含笑中透着聪慧,一脸的清秀。

女孩说城阳水好,人好,古迹更好。石桥庙、墨水河、冷家沙沟遗址,李家沙沟遗址,半阡子遗址,城子遗址……

当她说到城子遗址,我心中一惊,那是一首诗里的境界,也许"城子遗址"太熟悉的缘故,因为它一直萦绕在我的耳边,从小时亲见至如今虽已不复原样,但却烙印在脑中无法抹灭。

城子龙山文化遗址,位于墨水河南岸,城阳街道城子村东北约100米处的高台地上,那里原为古不其城的东北角,地势较好,所以当地人俗称其为"东城顶"。是一处内涵丰富的古遗址。

另据《城阳古今》介绍,该遗址东西长200米,南北宽100米,西北两面为断崖,内有1米多厚的灰褐色文化层断续暴露在外,含有丰富的文化遗物。遗址上原是一片菜田,1963年春考察时,灰土层翻动严重,采集到的遗物有:单孔扁平石斧、长开扁平石铲、半月形双乳石刀、长方形带孔砺石、石锛、石镰、石矛、石网坠、骨锥、骨镞、蚌锯等。

出土石器均通体磨光。刃部锋利、制作精致。

陶器以灰陶、黑陶为主，红陶次之。有泥质灰陶平底浅腹盆。泥质黑陶杯。夹砂灰陶和红陶饰有附加堆纹或凹槽的鼎足等。出土陶器均系轮制，胎质坚硬，造型优美。经专家考证，确认该遗址属龙山文化类型遗址，距今约有 4000 多年的历史。

不知小时候看到玩过的"城子遗址"，为何烙印在脑中如此深刻？难道是因为那里有"鸟蛋""枝窝"还有梧桐树上的"凤凰"，杨树上的"知了"吗？对了，还有那个长得"墩实"又"黑"、手总不离被磨得光滑的"弹弓"的少年。

记得他经常去"城子遗址"旁边的井下面，找些干树枝点上火，在上面烤被他"猎获"的麻雀，然后非常大方地让给我吃。我没吃，原因是我从不吃野物，他听后着急我无法享受美味的样子，那情景现在想起来都还历历在目。

有一次，他说要去找青铜器、刀币，然后到城阳集市上当碎铜卖了钱给我买"戒指"。他说"城子遗址"是个很神奇的地方，1980 年，地名普查时查明，日寇第一次侵占，曾于 1920 年前后派专人在城阳附近及不其城遗址上盗掘文物，被盗文物的图片曾发表于 1923 年 1 月 25 日日文版的《青岛守备军在职纪念写真贴》上，文物照片译文为："1. 城阳附近发掘物，2. 古不其城址发掘物。3. 城阳是古时汉代不其城的故址"。

所以他一放学就会去"城子遗址"挖"宝"，但直到他十几岁随军干的父亲离开时，也没有挖到。临走时他告诉我并不是挖不到，而是不想破坏文物，不想动这里的一分一毫，只为有一个念想，永远的念想……

青岛给人的感觉很潮，空气湿度大。"城子遗址"位于城阳正阳路的西端，小时常过去看上面的题字，会浮想很多情景。比如"不其城"应该不大，或者没有城墙？有的只是"沧桑"的柏树，"干枯"的石井。

然后一排排的禅房，有老和尚和小和尚，有钟声和木鱼声。

想象那林中啸傲的诗人，是祖卧东床的谢家的儿子，是向晚之后不见归路遂痛哭失声的白发过客。他将为自己所不认识的东家新丧的那个小女孩放声大哭，并在潮湿而血腥的风里，去赴一个像昭君一样才女的约会……

"城子遗址"在寂静中相迎岁月的时光。"游客"不过在欣赏"不其城"的"幽深",文人则喜欢从另一个角度,来揣测"冷寂"的世俗与空静的佛家。此刻我想象"城子遗址",总认为它像纸上的"周郎",为雨巷中的"小乔"送去温馨的"油纸伞"。

走在寂静里,走在繁华里,走在孤独里,"城子遗址"应该也是孤独的。

作为一个家乡人,我在感悟着岛城的秀丽。

坐在乌篷船里,月光如水一般流泻下来,荡漾在河面上,又漾到河边的小径。顾长的柳条不会说话,但它的样子又让你感觉是在讲述着什么。我远远地望见"城子遗址"的驻地,好像见到寺门朱红,上面缀着两个门环。

那天我没有叩响寺门,我试图想象自己女扮男装,穿着一袭纯白色的长衣,头顶戴着帽子,衣袖很宽,简直是一位穷困的"女秀才"。我对小和尚说我想借宿一晚,小和尚说,施主,请进。

我讨来一碗粥一杯水,坐看寺内每一株树每一条路每一间房。我来得很自然,当然也去得很自然。我不会想到我没有买门票和烧香要花银子。

两千年前就有了"不其城",两千年后的"不其城"又是如何?前不见古人,后不见来者,只得心中念天地之悠悠。啊,小桥流水,城阳雨巷!

"城子遗址"驻地此刻在月光中变得温柔、妩媚,引我遐想。我开着车行进在往昔,很想踏进乌篷船,饮一杯酒。此刻若远处传来钟声,那定是"城子遗址"的吟唱。

真假霸王台

孙　鹏

　　在夏庄云头岚水库中心、石门山下,有一处不为人知的景观——霸王台,真容藏深闺,今日终得见。

　　山环水抱之中,一座小岛露出水面,像戴着一顶嵌着花环的毡帽,富含黏性的淡红色土层裸露着,岛上植被茂盛,当地特有的山枣树、刺槐与青翠的山峰浑然一体,走近才能分辨出来。现在的霸王台,隶属崂山余脉的分支,大部分被水淹没,一小部分与陆地相连。地方不很出名,除了上了年纪的村民知晓以外,年轻人却很少有说清楚的,当地人尚且如此,更别说其他人了,但是遗址涉及的人物,却是妇孺皆知,中国历史上大名鼎鼎的楚霸王项羽,一个悲情的失败者。

　　很久以来,霸王台周边多次出土锈迹严重的箭镞、剑戟,数量巨大,而且非常集中,有的与红褐色的泥土黏合,有的直接黑乎乎结成一个铁疙瘩,看不出具体什么兵器,总之,战争的印记异常浓烈。老百姓口耳相传,说这就是楚霸王当年屯兵的地方——霸王台。距离此地不远的财贝沟、西窑顶遗址上,村民多次捡到石器、陶罐,这条不断冒出宝贝的大沟吸引了世人的目光。

　　1953年以后,科考队多次勘察霸王台及其周边,认定它原先是一个上下高8米、东西长约300米、南北宽约200米的黄土台。考古证明:霸王台远在3000年前的商朝就已经形成,财贝沟、西窑顶都是春秋战国时期的遗物,这些都与项羽八竿子打不着,传闻与真相之间隔着一层厚厚的玻璃,但当地老百姓却固执地认定:这就是霸王台,楚汉相争时的古战场,谁要说不是,铁定脸红脖子粗跟他急。

　　楚霸王项羽的形象鲜有争议,老百姓心里有杆秤,虽说千古功业化为泡影,但他所代表的威武、霸气,反抗强权时的一往无前,特别是不肯过江东的豪侠仗义之举,更是深深打动了世人,一掬同情之泪。

两千年来,民众认可他,崇拜他,怀念他,以致神化他,认为他就是古今中外的大英雄,堪比蚩尤的一代战神。失败者享有如此大名,确实让数千年沉闷的史书眼前一亮,颠覆了皇家金科玉律的神圣与权威。

顺着老百姓的感情流向,何妨描绘一下发生在霸王台的故事,领略武圣的绝世风采:一个春天的早晨,太阳刚刚升起,原野弥漫着淡淡的清香,花草上的露珠晶莹可见,楚汉两军麇集霸王台,大战一触即发,配角刘邦上场,一番豪言壮语之后,以为赢得了道义制高点,坐在马上洋洋得意,主角项羽一言不发,凌厉的眼光扫过整个战场,手中马鞭轻轻一挥,战鼓齐鸣万马奔腾,楚军以一当十,呐喊着冲向汉军,戈矛撞击,箭如飞蝗,古战场所具有的几大要素在这一刻全部汇齐。

或胜或败,没有人考究,更没有人追问,结果自始至终都不重要,甚至没有一只蝴蝶飞入花丛更引人注目,重要的是主人公项羽到过这里,霸王台留下了他的足迹,一举提升了当地的知名度。

沿着一条窄窄的小道,在向导的指引下,我登上了霸王台,举目四望,四面清风徐徐,波光粼粼,天上的白云倒映水中,鱼儿不时跃出水面,蹿起一尺多高,麻雀成群地从树梢飞起,"呼"地一下又迅疾落下,瞪着眼睛盯着我这个不速之客。行走在坝顶,坡上红绿相间,枯黄的芦苇随风摇摆,秋日萧索的气息反而更增添了一份情趣,深吸一口气,顿觉心旷神怡。如果不是霸王台的赫赫威名提醒,这么风景优美的地方,怎么也想不到金戈铁马会距离如此之近,决然不会将眼前与骁勇善战的楚霸王紧密联系在一起。

再往远处眺望,红瓦茅舍间,零零星星分散着几十户人家,他们,才是霸王台的主人,霸王精神的继承者与诠释者!依山傍水,辛勤劳作,他们祖祖辈辈生活在这里,对这儿的一草一木有着深厚的感情,他们很淳朴,做得多说得少,极不善言谈,只管闷头干活,崂山顶上滚石头——实(石)打实(石)。

但什么事情都有两面性,如果据此以为他们缺乏想象力,那将贻笑大方!直线思维无疑将人引向歧途,无法有效解释纷繁复杂的内心世界。民间文学向来在崂山昌盛不衰,其中不乏在全国声名远扬的名篇,比如《崂山道士》、比如《绛雪》,蒲松龄如果不拜他们为师,以崂山为创作素材,焉能取得非凡成就,荣膺世界短篇小说之王?

山水原本平淡无奇,人文注入鲜活的灵魂,霸王台——传奇色彩与瑰丽风光集于一身,两者互为表里,相辅相成,简直天衣无缝,像极了一出精心编排的剧目。

大通宫"蝴蝶怪"

毕英丽

大通宫俗称石桥庙,位于城阳街道办事处城子社区东,墨水河北岸,古老的二十四孔石桥横跨墨水河,大通宫始建于唐代,曾名"玉皇阁"。明万历版《莱州府志》卷四载有"玉皇阁,县治南三十里"。

大通宫初建时有殿堂三座。正殿是传统的宫殿式建筑,斗拱飞檐,下有石柱四根。正殿玉皇殿,东西两侧各有一配殿。东侧供十八罗汉,西侧供千手千眼观音。下殿供镇天真武佑圣帝君,简称真武帝君。前殿供门神二尊,东西各一。西墙外有砖塔十余座,石马石狮群等,是历届主持的藏骨处。

离大通宫不远有一个小村庄,住着英氏三口,有一女英韵,颇有大家闺秀风范。英家以种花卖花为生,所以英韵自小便"识得英花千百种,魂芳质丽若姑仙"。

英韵出生于崇德二年(1637年),对野花尤其偏爱。16岁那年10月,英韵邂逅了颇有名气的蒲松龄,当时的蒲松龄化名医道东泉子,在石桥庙内专修医学方面的功课。

蒲松龄为眼前这位美少女折服,不自觉地爱上她。心突突地跳个不停。英韵好像看透了面前这位什么医道书生的心思,便大笑不已。蒲松龄窘得脸一阵阵发烫,一脚踏空,跌倒在地。英韵慌忙上前搀扶。

英韵仔细端详这位年轻后生,果真与众不同,两人越谈越投机。蒲松龄提议两人到庙后面的城顶采药,英韵点头应允。

过墨水河,有一小径斜向东北,夹岸桃李,蔚然深秀,溪水潺潺与石鸟齐鸣,越小溪拾级而上,有土坪数亩。各有牡丹、芍药、凌霄、郁金香等上百种花鲜。看得英韵喜从心上来。这时,蒲松龄从怀中取出一本手抄医书,送给英韵,嘱他看完后一定奉还。

日久生情,英韵不自觉地爱上眼前这位翩翩公子。一年后,还是在土坪的鲜花丛中,英韵向蒲松吐露真情,发誓这辈子一定嫁给蒲松龄。

蒲松龄知道此时的英韵已经定亲,但是要他舍弃英韵真如割他的肉一般。

英父得知女儿私订终身后,羞愤交加,连忙书信传英韵的姑姑带着表哥前来结亲。姑姑正有此意,快马加鞭带着儿子前来。

英韵当然死也不从,母亲感到对不起亲家,撞墙而死。父亲见此也说,如果你再不答应和表哥的婚事,我也学你娘,叫你这辈子做个不忠不孝的逆女,说着就拿出要撞墙的架子来。英韵见此,慌忙跪地求饶,说马上就和表哥成亲。

婚后,英韵郁郁寡欢,表哥生性多疑,经常毒打英韵。父亲听说英韵常被外甥虐待,后悔当初自己太过武断,更觉得对不起宝贝女儿,当夜给英韵写了封如何设法逃出婆家的信,自缢身亡,此时英韵已经 31 岁。

英韵借给父亲送葬的机会,逃离婆家,到大通宫去找东泉子,谁知人家都说没有此人,英韵又将他的相貌、身高和众道说了,其中一个面目清秀的小道说,是不是那位写书的蒲松龄? 他已经回家了。

当英韵得知和自己私订终身的医道"东泉子"就是大名鼎鼎的蒲松龄时,喜出望外,连夜赶路投住在离蒲松龄家不远的小村里。

此时的蒲松龄也是有家室的人了,为了不打扰蒲公子的生活,英韵回来后来石桥庙,化名"蝴蝶怪"隐居下来。

由于精通医术,又酷爱花草,因此开创了利用花香治疗疾病的"神道医术"。由于开方不落名,均盖蝴蝶图印,所以当年墨城一带求医者,亲切地称她为"蝴蝶怪"。英韵以蝴蝶追花为源,认为香花惹人爱,花香必强体。如桂香入脾,消解疲困。茉莉、丁香沁脑,能安神止乱。玫瑰掺合桔味,可令人亢奋清醒等等。以花代药方面亦颇新奇。如用迷迭花和薰衣草的清香治疗哮喘,用紫薇和茉莉香味制服白喉和痢疾,用菊花枕散香防治感冒,用天竺花的馨香克除失眠等等。这位"蝴蝶怪"还善于将牡丹、芍药、凌霄花、郁金香、水仙、莲青、山茶等上百种花鲜采来干藏,贮于锡箔纸夹中,或用葫芦吊沉墨水河里,以保存香味,四季备用。

康熙十年,在扬州府充当幕宾的蒲松龄,见到官场腐败、豪绅贪残,民不聊生,忧心忡忡,以至肺痨发作,久治不愈,后经通州知州毕际介绍去投医"蝴蝶怪"。

英韵听说前来投医的是蒲松龄时,心几乎从嗓子眼里跳了出来。不见他吧,心有不甘,见吧,实在不妥,而且还落得个破坏别人家庭的恶名,她坚信只要一出面,像蒲松龄这种性情中人,肯定会搞得翻天覆地。就在她一筹莫展之时,蒲松龄已被毕际搀扶着进了门口。

英韵马上将头整个蒙住,给蒲松龄把了脉,给他腾了一间书房,然后在亭子里集放了柠檬、罗兰、百合等沁肺解郁的鲜花。还用麝香、丁香等制成香囊,悬挂在他的案前帐顶。每日提供米兰、蜡梅、万寿菊、石榴草组成的"四芳"香茶。一月后即咳止痰清,不到半年便病容消失,精神抖擞。

这种治疗颇像他赠给英韵医书里的方法,但是好像比原来的法子升华了,提炼出不少的精髓之处。

蒲松龄觉得此人就是自己梦魂牵绕的英韵,想到这里,返到庙中的"蝴蝶居",岂料见到的是位面色蜡黄的老太婆。他很失望,带着遗憾返回家乡。

其实那个黄脸老太婆正是英韵乔装的,她知道蒲松龄不会就此死心,于是便将自己扮成了又瘦又干的老太婆。

"蝴蝶怪",的确有着与众不同的"怪"气。她宁愿为百姓治病越山攀岭采花,却不为贪官污吏的金银折腰。有一年,盐司为求治气喘症,派人送去绫罗十匹,珍珠玛瑙一筐,遭到拒绝后恼羞成怒,于是亲自率人去绑架。岂知到了英韵的"蝴蝶居",人去屋空。她已在众道掩护下,逃往了江苏,从此湮没乡间。

蒲松龄听到此事,越来越觉得像极了英韵。再访大通宫时,见到毕际,问起蝴蝶怪的年龄,毕际笑道:是位三十多岁的少妇也。蒲松龄恍然大悟,但此时,英韵已经离开"蝴蝶居"多年。蒲松龄为怀念医德双馨的"蝴蝶怪",在《崂山道士》一文中,将英韵视为月中嫦娥,作歌曰:"仙仙乎,而还乎,还幽于广寒乎!"在《香玉》一文中,将英韵视为"红绿繁锦;香闻数里"的花神。以至到七旬高龄时,还念念不忘她的"祛病大恩"写下名句:"聊斋有屋仅容膝,花镜芬芳梦亦富。"并写下了脍炙人口的绝句:"独上石桥望蝴蝶,海岛无路望人归。"

芳草萋萋百福庵

黄玉凤

晚霞将西方染成红色,芦苇将白发飘满山坡,落叶别树,随风飘零。这一日下午,与"一步之遥"的百福庵谋面。

百福庵又名百佛庵,位于城阳区惜福镇院后村东。该庵为崂山古老道观之一,创于宋宣和年间(1119—1125 年)。初创时建筑简陋,信奉佛教,因为庵中有一个天然石洞"萃元洞",洞中供奉着一百尊铜铸小佛像而名百佛庵,清初改奉道教,距今已有 880 余年的历史。经过清朝初年的整修扩大,庙宇初具规模,山门东向,前后二院,前院建倒坐殿,祀菩萨;中殿穿堂,祀三官;后院玉皇殿;二院各建两厢。殿堂、道舍皆木砖"硬山式"结构。庵外有一无名石洞,洞顶有七级小塔。

百福庵在崂山北部,西连城阳,北靠即墨,人口稠密,交通便利,香火甚盛,是当时崂山 11 处藏书院之一,人称"蒋迪南书院",藏有大量经典书籍,是崂山"外山派"道家音乐的胜地。

1933 年百福庵曾重修,1942 年侵华日军轰炸该庙,炸毁房舍九间,后修复,共有房屋 48 间,占地面积 3390 平方米,建筑面积 539 平方米。1949 年有道士 6 人,土地 300 多亩。20 世纪"文革"中,庵内神像、供器、殿堂装饰被砸坏,门窗拆除,仅剩断墙残垣。庵内仅剩"萃元""娘娘"两洞,小石塔一座。几棵百年老树弥留着残华。据理工大学李老师提供的照片,六七十年前,庵外无名洞,洞顶七级小塔还在,塔边生长着一棵翠柏。不知什么时候,塔不在了,留有石洞孤零零地张着嘴巴诉说近千年来的世态炎凉!

21 世纪初,百福庵列为城阳区重点文物保护单位。政府出资对百福庵重新进行了整修。使其规模和建筑结构恢复到久远的模样。

漫步难得就步的土路,野鸭惬意于人工湖上,现代时尚别墅将山坡打扮得格外漂亮,隆隆机器声响彻整条山谷,它在将一些原始的物种进一步地整容修型,这一切的改变,只有那条断了手臂的水渠才能见证。

水渠弥留着 20 世纪 60 年代的痕迹,也许只有它在保护这一方水土的安宁吧?湖儿不大,碧波荡漾。老公说:这是百福庵水库,他上中学时从这儿走过,那时的水库苍凉,没有现在这样的小桥流水、木栈轻摇,更没有垂钓者的惬意与旅游者的垂涎。

周围芳草萋萋,不乏几朵人工种植的小花在鲜艳地绽放着。翠竹深处,我寻到了百福庵的踪迹,灰墙黛瓦的样子,随我脚步的绵延忽隐忽现。当百福庵建筑百无遮拦地出现在我面前的时候,那是一种莫名的亲切也是一种久违的尊重。周围古树参天,那高大的"软枣"树结满了密密麻麻的果子,我在感叹它的朝气蓬勃。

拾台阶而上,一普通的门楼出现在我的面前,匾额"百福庵"。

"面前一丘土,遥望天边万重山。山隔万重容易见,土隔一寸不团圆。摆设诸供品,仰望离恨天……"此时,我想起了题名《离恨天》的词句。这委婉感人的词句使我想起来自书本上的记忆:清初,明崇祯帝的养艳姬、蔺婉玉二妃逃难至此,二女编写的《离恨天》曲成为崂山外山派道士迎风乐的重要组成部分。

养艳姬、蔺婉玉二人是明朝崇祯皇帝的两个妃子,她们能歌善舞,吹拉弹唱、琴棋书画样样精通。1644 年农民起义军李自成攻进北京,明朝灭亡。养艳姬和蔺婉玉在太监蔺卿的保护下,化装成乞丐,逃亡到东海崂山,潜入修真庵(在今崂山区王哥庄)出家为道。养、蔺二人闲暇时便教道姑们吹奏乐器,演唱宫廷音乐。修真庵是内山派的道家庙宇,不准吹奏乐器,因此养、蔺二人的行为不符合"内山派"的规定,很受拘束。

清顺治二年(1645 年),百福庵道长蒋清山,又名迪南,字运石,号烟霞散人,是明末江南的进士,曾任河南祥符县知县,明亡后不愿意继续为官,于顺治二年(1645 年)至百福庵隐居。蒋清山本就是个风雅之人,琴棋书画样样精通,还特别喜欢音律。听说修真庵来了两位才女,便前往拜访,一边是效忠前朝的官员,一边是末代皇帝的皇妃,对故国同样的思念让三人一见如故。在听说了二妃的遭遇后,蒋清山马上向两人提出邀请，入住自己的百福庵。百福庵是外山派，与修真庵相比少了许多禁忌。因距离惜福镇和城阳、即墨较近，交通方便，香火甚盛。既是外山派道家音乐胜地，又是当时著名的藏书院之一。养艳姬和蔺婉玉听闻在百福庵可以专心研究音乐而不被打扰，愉快地接受了邀请。

当年秋天，养艳姬和蔺婉玉迁居百福庵。她们出资扩修了萃元洞，作为居室。并另修一个石洞供奉神像，名娘娘洞。蔺卿也以保护人的身份同时前往，在庵外另凿一个石洞居住静修。

养、蔺二人到了百福庵后，一方面将宫中演奏的古典乐曲和演奏技法传授给崂山各庙道士乐手及民间艺人；另一方面二人也结合当地的民乐对道乐进行改编，充实道乐曲牌。

翌年春天，养艳姬、蔺婉玉闻知清廷国事大定，对明朝旧人并不追究，就在蔺卿的护送下悄悄回到京城，祭奠皇灵。她们深知复明无望，在京城逗留几日后，即重返百福庵。

养艳姬、蔺婉玉从京都返回百福庵，遂把对崇祯的悼念之情写成一首短歌，题名《离恨天》。词曰："面前一丘土，遥望天边万重山。山隔万重容易见，土隔一寸不团圆。摆设诸供品，仰望离恨天……"歌词委婉感人，曲调悲哀凄凉，闻者莫不感叹涕零。

顺治四年（1647 年）农历三月十九，是崇祯自缢 3 周年纪念日。养艳姬、蔺婉玉组织百福庵、童真宫、马山、灵山、天后宫等"外山派"庵观道士乐手，为崇祯举办大型祭奠活动，演奏了《离恨天》这支大悲曲，这是崂山道家有史以来最大的一次演奏活动。自此开始，崂山在祭祀活动中开始使用大型道士乐队。

顺治四年以后，养、蔺二人主要改编民歌，充实道乐曲牌，训练道士乐队并辅导附近一些村镇民间乐队。同时，她们把在宫廷中演奏过的一些古典乐曲传授给崂山各庙道士乐手及民间艺人。

在百福庵的带动下，灵山、马山、天后宫、童真宫等庙宇的应风乐开展的十分活跃。每年的"庙会""求雨""祭孔""祭岳""庆寿""度亡灵"等大型活动，均有庞大的道士乐队进行演奏。百福庵一时成了中国北方应风乐的一个活动中心。江南、川、陕、晋、豫及东北等地道士也纷纷来崂山百福庵挂旃,学习各种应风乐曲牌及演奏技艺。

顺治十八年(1661年)农历三月十九,崇祯死难17周年纪念日。这一天,在养艳姬、蔺婉玉共同主持下,崂山各庙道士组成了一个庞大的乐队,在百福庵举行了一次盛大的祭悼演奏会,演奏了这一曲《六问青天》,"月有圆缺花有残,阴阳有循环。花谢开来年,江水东去不复返,稽首问青天"。养艳姬领唱,蔺婉玉领奏,蒋迪南亲为跪拜叩击短钟。乐曲悲壮感人,令许多人潸然泪下。

就在这一夜,养艳姬和蔺婉玉重新佩戴皇冠,相携着走出庵门,在对面的山坳里,同时自缢在同一株古松之上,以同样的方式追随崇祯而去,实现了她们"伴君共登离恨天"的誓言。她们的孤坟在"文革"时被扒平,现难寻其踪。

从顺治年间至抗日战争开始,290多年来百福庵一直是崂山西北隅的应风乐中心,历代道长精通音律,代代相传,为崂山道乐和村民群众保留下许多珍贵乐曲,并积极地对崂山地区"外山派"乐曲进行改革和创新,完善了崂山道乐曲牌,为崂山道乐的发展做出巨大贡献。

蒋清山回到百福庵主持庙事,由于他的继承和倡导,百福庵每代道士都很珍惜养艳姬与蔺婉玉留下的各种道乐曲牌,特别是《离恨天》与《六问青天》两首。养、蔺二人虽已离开人间,但百福庵仍一直成为崂山外山派道乐活动中心。养艳姬和蔺婉玉在崂山居住了十多年,除了给道家留下了珍贵的乐曲,对崂山民间音乐的发展也影响至深。直至今日,彭台村民间乐队仍能演奏养、蔺二人传下来的《青杨》《游湖》《泰山景》等曲,1984年现任庵道长李道明还曾为东陈村、鸿园村村民演奏过《离恨天》《赏春》等乐曲。

一阵风将庵门打开,作为一名不速之客,我不想去打扰她们的清净,我将门儿轻轻带上。信步走下台阶,此时,耳边响起欢快的《游湖》乐声。

崂山隐珠下书院

刘好军

有着"神仙窟宅""灵异之府"之称,"海上名山第一"美誉的崂山,在黄海之滨崛地而起,拔海而立,山海相映,愈显出山的秀逸雄奇,海的磅礴浩渺。东部奇峰嵯峨,峭拔险峻,涧壑幽邃,沧海茫茫,水天相接,波谲云诡,不愧为"山海奇观";西部群山连绵,峰峦叠嶂,逶迤竞秀,松风鸟语,飞瀑流泉,用巍峨峥嵘的雄姿,清幽奇丽的风韵,诠释着山河壮美。

大海藏瑰宝,深山埋明珠。在群峰环抱,山峦荟萃,巉岩跌宕,林苍树翠,流水淙淙,草碧花香的崂山西麓,有一处风光旖旎,景色绮丽的醉人景观,犹如深埋久藏山里的明珠,好像待字闺中的少女鲜为人知,这便是石门山下的下书院。

沿着夏庄街道东南青岛地区最古老的佛刹寺院法海寺前的清流溯水蜿蜒东进一千米,便进入崂山山脉四大分支之一的石门山腹地的少山村。

少山村原名"少山前",曾名"烧山",因祭祀法海寺和尚常引发山火而得名。少山三面环山,山岭起伏,沟壑纵横,涧深林密,溪流迤逦,湛湛流水奔涌成大李涧、小李涧、引窝涧、狗头涧、黑涧、翅翅涧、柳树涧七道溪涧和十字河,悠悠碧水、涓涓细流,粼粼清泉,落落飞瀑,汨汨河流……被山势雕琢的千姿百态,倚危岩怪石,绕苍松翠竹,或潺潺于金沙平滩,或淙淙在幽谷深涧,或轰轰烈烈,浩浩荡荡,遇悬崖峭壁纵身跃下,激起一身明珠,溅起遍体雪花,或逢开阔的山谷盆地,铺开一摊云锦,泛起层层涟漪……细辨那水声,有的若古筝旋律悠扬,使人痴迷心窍;有的像碰响了银铃,叫人悦耳爽心;有的如情侣喁喁私语,引人屏息凝听;有的则似滚滚沉雷,万马奔腾,令人心雄志壮,充满豪情。

洞水河流奔流西去,成为小水河的发源,在法海寺前汇成小水河。北至少山头,南到横丹岭,少山前、刘家沟、郭家崮子、车家沟、甲角石、和尚崮子、下书院、栏子底、沙窝涧、南圈、北圈、横丹岭、泉水湾头、西河十四个自然村星罗棋布,像一粒粒珍珠洒落在山坡下、溪涧边、河岸旁,石墙红瓦的民居农舍依山傍水而建,构成了少山行政村。由泉水湾头沿沙窝涧一路崎岖东南,行至狗头涧和引窝涧交汇处下游,便可看见群山脚下,绿树深处掩映着十几座粉墙石屋的农家,这便是下书院。

下书院地处少山村最东南,是少山十四个自然村之一,共有徐、甄两姓十七户人家,五十多口人。这里不仅气候温润,山清水秀,曲径通幽,松风竹韵,鸟语花香,更重要的是名人轶事、人文地理浑然一体,形成独特的人文景观。

作为崂山六大书院之一的下书院,是明代博得"四世一品"殊荣的即墨望族黄嘉善少年读书的地方。这里山峰环绕,溪水当门,东望石门高耸云端,西看群峰苍茫如海,青山绿水,谷深林密,花木扶疏,鸟啼婉转,清幽雅静,真是读书求学的好地方。

明嘉靖年间(1522—1566年),即墨望族黄氏为子弟学习文化博取功名在这里设家塾,习称"书院"。隆庆年间(1567—1572年),因山民农事繁杂,跋山涉水,垦山农耕,狩猎砍樵,对习文求学有所惊扰,黄氏便在此处书院往东上行三里的石门山主峰下建房三间,于是,便有了上、下书院之分。学童白天在上书院读书,夜晚回下书院栖宿。下书院占地约1亩,为砖木结构,屋顶苫草,正房、厢房各三间,围筑院墙,清初始废,上书院亦颓垣断圮。清乾隆年间(1736—1795年),徐氏从仙家寨迁入此处经管山场,一直沿用下书院作村名。

黄嘉善,字维尚,号梓山,即墨县人,在青岛地区可谓家喻户晓。少年时代在此度过,白天在上书院饱读经史子集,精研细品治国安邦的文韬武略,夜晚回下书院栖息。其精进的学业,为此后功成名就,仕途青云奠定了基础。黄嘉善由于少时刻苦攻读,明万历五年(1577年)得中进士,"初令叶,历升大同知府。"他的一生大部分在西北边关度过,历任按察使、宁夏巡抚、三边总督,累官至兵部尚书兼京营戎政,加太子太保,褒赠"四世一品",晚年因病归乡。由于他一生"历边疆二十年",忠昭日月,功绩显赫,病逝后,诰赐特进光禄大夫、上柱国太保。少年黄嘉善在上、下书院与胞妹一起读书。万历初年(1573年),其胞妹突染恶疾,暴病夭折。黄家哀痛其女,遂将其葬于下书院东南隅百米山坡之上,所筑坟墓人称"处女坟",其坟墓虽毁于"文化大革命",但遗迹尚存。山中涌泉哀怜黄花凋零,流淌汇聚成一池碧水,名曰"处女池",终年不涸,长流不息。

这里天光云影,山峦叠翠,峰秀谷幽,林深树茂,溪涧清澈,蝶飞蜂舞,绿荫幽雅,清丽无俦。眼前的石门山,被称作崂山的"西天门",传说是神仙进入崂山的唯一大门。石门山的两扇石门,是由两座直插云表的峭壁对峙而成,两峰屹立形成大门,雄踞在半天之上,门口开阔,无论从东山远望,还是从西麓遥看,都形神俱佳,同样险峻而雄壮。不同的是从西面可以看见石门中间有一个"哨兵"站立,给人一种"一夫当关,万夫莫开"的感觉,这便是俗称的"石棒槌"。石门山气象万千,顶峰云蒸霞蔚,岚光多彩,门口烟雾弥漫,云气缭绕,动中有静,静中有动,变幻莫测,催人遐思,形成"石门烟云"的壮丽景观。农谚说"石门戴帽,大雨来到。"又说:"云彩出石门,大雨将来临。"石门的阴晴表情,成了当地农民的晴雨表。春夏季节,每当大雨来临,石门山气象万千,乱云飞渡,烟浪云涛从石门滚滚涌出,苍山险峰隐显在茫茫云海之中,尤显雄伟壮观。

地处石门山风景区的下书院,山路崎岖,蜿蜒跌宕,奇石遍地,山峰突兀,凌峰插云,峭壁耸立,幽泉碧水,如花木鱼虫,似飞禽走兽,姿态万千,形象各异,真可谓"水作龙吟,石同虎踞,峭壁危岩,触目皆是"。一座座石像,蕴藏着说不尽的神话传说;一道道景观,遗留下道不完的民间故事。它们有的像石门洞开,有的像石柜稳立,有的像八戒思仙,有的像天狗吠天,有的像金龟望月,有的像雄鸡报晓,有的像巨蟹夹脚,有的像马鞍待备,有的像天鹰欲飞,有的像神猴下凡,有的像蘑菇破土……"孔子教书"栩栩如生,"姜老背姜婆"蹒跚前行,"屈子行吟"浅唱《离骚》,"李白醉酒"月下长眠,"济公和尚"打坐念佛……诸多景观形神俱备,惟妙惟肖,大自然的风雕雨刻,鬼斧神工让人浮想联翩。这里好像是奇异多彩的山体画廊,似乎是蓝天碧水的丹青长卷,仿佛是风韵妩媚的缠绵情愫,更是那神话传说的绵延流传。这里有历史的风云,远古的传奇,梦幻的故事,人间的神奇,更有那一年四季里看不尽的风光,赏不完的美景。早春,万物复苏,群山泛绿,细流滋润,草木葱茏,野芳竞发,桃红满枝朵朵带雨,杏花笑迎微微南风,山花铺满地锦绣,蜂蝶吟春日新曲,春满人间,一派生机勃勃的景象;夏日,万木争荣,花盛草茂,浓荫遮天,群蝉声如风雨,流水似挟凉风,绿树洒下片片翁郁,溪涧奔涌泠泠成韵,翠竹轻摇招来凉爽,绿影婆娑引来清风,汗不湿衣,毫无盛夏酷暑之燠热;金秋,天高云淡,碧空如洗,青霜染地,红枫点燃峡谷,老树风中摇金,长空滴落串串雁鸣,层林尽染山山红遍,碧水流淌一路秋色,紫藤凝血红得照眼,山幽林静野趣横生,秋风微醺瓜香果甜,极目远眺,满眼是沉甸甸的丰硕;隆冬,朔风怒吼,寒彻山野,雪落冰封,涧水屏息无声,寒溪潜入冰底,远山凝雪皑皑披甲,近岭盖霜闪闪银装,群鸟收翅归隐山林,百兽遁身难寻踪迹,青松披雪愈显挺拔,翠竹傲霜更加高洁,桃李无言,呼唤着万紫千红的新春到来。

水无山不雄,山无水不秀。下书院正南方向不远,有一方碧水晶莹清澈,波光潋滟,幽深墨绿,像碧玉、似宝石镶嵌在深谷涧峡,给这里增添了灵气,更像一方明镜在虬柏修篁间闪烁着晶莹光彩。巍巍险峰,悠悠白云,莹莹蓝天,青青绿树,艳艳红花倒映在碧漪之中,碧澄甘冽的下书院水库,成为下书院又一大奇观。姿态迥异的陡崖峭壁,怪石嶙峋的深山峡谷,崎岖蜿蜒的石径沟壑,清泉石上流淌,涧水欢畅奔涌,溪流喷珠吐玉,河水跨沟越涧,众水在这险峻幽邃之处,被一道石砌陡坝拦阻在涧谷深峡,高坝如城垣,拔地雄踞,蓄一库翡翠,万顷碧波,汇成高峡平湖。溢水自坝顶石砌护坡悠然泻下,织成一幅滚珠落玉的水帘,构成一处胜景,尤其是夏秋骤雨过后,深而阔的库水形成一道宽而急的银瀑,如匹练腾空,银河倒悬,掠过水坝,漫过护坡以千钧之力飞流直下,轰然坠入白石累累的坝底,遥望如一挂又宽又长的珠帘当空抖撒,水沫迸飞,扬起颗颗玉珠,缕缕银丝,袅袅水汽,呼啸跌落的瀑布,急湍翻滚,雪浪激荡,深谷轰响,怒涛拍岸,山鸣谷应,岸畔树丛间，烟升雾绕，水云蒸腾，群山震颤，惊心动魄，气势雄浑，这幅气壮山河的壮丽画卷，使人瞠目咂舌，流连忘返，回味无穷，胸襟开畅，志壮神驰。那滚落的库水绕石崖，穿密林，越苇蒲，悄然而去，荡涤的河中石净沙亮，灌溉的两岸柳暗花明，沿途构成清幽悦人的境界。由岩石中的渗水汇成的库水，水质甘美清凉，喝上一口冷透齿牙，沁人心脾，不愧为崂山的精华。这取之不尽、用之不竭的崂山矿泉水，成为财富资源，难怪少山村建有多家矿泉饮料企业，生产各种矿泉饮料，畅销不衰呢。

地处崂山西麓，石门山下的少山，尽管群山延绵，峰峦环抱，但却肥土膏壤，水源充沛，清澈甘醇的崂山水滋润的这方沃土花草葳蕤，树木繁茂，禾稼苗壮，满目锦绣，带来了五谷丰登，牛羊肥壮，瓜果飘香。这里很早以前就以果树种植为主，是崂山的主要水果产地，所产桃杏、樱桃、葡萄等水果品质超凡，尤其是明代黄氏在书院前后栽植的杏树，经精心培育，所结山杏号称"黄氏红杏"，果实扁圆，果顶尖圆，脐尖微凹，色泽绯红，果大味香，果肉橘黄，肉质柔软，汁多甜蜜，声名远播，遐迩闻名。相传明万历年间（1573—1620 年），官拜兵部尚书的黄嘉善省亲返京，携"黄氏红杏"一篓敬献万历皇帝。万历皇帝观其形、察其色、品其味，见那杏色枣红，茸毛稀少，色泽光亮，酷似那个"精忠贯日月、义气满乾坤"的关羽关老爷的面庞，禁不住龙心大悦，遂赐其为"关爷脸杏"，从此，少山红杏"关爷脸"便扬名天下。经历代栽培，如今少山红杏"关爷脸"更是被评为省部优质果品，成为驰名中外的优良品种。春末夏初，和风惠畅荡漾在少山，果园里枝繁叶茂，香甜弥漫，在杏树下品杏赏景，身前茂林修竹，绿影轻摇，花簇锦绣，蜂飞鸟唱，背后陡嶂为屏，杏林如画，溪水潺湲，清风徐徐，杏甜景美，赏心悦目，景不醉人人自醉。

这些年，乡亲们用勤劳续写着山里的故事，用双手打扮着山山水水，用热汗浇灌着家乡的一草一木，使下书院更加出息，不仅山更青，树更绿，水更甜，花更美，那娇艳如滴的"关爷脸"红杏更是惹人垂涎欲滴，村民徐其文在家里开起城阳区第一家农家宴，其饭菜以地道的山里风味蜚声山外，青岛市第一个野生动植物保护站设在这里。于是，去下书院人来车往多了起来,尤其是节假日,游山玩水的,赏石观景的,采果摘杏的,爱花护鸟的,探幽思古的,凭吊寄情的……车水马龙,人声嘈杂。揭去遮容面纱的下书院,如同一块深埋崂山西麓的璞玉正被精雕细琢,仿佛是一颗久藏崂山荒野的明珠正被拭擦蒙尘,在崂山深处散发着璀璨的异彩,放射着瑰丽的光华。

辛屯钟亭沉思录

孙　鹏

　　上马街道辛屯社区村东头，临近车站的地方，突兀地矗立着一座钟亭，在现代化的环境下，显得颇有些落寞。

　　据碑文记载，辛屯钟亭兴建于清朝乾隆年间，隶属关帝庙的配套建筑。听村里的老人讲，明朝中期，王氏族人自云南迁入赵家屯，赵氏祖先将此地让给王姓家族，自己则迁往村庄西边，另立新村"赵家岭"，王氏感赵氏信义之故，改"赵家屯"为"信屯"（以后逐渐演变为辛屯），"义"字当先，情谊为重，当年的慷慨之举，代代相传，成为建造关帝庙与钟亭的内在动力，着实让人感动。

　　说起来，关帝庙与其他地方的庙宇相比并无二致，大殿三间瓦房已于1958年拆毁，唯独这座钟亭历经沧桑屹立不倒，方圆几十里名气很大，那么它到底有什么特别之处？秋天的一个清晨，小雨还在不急不慢地下着，路上行人稀少，我来到钟亭，细细端详着它的样貌，感受它的前世今生。

　　钟亭采用中国传统的隼卯结构，通体由石材建造，四根方形石柱撑起四角亭，钟楼上方镶嵌石制挡板，四块挡板上分别刻有巨龙、麒麟、凤凰、麋鹿等吉祥物，造型别致栩栩如生。钟亭顶部为"庑殿顶"式样，内部中央是"笔架"造型，铁钩通过孔洞悬挂千斤青铜大钟，据说钟声铿锵清亮，余音绕耳。初为祭祀仪式所用，后村内逢有黑白事时敲响，喜事敲击缓慢悠扬，丧事急促沉重，早有约定俗成。尽管以后村里出现了高音喇叭，但很长一段时间，村人仍然习惯于这一信息传递渠道，有事没事喜欢到这儿转转、走走，好像有一股无形的力量牵引着，欲罢不能，因为倾注了太多感情，家家户户珍藏着一段难忘的经历。

　　200多年的时光，钟亭几度易址，亭内大钟亦不幸沦为大炼钢铁的"牺牲品"，但原貌仍在，以其顽强的生命力，走过两个世纪的风风雨雨,一路延续到今天。20世纪90年代初,曾有外地人打算出巨资购买,遭到村委断然拒绝,可谓功德无量,保留住了绵绵不绝的文脉传承。

钟亭老了,似乎被时代遗忘,当年亮白色的石材历经岁月的濯洗,微微泛出黄澄澄的光晕,风华绝代转眼已是迟暮之年,久而久之,干脆成了车站挡风遮雨的场所。经济社会,似乎都在推陈出新,谁还会在意这样一处陈旧的亭子?只是等车的间隙,或者接人的当口,似乎不经意间,眼睛瞥过土黄色的古物,觉得有些奇怪,上下打量一番,心里不免嘀咕几句,一时看不出个所以然,觉得距离自己的生活很远,也就不放在心上,很快忘记了。

过去了的,并不意味着永远消失了,总会在特定时间留下它独有的印记,或者是一句话,或者是一个传说,想来,还是有迹可循的。这四四方方的钟亭啊,见证了人间多少悲欢离合的际遇?钟声震荡,溅起命运的一圈圈涟漪,在一声声深情的告白中,它忠实地履行了自身的使命,亦品味着人世间的酸甜苦辣。

想想吧,多少个欢声笑语的良辰,鞭炮齐鸣钟亭披红挂彩,迎来了多少人生快意之事;又有多少个凄风苦雨的夜晚,人们默默无语三三两两走散,惨白的月光下,大钟躲在角落独自摇头叹息。冷暖晨昏,生老病死,世间悲喜相续循环往复,有些无奈,有些惆怅,钟声起起落落,无始无终,那些红尘往事缥缥缈缈渐行渐远,长长的背影拖曳着暗夜的长裙,沉默而冷峻。

唯有时间是永恒的,唯有人心是公正的!

古往今来,围绕这座钟亭,发生过多少寻常或不寻常的故事?有的被风吹散,有的随流水远去,有的执拗地萦绕在村子上空,再也不肯离开,情节遁入一个隐秘的场所,趴在窗户上往外张望,只需轻轻一呼,便可敞开大门飞奔而来。有缘千里来相会,它在等待召唤,期盼一个闲暇的午后,冲上一壶清茶,与有心人席地而坐,慢慢地咂摸、品味。

人似秋鸿来有信,事如春梦了无痕。

抚摸斑驳的碑文,思绪不觉袅袅飘散,那些有幸载入地方史志的事件,难觅大钟尺寸之功,而一些普普通通的小民百姓,大多则徘徊于钟亭之内,悄无声息淹没于时光的洪流之中,而这,才是常态,亦是人间烟火的动人之处！重新挖掘、审视、解读其蕴含的意义，赋予其新的时代内涵，是后人义不容辞的责任，也是钟亭屹立至今的缘由所在。钟声缓缓奏鸣，镜头徐徐拉近……

镜头一，某个大年初一的清晨，村人在关帝庙举行隆重的祭祀仪式，男女老幼面向钟亭依次站好，朝霞映照在每个人的脸上，此时，大钟泠泠敲响，美好的祝愿与心底的憧憬合二为一，肃穆的钟声萦绕在庭院的老槐树上，古老的乡风民俗缓缓流淌，润物细无声。回头凝望，那应该是前清的影像吧，小孩子摇头晃脑吟诵着《三字经》，老先生捋着胡须沉吟不语。

镜头二，远远，路上走来一群人，喇叭、唢呐、二胡争相竞技，吹吹打打好不热闹。新郎骑在马上，长袍马褂，胸前佩戴红花，新娘凤冠霞帔，大红花轿颤颤悠悠。新郎新娘刚一进村，欢快的大钟迅即敲响，村民纷纷走出屋门，又说又笑簇拥着一对新人走向老宅，七八十岁的老人，小声探问新娘裹没裹脚……这是初夏一个唯美的瞬间，钟声里的民国乡村优雅而宁静。再凑近细瞅，年代似乎有些久远，相貌模模糊糊，像罩上一层雾气。

镜头三，沉寂了很长一段时期之后，咣，咣，咣，钟亭的大钟在一个清晨又一次敲响，力度明显比往常增加了许多，凭感觉，村人觉得有大事发生。果然，穿着中山装的乡干部，来到关帝庙大院，高声宣布上面的土地政策，所谓居者有其田，人人有份，人群发出阵阵欢呼……恍惚之间，时间快速切换到 20 世纪 80 年代初，家家户户忙着丈量土地，关帝庙不见了，大钟不见了，钟亭周围满是兴奋的人群，抢先预估着各家土地的收成，眉眼间洋溢着掩饰不住的笑意。

镜头四，冬日的一个黄昏，落叶铺了一地，风一吹，满地乱跑，斜阳挂在树梢，慢腾腾地几乎一动不动，钟亭孤零零地，成为辛屯车站一个醒目的标志，不仔细辨认还真不知有此神圣之物，路旁稀稀落落几个人，公共客车一辆接一辆驶过，乘客来了又走，走了又来，一波接一波。对面几位老人坐在马扎上，惬意地晒着太阳，眼睛望向对面的钟亭，一手托住长长的烟杆，一手按着烟袋锅，也不说话，只管吞云吐雾，任往事袅袅升腾，直到看不清沟壑纵横的脸庞。

....

不管如何视而不见，愿不愿意提起，你必须承认，钟亭依然以它独有的方式，强力介入这块土地上人们的生活：它的筋骨深入乡村的脉络，生发千姿百态的人生；它的血肉与大地融为一体，温婉的情愫绽放五颜六色的花朵；它的魂魄升华为一种乡村精神，日夜守护着这片土地上的人们。俯仰平视之间，到处都是它百变的身影，甚至听得到它轻微的呼吸。看，他（她）们在原野上劳作、休憩，听，谁蜿蜒行进在村舍的胡同，急匆匆回家抒发炊烟里的缕缕情思。

钟亭快速翻阅着履历，钟声重叠汇合，发生在这块土地上的往事一遍遍回放，不断变换着各种形式，如墙角的老槐树，春夏秋冬呈现不同的风貌，四季的风荣枯无常，枝干纵横交错，摇曳着莫测的命运……一代代生于斯长于斯的村民，伴随青铜大钟走过起伏跌宕的一生，爱恨情仇永久地封存在钟亭的记忆里，隔绝了红尘的痴痴念想，晚霞灿然情思缈缈，思绪连接古今，音容笑貌宛在眼前。

清音杳杳，何处寄托挥之不去的乡愁？斯人何在？一抔净土掩埋了无限风华。回首昨天，细数走过的曲曲折折路程，就如这历尽劫难的钟亭，有它的"黄金岁月"，就有它不堪回首的痛楚梦魇。站在局外人的角度，其实大可不必苛求，更不必诘责，世间万物的消长，有着深刻的内在联系，沉沉浮浮生生灭灭，无时无刻不在分化、组合、重生之中，社会亦是如此。钟亭提供了一面"镜子"，展示了一个个生动的范例，不粉饰，不招摇，坦然面对，继续前行，这才是真实的人文，真正的人情世态。

这是一个平平常常的日子，大自然以它固有的规律运转，如果不是乡情的羁绊，这一天没有什么特别，完全可以忽略不计。当，当，当，恍然间，钟亭的大钟似乎又敲响了，眼前一一闪过清朝、民国再到现当代的群像。定睛一看，他们或戴着瓜皮帽驾着马车匆匆赶路，马蹄踏碎晨曦的月光霜色，或袖手站立街衢，仰望日子如浮云般飘过，或手持放大镜，细细地勘验着钟亭上的花草纹饰，每个人似乎都想留下自己的印记，伸手竭力抓住点什么，却牢牢定格为时光的看客，诠释着时代不可更改的宿命。

　　侧耳倾听，那是历史的回声，那是昨夜的清梦，仿佛是一个隐喻，一种敦厚的象征，久久回荡在村子四周，深情地绽放在灵魂深处，一经乡音地触动，便发出清脆悦耳的梵音，若鹿鸣翠谷，似小溪流水，人瞬间安静了下来，进入禅宗的意境。没有人可以置身事外，正如没有人可以走出故土的回忆。

　　徘徊在钟亭之内，我仰望着，思考着，犹如置身浩瀚的星空，观之愈久，其情愈殷，浑然忘却了周围的一切。今夕何夕？厚重而遥远的钟声从心间汩汩流出，空灵的感觉真是惬意……车站不知何时聚集了一些人，花花绿绿的雨伞装扮一个纷繁的世界，人群翘首西望，客车一会儿悄然而至。我走出钟亭，雨点噼里啪啦击打着房檐，唰唰唰，嗖嗖嗖，雨不知不觉大了起来，秋风一阵紧似一阵，落叶凋零秋意渐浓，天地混沌迷蒙一片。我回过头，透过重重雨幕，忽然看到钟亭流泪了，蓦然醒悟：它已是一位老人，越到古稀的年龄，越是多愁善感，需要更多的陪伴，更多的倾听，更多的关爱与照顾。

　　挥挥手，相互点了点头，我与钟亭约好了下次见面的时间，没有人听懂我们的对话，也没有人关注我们依依惜别的不舍。相识不易，何况相知有加？彼此微微一笑，胜过千言万语。就这样吧，下次再来，还是这样一个雨天，这样的一个时刻，风雨无阻，不见不散。

风俗史话

万千乡愁此一缕

——流亭千手佛庙山会光彩旧忆

文 白

童年的许多记忆,街头巷尾聆听过的老一辈人的许多故事,在青壮年的时候,忙于生计,无暇回思。年过花甲,生活归于消闲,欲求止于疏懒,意趣趋于淡泊,逍遥于卖傻逗乐,含饴弄孙,自得其乐时,又往往因景生情,追发忆旧之谈评。

旧时社会没有如今世界的缤纷驳杂,生活在四季中的乡村,一概是单颜色的涂抹。春天,除了柳梢迫不及待地鼓胀起鹅黄色的苞芽,大地依然旱荒;夏天,大地和树木染成了立体的绿色,青绿映照着河水,缓行于素白的沙滩上,戏水儿郎的喧闹掺揉着妇女的捣衣之声,如同敲点击节,奏出一河的欢唱;秋天的遍地金黄,转瞬间裹挟着肃杀就到了白露为霜的时节;冬天的皑皑白雪,筑就了孩子们最具诱惑力的游乐城。

要说一年当中五颜六色异彩纷呈的时节,也是有的。在古老流亭的颜色谱系里,最为色彩斑斓万人空巷的时节,非千手佛庙三天的山会莫属。

流亭白沙河北岸上有一座高埠,埠上有座建于唐代的千手佛庙。庙里供奉的千手观音坐像,为整体木料雕成。木雕像高 3 米,坐于 1.2 米高莲花宝座上,上扬的手臂合抱于头顶,捧一座小佛像;胸前双手相合握慧珠状;两腋分出 48 支手臂,手中各执法器,放射状围绕于佛身如团扇,又似旗戟临空。佛像面廓丰腴,双耳垂肩,慧目微翻,俯视众生,既慈祥可亲,又仪威慑人。殿宇富丽堂皇,殿外石塔高耸云表,短桥卧波,长廊溢彩,历千年而风光不减。

清代乾隆盛世,千手佛庙香火益盛,主持和尚因应民愿,在农历二月十九观世音生诞之日举办庙会,会期三天。四方民众闻风而动,一时间商贾云集,车马辐辏,来赶庙会的民众和货物似海如山,许是为了彰显庙会之盛,遂将庙会改称山会,赶庙会随之演化为"赶山"。

山会前一两天,来自即墨、胶州、莱海阳、黄县、掖县的商贩早早地争先占好摊位,当地和邻县的戏班杂耍艺人在河滩预先搭起了帐篷戏台,耍开了把式,进行着山会前的预演,为三天的山会添上喜庆的底色。

山会当日一早,辰时,轰响的鞭炮点燃起天空的火红,山门前甬道上居士们排开两列,手持长竿将鞭炮挑于半空,一挂响罢,再续一挂,轰鸣的声响震醒了沉睡的河川,拉开了三天山会的绛帷翠幕。

主持和尚身披如同阡陌棋格式的绛朱袈裟,怀拥银色炫目的锡杖,端立于殿前的毯坛之上,一名僧童执华盖,一名僧童捧经匣侍立左右,迎接远道而来的各寺庙高僧大德和僧众,施礼毕,分列于毡毯两侧。方圆百里的道家羽士也纷纷前来贺喜,释子的绛红袈裟和羽士的青灰道袍合成了光仪气韵的饱和,邀欢于观世音菩萨的慧目。

毡毯周围,数百上千的信众居士,早已沐浴斋戒面目净爽衣饰整洁地跪列于地,跟从僧众的诵经声,依着钟磬节拍垂首吟哦,他们贡献的供果,预先陈列在两厢成排的供桌上,数日前众手折叠的成簇成串的五彩纸花,铺排在庙堂毡帐之下和供桌周边,为观世音菩萨的生日增添喜彩。

庙前山门外,十几层台阶之下是平场和过溪石桥,连同庙西数亩的斜坡平场,早已是人头攒动,水泄不通,整座冈埠,变成了万人包裹的人山,叩拜、晋香、祈福、还愿,络绎不绝,诉求不一,皆赖于诚,至夕方歇。

山会的贸易大市上,万千货物划分为几十个卖场,出售建筑物料的庞大而招眼;粮食市五谷纷呈,沿街铺排;畜力市驴骡亢奋,昂啸扬威;猪羊市筐圈绳牵,任由砍价;瓜果市青红黄紫,散落点缀。至晌午,寂寞于闲散地带的一溜"馇锅子",生意顿时红火起来,滚烫的脂渣煲汤掺以白菜粉条,外加上两个火烧,入目流涎,闻香诱人,食客围坐于饭桌上鼓动腮帮,大快朵颐,引得囊中羞涩不舍分文的赶山人馋涎难禁。

山会上最为亮丽的风景,还得数布匹衣服市和花木市,上百摊位或席地设摊,或立案罗列,或把斑斓的花布张挂在竖立的木架上,如七色彩虹随风飘动在半空。男人们的粗布黑灰、老妇们的绸缎青紫,媳妇们的丝绒绛朱,姑娘们的桃红粉绿,对镜试样,量体裁衣,讨实砍虚,包髻插钗,搔首簪花,把整条街市装扮成了琳琅满目的万花筒。

山会上最为热闹的所在,要数河滩上一字排开的十几家戏班杂耍。这些来自即墨、胶县的民间戏班,水平高些的挑那些传统大戏轮番上演,柳腔、茂腔的“七大京、八大记”必不可少。较小的戏班则依赖一些悲情哭戏,博取赏资,尤以哭腔《砸蛮船》,表现良家寡妇遭遇不幸拖儿带女流落于商船之上,受尽欺凌,一唱三扑地,声声皆涕泗,不知惹得多少赶山人泪湿白沙声咽长河。至于喜剧杂技莲花落,驯羊耍猴拉洋片,更是百艺争能,赏资盈钵。

三天山会,又是亲友聚宴、男女邀约相亲的“鹊桥会”。民国中期到1965年前后的男女婚姻,多凭亲友牵线介绍。平日忙于农事,到了山会3天约定俗成的假日,婚姻介绍人先与家长互通双方德行和人口经济等等基本情况,然后约定双方男女在山会某地相见,地点多选在花卉市、河滩某戏班台侧或桥头水边,借山会营造的喜乐氛围,促成好事,终不会选在牛马市或屠宰市场的。男女依约相见,无缘者只此一面,钟情者则联袂赶山。说是联袂,实则总得保持几步远的距离。遇有可心物事,情郎驻足,淑女赶上,窃语玩赏,总也是面红耳热,心跳如脱兔,生怕遇见熟人招羞。如今的广场耳鬓厮磨,大街示爱宣情,倘若当初的人们见状,会羞煞晕厥。

满筐满篓的锦绣华彩,总也免不了斑斑点点的瑕疵纰漏。山会上的“关东会”即其一例,是对赌徒们的贬称。清代到民国时期,部分来自周边州县的生意人,集众聚赌,甚至以骡马作赌注寻一时之快,赌输后无颜还家,由流亭直赴关东,致使父老妻儿来流亭寻人,方知赌输骡马资财去了东北,自此妻离子散,父老无依。当然,还是借山会之机聚财盈利兴家立业是山会最为富丽的色调。

三天的千手佛庙山会,展演了一出风土人情的大戏,也是一缕扯丝不断的乡愁记忆。2013年,“流亭千手佛庙山会”列入城阳区级非物质文化遗产名录,随之,项目保护单位根据老年人对山会景况的回忆,整理编创了柳腔小戏《流亭赶山》,由齐鲁音像出版社灌制光碟出版发行,为千手佛庙山会万花筒摇曳出斑斑点点的花彩。今将唱词附后,从另一纬度了解山会上的艳色丽彩,以飨同好。

柳腔小戏《流亭赶山》

人物:生、旦

乐起

生、旦联袂上

生:(唱)

  春风送暖杨柳鲜,我领着新娘子去赶山。

  小脚的媳妇她不觉累,一路小跑乐翻天。

旦:(白)

  哎!你光说上流亭赶山,这里一没有岭,二没有山,这赶的是什么山?

生:(唱)

  小娘子你听我言,二月十九是菩萨圣诞。

  千手佛庙办庙会,这赶庙会也就叫作赶山。

旦:(白)

  看把你明白的像个二大爷似的!我早就听老人们说,唐朝就有了千手佛庙,这个庙会也该有一千多年了。

  (唱)

  大唐盛世一千多年前,唐王东征在流亭歇鞍。

  接着建起了千手佛庙,保佑百姓过太平年。

生:(唱)

  千手佛庙里两座塔,一东一西高上云天。

  塔的北面是大悲殿,塔的东边是南庙湾。

旦:(唱)

  南庙湾它不一般,跟十字街的水井有牵连。

  鸭子掉进了井底下,一宿就游到了南庙湾。

南庙湾里有灵验,遇到喜事它行方便。

家里的碗盘不够用,祷告一番它就借给咱。

生:(白)

看你这刚进门的新媳妇,怎么比我知道得还多?怪不得一听说要
来赶山,把你欢气地半宿拉夜不睡觉,忙着起来梳妆打扮。

(唱)

半夜五更你把被窝掀,端上铜盆就忙着洗脸。

提留普隆地找东找西,闹得俺,被窝里头也难入眠。

旦:(唱)

我早上三点就洗脸,三点一刻开始打扮。

盘个高髻卷乌云,戴上耳环再插金簪。

胭脂描上樱桃唇,两道蛾眉描春山。

脱去夜来的小夹袄,绸缎的衣衫正合肩。

细梳理,再打扮;对着镜子仔细看。

流亭赶山有千万人;来他个,群芳失色羞牡丹。

生:(唱)

快快走,往前赶;招牌幌子连成片。

泉盛湧酒馆食客多,正在划拳的是两个醉汉。

旦:(唱)

肉太荤,酒太酸;大肉大鱼俺不稀罕。

老远闻着喷喷香,不知是哪家把油饼煎。

生:(唱)

不是哪家炸油饼,是云香斋的点心香又甜。

看喜走亲少不了它,半大小子更害馋。

旦:(唱)

老烧酒辣,瓜齑头咸;益隆烧锅挂牌匾。

你要害馋不要紧,往家走时买两坛。

生:(唱)

流亭猪蹄带着冻卖,黄家炉包它包着汤鲜。

河底下还有馇锅子,脂渣火烧油水里余。

旦:(唱)

　　纸花缸子锅盖垫,颠蒜的白子豆绿色碗。

　　擦冲炘子饭罩子,十件八件花不几个钱。

生:(唱)

　　挑的挑,担的担;半大小子啃麻山。

旦:(唱)

　　麻山硬,小嘴软,喀哧喀哧声声响,

　　鼓的那个小腮滴溜圆。

生:(唱)

　　媳妇子俏来小姑嘴甜,

　　油摊子上讲价钱。

旦:(唱)

　　卖油郎只顾看新媳妇,脚一哆嗦把油罐子碰翻,

　　淌了一地豆油他没看见。

生:(唱)

　　十字街上买卖多,肉铺连着豆腐摊。

　　流亭有名的大馒头,二面外边包着头子面。

旦:(唱)

　　绸布招牌招人眼,进得门来仔细看。

　　茄花色绸子割七尺,回家给婆婆做春衫。

　　皮老虎俊,僵木人憨;一吹一蹦它直叫唤。

生:(唱)

　　两毛钱能买三个,你生下宝宝咱就逗他玩。

旦:(唱)

　　糖球葫芦光鲜鲜,象通红珠子连成串。

生:(唱)

　　红的似你那个樱桃小嘴唇,只是它,好看好吃不会动弹。

旦:(唱)

　　苞米皮,编成蒲团;盘腿一坐真舒坦。

生:(唱)

快起身往前边赶,新鲜光景看不完。

旦:(唱)

艮硬硬地糖瓜筋道地面,香油果子炸鸡蛋。

生:(唱)

大槐树底下咱先吃饭,一毛钱就能买两碗。

旦:(唱)

东西多急忙买不完,咱买完了东西再吃饭。

生:(唱)

红夹袄,花手绢;粗布裹脚稀烂贱。

胭脂粉要多买些,成亲时买的都叫你用完。

旦:(唱)

长命锁子金光闪,买上丝绸再买细缎。

(白)

我数算着,年底就能赶上孩子过百岁。

(接唱)

你去请个好裁缝,给孩子做两套百岁衫。

生:(唱)

杏花裤,桃花衫;给你买上四五件。

旦:(唱)

铜盆帽高,毛尼鞋宽;你穿戴上真好看。

生:(唱)

海蜇皮虾皮一块买,白菜丝子加蒜拌。

旦:(唱)

买韭菜,买鸡蛋;韭黄炒蛋咱娘稀罕。

生:(唱)

豆芽菜长,豆腐贱;庄户日子最省钱。

旦:(唱)

买长生果,买蜜饯;大小孩子都解馋。

(白)

买了这么多东西,拿都拿不动,还要去拜佛看光景,这可怎么是好?

生：（唱）

南车行有马车店，东益货栈在桥北边。

今天买的东西多，雇辆马车往家窜。

旦：（唱）

益和兴连着益兴诚，玉泰胡同在街北边。

广聚广来是老字号，龙祥茶庄它有人缘。

生：（白）

走啊，到前边木器市场看看有什么好家什，咱接着买上。

旦：（唱）

嘭嘭嘭就是一阵爆仗，把人吓得直不愣睁。

生：（唱）

今天是个好日子，放鞭上梁立门庭。

旦：（唱）

崂山里头采木料，宅子头的木匠做窗棂。

生：（唱）

棘洪滩的葫桔最顶烂，西城汇的砖瓦它最顶用。

旦：（唱）

洼里的瓦匠把夹子，沙沟的石匠手最灵。

生：（唱）

沙沟还有地瓜轱辘，吃的人起阔身板硬。

旦：（唱）

楸木箱，槐木凳；王疃的风显（风箱）嘴子灵。

生：（唱）

风显嘴子里有个呼达（木舌头），十年八年它最耐用。

旦：（唱）

集头的媳妇不简单，当柜卖酒也花枝招展。

卖的酒水空了柜，门外躺着一片醉汉。

生：（唱）

集头的闺女不避嫌，招揽买卖笑为先。

你来与她们比试一番，来他个花魁斗牡丹。

旦:(唱)

快别在这里插把俺,甜言蜜语她为了挣钱。

自古以来有句话,十个商人他九个耍奸。

生:(唱)

赶紧走,往前赶;四弦京胡响成一片。

河滩上边搭戏台,柳腔茂腔轮番演。

旦:(唱)

赵美蓉才刚观完了灯,《罗衫记》后面是《南京殿》。

生:(唱)

台上走来了裴秀英,西京寻父她真可怜。

李颜容是个负心郎,招了驸马他忘了前缘。

旦:(唱)

胡兰英她真淑娴,南京殿里救儿男。

前妻的儿子她不嫌弃,劝夫认子合家欢。

生:(唱)

徐继祖是个钢铁汉,惩恶扬善的好儿男。

复仇认母有真情,一曲柳腔唱罗衫。

旦:(唱)

巾帼女子她胜过儿男,春兰秋兰不一般。

当堂告倒李武举,《王定保借当》说从前。

生:(唱)

张廷秀是八府巡按,微服私访他装作讨饭。

王二英玉杯来作证,夫妻相认皆大喜欢。

旦:(唱)

毕秀英她是个鬼仙,真情真意感动了上天。

与丫鬟同嫁一夫婿,《风筝记》里说仙缘。

生:(唱)

唱完一出又上来一段,

旦:(唱)

三天两天也看不完。

生:(唱)

　　转身来到千手佛庙,

旦:(唱)

　　拜罢了观音就回家转。

生:(唱)

　　二月山,十月山,

　　一年就赶两回山,

　　二月十九赶了山,

　　十月十九还赶山。

旦:(白)

　　哎,十月十九还来赶山?

生:(白)

　　娘子,这你就不明白了吧? 流亭一年就有两次山会,下次赶山是十
　　月十九日。到时候呀,我们有了大胖小子儿子,我使小车推着你娘
　　俩,

旦:(白)

　　让赶山的人看看俺们的大胖小子。

合:(唱)

　　把流亭山会再来转个遍。

(幕落)

红岛有座青云宫

刘好军

遍布乡村的庙宇与其说是宗教的场所,不如说是乡村建筑的标志,民间文化的符号。年代不同,地域各异,规模不一的宫观寺庵,把乡村的祈望,黎庶的梦想,融入对神明的礼拜,寄托于虔诚的香火。

红岛早年叫阴岛。海岛渔乡,从事的是耕海牧渔的营生,清水捞盐的行当。人们深信掌管海事的龙王能够逢凶化吉,遇难呈祥,对龙王顶礼膜拜,一个个龙王庙成为一个个渔村的一道道风景。在众多的龙王庙中,青云宫作为岛内最大的龙王庙宇,以其历史悠久,巍峨壮观,恢宏雄伟而久负盛名,

沿着海岛由北向南通往大海的宽阔公路行至距千佛山一千米处西折蜿蜒而行,山道迤逦,曲折向前,禾茂草深,随风起伏,苍松堆青,伟岸挺拔,绿树叠翠,翁郁成林,它们或摇臂合掌,或颔首施礼,引路前往高家村南山之巅。苍松翠柏、茂林秀竹掩映着一座青石苍瓦,雕梁画栋,古色古香,庄严肃穆的"宫殿",这便是遐迩闻名的青云宫。

青云宫又称"龙王庙""龙母庙"。有史料记载,始建于宋代末年,后毁于兵燹。有元代碑志残存镌有"宋朝青云宫道长,东华少君、钟离权、吕严、王嘉"字样。清初重建,改名为龙王庙;道光年间(1821—1851年)复修,添建龙母殿、娘娘殿两配殿,庙外遍植黑松3万余株;同治六年(1869年),重修龙王庙大殿;同治七年(1870年)建成一大殿两配殿三门口和庙垣,庙东南、西南各建有钟楼、鼓楼1座;同治十三年(1826年),重修娘娘殿;光绪三十二年(1907年),重修龙母殿。历史上,崂山庙宇有"九宫八观七十二庵",青云宫是崂山九宫之一,后从崂山析出。民国二十三年(1934年),阴岛建设办事处派员指导该庙主持道士常明乾整修内外墙壁,并建钟楼1座,恢复原称青云宫。是年,青岛市市长沈鸿烈视察阴岛,依崂山"九宫八观七十二庵"之名题写了青

云宫匾额,悬挂于庙院的门楼之上。如今青云宫题名,是由青岛市委原副书记、书法家杨在茂书写。自元八年(1271年)至1961年,青云宫共有48名主持道人。1966年"文化大革命"中庙内神像被毁,1990年修复。2003年,在东厢房建起海神殿、菩萨殿。2010年,新建钟楼、鼓楼。2011年,重修大殿、两配殿及龙母墓,新建莲花池。

青云宫坐北朝南,面向海湾,海拔48.6米,占地77920平方米(约120亩),大殿、两配殿及东西厢房东西长32米,南北宽29米,大殿及两配殿皆硬山式,小瓦,石柱,重梁起架,庙脊砖瓦装饰,前有山门1座,主建筑为牌坊式门楼,院正中建大殿,两配殿分列东西,其前分设东西两厢各5间,东南设钟楼,西南设鼓楼。大殿高15米,正中祀玉皇大帝,龙王、雷公电母、三官分祀两侧,东偏殿祀三霄女神,西侧殿祀龙母、没尾巴老李、孙老妈妈,东厢房海神殿和菩萨殿祀海神、菩萨。青云宫西侧,伫立着一座圆锥形周长百余米,高十多米的墓冢,为没尾巴老李生母安葬之处。春夏秋冬,寒去暑来,年复一年,日复一日,成年累月地向人们讲述着没尾巴老李的故事。

早年间,高家村有一户姓李的人家,夫妻俩男耕女织,过着甜美的日子。美中不足的是,妻子年过四十,仍没有生下一男半女,夫妻俩求子若渴。一天,妻子到水湾里洗衣裳,见湾里漂来一个鲜艳的大红桃,便随手捞上来吃了,此后就有了身孕。十二个月后的农历九月二十七分娩生下一条遍体黝黑的小龙。丈夫见生下这么个怪物,好不恼怒,将其抱起扔到村外的山下。第三天,小黑龙回到家中,将身子盘蜷在房梁上,探头求母喂奶,其母惊吓身亡。正从山上砍柴割草回来的龙父见此情景愤恨不已,挥镰砍下黑龙半截尾巴,黑龙钻出窗棂负痛而逃,从此,被人称作"没尾巴老李"。黑龙离家出逃后,被菩萨收为徒弟,得其真传,修炼成仙,干下大战恶龙白龙,造福一方百姓等一系列好事。多年后,黑龙回到阴岛,见其母坟墓坍塌,便施展神通,腾云驾雾,呼风唤雨,刮起龙卷风,下起瓢泼雨。雨过天晴,人们见山下龙母的坟墓不见了,只留下一个水湾,便将其称之为"龙母湾",而在山上西边,新添了一座高大的坟墓,人们恍然,原来黑龙将其母的坟墓由山下搬到了山上,便将新坟称作"龙母坟"。黑龙不忘母亲的养育之恩,每年农历九月二十七出生之日至九月二十九龙母忌日,便云遮雾罩,风雨相伴回乡祭母,人们把这三天定为"龙母会"。

有孙氏老妪平日行善事、积阴德、塑神像、建庙堂,修葺庙宇,倾心庙事,六十岁上于农历九月二十七去世,人们便将其喻为龙母的化身,将纪念孙老妈妈作为纪念龙母,因而庙会又叫"老妈妈会"。龙王庙更名为青云宫后,改称为青云宫庙会。

青云宫庙会始于清道光二十二年(1842年),有迎会、开光、喝龙水、拜龙母、拴孩子、扫全身、照镜子、谢会等民俗活动。最初香客以当地老年女人居多,这大概也是"老妈妈会"的另一种由来。由于阴岛以渔捞海捕为主业,兼顾海盐晒制和农事劳作,渔人盐民甚多,庙会之时,渔人盐民和庄户成群结队到青云宫燃纸烧香,许愿还愿,祈求海不扬波,帆正风顺,风调雨顺,海盐盈池,禾稼丰收。天长日久,青云宫庙会有求必应、赐福纳祥、保佑平安、生财发家的美名不胫而走,声名远播,天南地北的香客纷至沓来。每逢庙会,通往青云宫的海滨大道、山间小路,赴庙赶会的人车水马龙,人头攒动,络绎不绝。山门之外,旗帜招展、钟鼓长鸣、鞭炮震天,宫庙院内人山人海、熙熙攘攘、人声鼎沸,大殿外纸火熊熊,大殿内香烟袅袅。香客们求神拜仙,焚锞化钱,祈祷声不绝于耳,祈求龙王龙母保佑,海神天尊相助,波宁海晏,五谷丰登,多子多福,财寿两旺。宫庙门外,京剧、柳腔、茂腔、梆子等戏剧,跑马戏、耍钢叉、说书唱词等打把式卖艺的各路艺人,纷纷前来献艺助兴;游摊浮贩借机生财,高家的糖球酸甜可口,炸蛤蜊、蒸墨鱼、咸鱼饼子等海鲜小吃现蒸热卖,出售海米鱼干、甜晒鲅鱼、汤腌白鳞等富有阴岛特色海产品的摊位一字排开,腥咸气息弥漫在庙会上空,到处是叫卖叫买、讨价还价声;孩子们在卖泥老虎、摇拉猴、泥青蛙的摊位前恋恋不舍,对这些泥玩具爱不释手;卖水果、花生、瓜子、糖果、香烟的摊位摆在树下,叫卖声此起彼伏;算卦相命看手相的各自招揽着生意……好一幅生动鲜活的世俗长卷。

青云宫依山傍海,海风飒飒,山花灼灼,碧草青青,蝶舞翩翩,松岭密林,树木茂盛,鸟语蜂唱,景色清幽,使人心胸豁然,神清气爽。高瞻远瞩,海天一色,山川亮丽,大青岛尽收眼底,西海岸近在咫尺,大小珠山倒映海面,跨海大桥长龙出水;俯瞰眼前,胶州湾碧海银浪,清波潋滟,渔舟荡漾,鸥燕翔空,高万丈水库空明如镜,镶嵌脚下。一切是那样的自然顺畅,静谧祥和,赏心悦目。

站在青云宫前,清晨东眺,晨光熹微,崂山雄峻,云蒸霞蔚,大海波光闪耀,一只只渔船划开出海的银浪;傍晚放眼,霞染长空,渔港繁忙,码头欢腾,海湾波浪起伏,一首首渔歌迎来满载的归帆。这里钟灵毓秀,风光旖旎,一年四季皆可饱餐海岛秀美景色,阅尽渔乡诗情画意。春看冒岛潮涌。离海岸一千米的冒岛百草丛生,林木丰茂。每当涨潮之时,烟波迷蒙,潮音轰鸣,风卷雪涛,浪山压顶,似千军万马奔腾而来,惊心动魄,不逊于钱塘秋潮,令人叹为观止。夏观银鸥逐浪。这里海滩广袤,湿地环绕,是胶州湾内最大的海鸥聚集地,海鸥起若飞玉,落似铺雪。夏日潮声浪涌,波涛阵阵,看鸥鸟追浪逐潮,闻鸥鸣浅吟低唱,使人倍感世俗沉重之轻,心宇千毫之鸿。秋高气爽,远看或一碧万顷,波光粼粼,或云雾缥缈,青山隐隐,近观则渔帆千点,银鸥翱翔。海岛北部湿地延绵,芦草丛生,苇荡浩瀚,盐田阡陌,形成草场银海。阳光下一方方盐田如千面银镜,一片片草地似万顷碧玉,芦花怒放,与白玉般堆积成山的海盐相映生辉,晶山玉林,苍茫一片,十分壮观。隆冬飞雪,寒凝大地,人迹罕至,青云宫银装素裹,琼楼玉宇,似仙山琼阁,傲立世外,仪态威严,气宇轩昂,纤尘不染,庄严肃穆,怎能不使人骤生崇拜,陡然起敬。

大海见证着时光的变换,潮汐迎送着曾经的岁月。巍然屹立的青云宫,香火不绝,钟鼓长鸣,面孔不变,源自乡民对庙宇地呵护与再造;风雨洗礼的道家古庙,古韵今风,历久弥新,灵魂犹在,赖于海岛对庙会的弘扬与创新。每天清晨,青云宫都会响起民国年间阴岛八景之一的"青云晨钟",那悠扬的钟声天鸣地应,传遍四方,响彻海岛,报道着人间的盛世,吟唱着天下的太平,将"风调雨顺、国泰民安"的深情祝福,欢歌在庙前高高耸立的旌旗上,迎风招展。

海西的节日

刘好军

农历六月,节应三伏,正是溽暑燠热的伏顶子天。俗话说:"小暑不算热,大暑才伏天。""小暑大暑,上蒸下煮。"这些民谚,把伏季透视得真真切切,描绘得地地道道。赤日炎炎中,热浪滚滚里,草木出落的葳蕤繁盛,枝叶婆娑,浓绿葱茏,青翠欲滴。临近农历六月十三,节令便进入了大暑,这是一年里天气最热的时期。"大暑不热,五谷不结。"此时气温最高,农作物生长最快,田野孕育着丰收,玉米抱金,高粱似火,大豆荚满,金谷垂首,银棉挂挑,菜田果园更是瓜菜坠架,硕果满枝。胶州湾北岸,洪江河东岸广袤的土地风情万般,苍翠欲流,浓浓地把生命层次极尽展现。而洪江河西岸一望无垠的盐田,正结晶着一方方盈池的海盐。胶州湾的海潮在宽阔的洪江河河道里,朝送顶着红日扬帆的货船,夕迎满载渔获归来的白帆。在这张扬着生机与活力的季节,一年一度的龙王节迈着轻盈的脚步,踏着悠扬的蝉歌,在蛙鼓的伴奏下,沐浴着湿漉漉的海风,叩响了每一户关门闭户、消夏纳凉的海西人家的大门。

无论在中国传统的节日中,还是在世风开化的阳历新节日里,都没有龙王节这个节日。然而,海西人却每年农历六月十三盛装过节,把龙王节过出了滋味,过出了名气,过出了气势,过出了韵味,使任何节日都无法与之比拟,过得节比年大,硬是把一个名不见经传、别的地方都没有的节令,过成了中国北方所独有、富有海西特色的传统佳节。

历史上任何一种民俗文化的形成与发展,都与它所在的地域氛围和生产环境有着紧密的联系。世代相传的每一个古老的民俗节日,都保留着农耕时代先民对生命朴素的愿望,保留着相传沿袭的劳作习性,充满了对现实生活地赞美,对美好幸福地追求,对殷实安康地憧憬,对太平盛世的向往。海西龙王节里同样有稼穑渔猎,有船歌牧唱,有盐工号子,有织网小调,有时代云烟,有历史风尘,有世道风雨,有人间沧桑。它是岁月凝练出的一枚种子,在时光里生根发芽,在风雨中繁茂挺拔,成为世俗节日里的一棵参天大树,硕壮的树干,翠绿的枝叶,灵动着海西人的日子。

海西,是前海西、后海西两个村的总称。这两个村不仅南北相邻,而且矫氏同宗同源。明永乐初年(1403年),从云南跋涉而来的矫氏于即墨县西南海边追寻早已破灭的家园之梦,在胶州湾北岸,洪江河东岸立村"前海西",在荒野里荡起缕缕炊烟,燃起创业篝火。清乾隆四年(1731年),矫氏氏族繁盛,人丁兴旺,在相挨的村北另立新村,因地处前海西村后,故名"后海西"。习俗使然,人们习惯上把前海西、后海西统称为"海西",它们不仅是如今棘洪滩街道最大的两个村庄,矫氏也是城阳地域载入"北曲纪、城阳袁、海西矫、沟岔栾"民谣,镂刻在口碑的四大望族之一。

坐落于胶州湾北岸的海西,地处棘洪滩街道最东南部,重要的渔运航道墨水河、洪江河分流村庄东西,直流入海。村南、村西海滩延绵,一望无际,是纳潮制卤晒盐的滩涂,为青岛地域有名的盐场,盐田阡陌,晶山座座,成就了依河傍海、尽享渔盐之利的海西。这里的人家凭借天时地利,农渔盐运各业并举,既靠粮棉种植养家固本,又借渔捞船运海上发家,更有海水滩晒盐致富,从而使海西在立村后悠长的岁月里,成为远近闻名的渔盐之村。人们凭着勤劳的双手,日子虽无大富大贵,但却波澜不惊,吉庆有余,殷实小康。

宁静温馨的时光,总是孕育着神奇。真正使海西声名远播的,既非粮棉产量,也非渔盐红利,而是独有的龙王节。

龙王节又称"龙王会""雨节",其形成虽过百年,却犹在昨天。

明万历年间(1573—1619年)有一年农历六月十三,天降暴雨,洪水在海边冲出一个龙王牌位,被前海西人捡起,于村庄东南海边盖了三间龙王庙,将龙王的牌位供奉了起来。海西无论是躬耕垄亩的庄稼汉,还是从事海洋渔运的劈波踏浪者,抑或是有着滩场盐田的滩主盐户,都深信九江八河主、五湖四海神的龙王神通广大,能够保佑其风调雨顺,海事平安。因而,每年农历六月十三捡拾龙王牌位之日,农家、船东、渔民、盐户及其他民众都自发来到龙王庙焚香烧纸，许愿还愿，年复一年，日久天长，约定俗成，终于演绎成龙王节这一海西独有的规模浩大、气势恢宏的庆典。由于节日主要祭祀龙王，又是在多雨的季节，因而，又被称作"龙王会""雨节"。

龙王节前三四天，海西人就忙活起来，组织队伍，安排鼓乐彩旗等到周边村庄"跑香会"。这"跑香会"就是村里会首组织船东、渔民、盐户等出资组织百余人，由六人抬着泥塑龙王的大轿前行，高跷、旱船伴随，绣有蛟龙的彩旗和鼓乐队伍随后，巡游于邻近村庄和即墨马山、灵山及平度等地，宣扬龙王节，为节日造气势、壮声威。"跑香会"的路上，旗锣伞盖，彩旗招展，锣鼓喧天，浩浩荡荡，煞是威风，好不热闹。所到之处，各地除香火资助外，还施舍银钱。与"跑香会"者一样忙活的还有前海西村三官庙里的道士，他不仅要准备祭文，还要备好祭祀所用的被称作"三牲"的猪、鸡、鱼等，这些不菲的开支尽管从三官庙庙地祭田收入中支出，但由于三官庙庙小人少，也真够道士操劳的。

农历六月十三这天清晨，前海西村老老少少就早早起来，一个个喜形于色，穿着鲜艳的服装，喜气洋洋地相约成三五个一伙，六七人一群，争先恐后地奔向龙王庙。都说是龙王节当天祭祀龙王越早越好，能够保佑平安，占先发财。人们，尤其是从事海事活动的船东、渔民、盐户，披星戴月最先赶到龙王庙。

这时的龙王庙被人群围了个风雨不透，水泄不通。那祭祀的供品仪仗十分壮观，不仅三官庙道士准备的猪头、整鸡、整鱼连同大饽饽、水果、糕点、糖果等齐齐全全地摆放在供桌前，由人们供奉的去掉内脏的整猪和携带的供品、祭品、鞭炮等也一字排开。这些去掉内脏的整猪，大家富户，特别是从事海上营生的人家独备一头，普通人家则三五家合备一头。由于供奉的整猪众多，上百头整猪，最多时达三百多头整猪依次排列，两旁列立书有"风调雨顺""五谷丰登""财源茂盛""一帆风顺""吉祥平安"等祝福字眼的帷幛，使得节日富丽堂皇，气派非凡，蔚为壮观。

龙王节祭祀仪式由三官庙的道士主持。由于这一时节台风暴雨频发，飓风骤雨时常光顾，甚至有的年头农历六月十三阴雨不断，连龙王节祭祀仪式都是在雨中举行,把龙王节过成了名副其实的"雨节"。同时又是"立秋"节气在即,因此,道士所主持咏诵的祭文名曰《秋雨颂》,其寓意是祷求龙王保佑船东、渔家秋天出海风平浪静,海上平安;保佑滩主盐户秋天风和日丽,免降暴雨,使所晒海盐有个好收成;保佑农家秋天风调雨顺,五谷丰登。

在欢快的鼓乐里,袅袅的香烟中,族长、会首先行三拜九叩大礼首祭,后农家、船东、渔民、盐户依次叩拜。这虔诚庄严的叩拜,是对天地自然的感恩,是对生民福祉的渴望,是对未来生活的祈求。此时,龙王庙前秉烛燃香,焚纸祭酒,烟雾缭绕,锣鼓欢腾,鞭炮齐鸣,响声震天。叫买叫卖的摊贩,打把式卖艺的江湖艺人,前海西人家的亲朋好友从四面八方赶来,龙王庙前人山人海、摩肩接踵、熙熙攘攘、人声鼎沸,整个前海西沸腾起来,满目都是人们灿烂的笑脸,到处都是狂欢的人流,仿佛要把脚下的海崖挤塌。柳腔戏唱起来了,《赵美蓉观灯》《借年》《墙头记》等好戏连台,一出接着一出,一台连着一台,叫人百看不厌,听得如痴如醉,动听的戏词、优美的唱腔生生地拽住人们的脚步。与柳腔戏一同拽住人们脚步的,还有龙王庙前的那一汪碧水。

坐落于前海西村东南海崖之上的龙王庙,由于靠近海边,胶州湾的潮汐涨落于庙堂脚下。该庙四周建有花墙,形成独院,本无独特,但院内有一汪清泉,形成一池碧水,人称"龙王池",很是神奇。临海之泉,前后碱茅丛生,左右海蓬环绕,泉水本应是咸涩的海水,但却清澈甘洌,一年四季泉涌不断,旱年不涸,汛雨不溢,寒冬不冰。池内有自然生成的鲫鱼、河鳗等鱼类,虽然鱼多体长,但由于生长于龙王池内,被认为是龙子龙孙,不但无人捕捞,还加以保护。不仅如此,传言龙王池的水是神水,能治百病,这当然是虚语妄言,但海西从不遭雹灾却是事实,人言龙王庇护。

时光在人们看戏观鱼中悄然流逝。不知什么时候,南来的海风挟裹着小雨淅淅沥沥地飘落下来,人们抹去脸上的雨水,抬头看天,这才发现天近晌午。真是人不留客天留客,海西人家纷纷出门认亲领客,回到家中,大摆筵席,款待亲友。

其实,即使老天不留客,海西人也是要大宴宾客的。因为这一天在海西是全年中比春节都重要的节日，一年里诸事缠身，忙于生计，连逢年过节都忙得脱不开身互不走动的亲友，这一天全都要聚齐海西过节，否则，则意味着亲戚反目，好友变脸，恩断情绝，永不来往。美酒佳肴中除了鸡鸭猪羊是早先宰杀的，其余的新鱼鲜虾、走蟹卧贝等海味都是刚刚随船捕捞上岸的，十分鲜亮，尤其是遐迩闻名的海产名吃"海西末蟟"，更是酒席上少不了的，那白里透青的末蟟，鲜味浓烈着呢。小小龙王节，气势大如年。

农历六月十三的前海西人家，家家宴宾，户户待客，笑语喧哗，比过年还热闹。杯觥交错，推杯换盏中，谈天说地，评古论今，述说着海上的趣事，预测着秋后的收成，谈论着过日子的打算和谱气。

时光过得真快，不知什么时候，那淅淅沥沥的小雨不见了，天空早已云开雨霁。夜幕低垂下来，繁星满天，一轮明月挂在村东头的树梢上，月华如水洒遍前海西的每一个角落，夜色里的村庄是那么恬静温馨。

岁月在一年年的龙王节里流淌，时光从一岁岁的龙王节中消逝。前海西肇始明末，鼎盛清代和民国时期的龙王节，祖辈相沿，世代相传，即使"文化大革命"期间也未曾终止过。随着岁月的消逝，许多传统节目不再被人们重视，渐渐变得淡化模糊，然而海西龙王节却不但得到传承，而且越过越红火。改革开放后，原本只有前海西才过的龙王节，后海西也加入其中，使龙王节得到空前弘扬，规模更加壮观，成为祝福海西人家幸福安康的盛大节日。年年都过的龙王节，成为有别于与其他传统节日，为中国北方，特别是海西所独有的一项传统文化和胶州湾沿海独特的民俗活动，成为海洋文化的一朵奇葩。

岁月悠悠，往事如烟，昔日的龙王庙早已在兵燹战火中灰飞烟灭，只留下那汪碧泉向世人诉说着龙王节的前世今生，注视着海西的沧桑变迁。每年龙王节到来之际，离家在外的海西儿女，像南迁北徙的候鸟一样远飞归来，沉浸在浓郁的乡情和亲情之中。农历六月十三这个凝聚着海西人真情实感的日子，镂刻在海西人脑海之中，融化进海西人血液里，奔涌在海西人的胸腔内，龙王节成为海西薪火相传，世代相拥，挥之不去的深沉乡愁。

城阳大集

纪彩凤

我特别喜欢赶集。在城阳的集市可以寻梦,寻找童年的影子和乐趣。寻找积淀于内心深处的乡音乡情,还有亲切而又熟悉、独特而又淳朴的乡土气息。

集市历来有说辞

城阳大集在古代就有了。据明万历七年(1579 年)《即墨县志》(万历版)记载,万历初年,即墨县令许铤奏请开放海禁,城阳已设集市,金家口港(京口)成为由女姑口至城阳集的通商口岸,城阳大集成为当时即墨县 13 处乡集之一,每逢农历三、八为集日,至今已有 400 多年历史。当时,江、淮、浙、闽之纸张、粮食、木材、毛竹、瓷器乃至丝绸、棉布等货物,经金家口港来城阳经销者日众。

城阳大集在城阳区算是最大的,每逢农历三、八就是赶集日。经400 多年传承,20 世纪 50 至 70 年代持续集市贸易,发展到今天与城阳蔬菜水产品批发市场合并,蔬菜、水产、家电、服装、日用百货五大市场和山东国际农产品展示交易中心,成为全国五大农副产品批发市场之一,属青岛市重点"菜篮子工程",是一座综合性、多功能、现代化的大型农产品批发市场。

现在的城阳大集包罗万象,极具中国北方传统民俗特点,交易的商品主要有粮油、蔬菜、水果、禽蛋、海产品、木制品、手工制品、民俗产品等,货物广泛、齐全,摊位分类清晰,方便市民选购。由于靠近城阳水产批发市场,所以以水产品是城阳大集的一大特色,各种海货在大集上基本都能买得到。

童年集市上淘宝

记得小时候,每次赶集,都是我最快乐的时光。集市上吃的、喝的、穿的、戴的、用的样样齐全,还有菜种子、菜苗、小树苗……真让人眼花缭乱,所以我就喜欢到集市上淘宝。

赶集是大家在约定的日子里,在特定的地方相互交易。摆地摊的商人,并不固定在一个集市,他们来往于不同的集市。凡是周围镇子赶集,都可以看到他们的身影。商人们头脑灵活,并不是一股脑什么都卖,他们知道专一而精的道理,卖炊具的全是炊具,菜刀、铁锅、饭帚、碗筷、盘子;卖衣服专卖各种衣服,男式的、女士的、老人的、孩子的。

地摊上的货物很实用,而且价钱好说,都是认识的人,卖东西的人不死咬着价钱不变,买东西的人也不死压价,有的时候还是友情价,并没有商人重利的嘴脸。集市上一片和谐,你好我好,大家喜笑颜开。

为什么我这么喜欢赶集呢？集市上无数的新鲜事物,各式各样的人,都深深吸引着我。

孩子谁不喜欢玩具,集市上最新的玩具枪、小汽车、小火车、小飞机。虽然我只能看几眼,没钱买,但是也很满足。我回到家后,可以与小伙伴吹好久的牛。

集市上无数小人书,书中神奇的故事,胜过爸爸妈妈讲过的所有故事,它们一向吸引着我,赶集的大部分时间,都停留在书摊边,一本一本如饥似渴地观看,似乎要把所有的书都看完才罢休。

集市上最吸引我的还有无数的小吃和零食。油条、油饼、炉包、糖瓜、麦芽糖、糖葫芦、馄饨、海鸟、瓜子、花生等。在那个物质贫乏的80年代,最迷恋的是脆香的油条,咬一口,又脆又香。油饼,咸淡合适,香醇迷人,满口流油。

集市让我看到了外面世界的影子,让我知道世界的广阔。存在无数神奇事物。为了看到更多的风景,了解更多世界,它们成为我前进的动力,鞭策我努力走出农村。

发展中的现代大集

长大后,我走过了很多地方,看过了很多风景,见过了很多神奇的事物,还有各种各样好玩的、好吃的,但是我还是最喜欢家乡的集市。现在,每逢三、八,我也特意赶一次集,就算什么也不买,那种温馨的氛围,让我感觉好幸福。

如今,城阳大集展示着生活岁月的珠光宝气,活脱脱像一座蕴藏幸福希望的生活宝库。它具有较高的历史文化价值及经济价值。既可以传承中国传统商贸习俗,又为居民增收创造机会,同时还方便了居民生活。

一起随我去凑凑热闹吧! 走进腥味十足、熙熙攘攘的水产品市场,琳琅满目的水产品摊果然名不虚传。摊位中间的通道被顾客挤得仅能容一两人通过,肥肥的大头鱼、胡萝卜般粗的对虾……摆在摊位上很让人眼馋。冒泡吐水的帝王蟹、不停蠕动的鲍鱼,吸引着吃货的眼球。"快来看看,这鱼新鲜着呢!""刀鱼便宜啦! 帝王蟹跳楼价了!"业户的叫卖声、喇叭里的叫卖声成了这里的主旋律。据介绍,城阳大集的水产品来自20多个省市,有40多个品种,日上市量70万公斤。

大集一如既往地热闹,来跟我一起感受大集上浓浓的年味,好好开开眼界吧!

腊月进门,年味渐浓。赶大集是城阳人的传统,每逢开集的日子,大集上热闹非凡,无论是喜气洋洋的大红春联、姹紫嫣红的草木花卉,还是琳琅满目的年货,都能让人找到记忆中最传统、最地道的年味。尽管是寒冬腊月,也阻挡不住人们赶大集的热情。

来看看腊月二十三的城阳大集,恰逢中国的传统节日"小年",人们在逛商场逛超市,忙着置办年货,而城阳大集也成了十里八乡老百姓选购年货的"热点"。在城阳大集上看到,集市上人头攒动,摩肩接踵,火爆的场面让人觉得年味越来越浓了,老百姓的日子越来越红火了。据市场管理人员介绍,进入腊月后,每次赶集的有十几万人。

随着社会发展,赶集也被赋予了新内涵,不再是简单地买或卖,而是许多人休闲、放松心情的好去处,尤其是年集上,锅碗瓢盆、蔬菜瓜果、苇席红烛,还有那些老手艺,无不勾起人们儿时的回忆。

对于城阳的新市民来说,"大集"一词或许既熟悉又陌生,年的脚步越近,回家的心情也越发迫切。此时,要是有个城阳各大集的赶集攻略,对他们来说会便利许多。特色海鲜、流亭大馒头……捎一点城阳特色年货回家也是不错的选择。

　　一个集市，就像一出戏的情节铺展开来，引领着那些乡村里的老人，慢慢地进入一种场景，一种情节之中。这时候的集市大街就像岁月的大手，拖着乡村的梦与现实，一点点地升高，再升高，直到集市上的人和声音一起消失在午后的阳光里。刚刚还人声鼎沸的大街上只有残余的菜叶垃圾和几只流浪的游狗在溜达，几个最后回家的老人互相吆喝着"下一个集再见！"的余音还在集市的上空余音袅袅。

　　乡村集市变了，规模变大了，产品变多了，档次变高了，不变的是深藏在心中的乡情。

棘洪滩大集

刘好军

集由地生，名随地起。若是只凭"滩里"或"棘洪滩"这苍茫荒凉、土得掉渣的地名，这里是不可能设集立市的。然而，说来难以置信，尽管这里历史上地处即墨县西南偏樊，黔陬闭塞，至今也不过是一个不起眼的普通村镇，却逢遐迩闻名的大集。

一个地方，两个名字，少有听说，并不多见。然而，这地方偏偏既叫"滩里"，又叫"棘洪滩"。集市随地命名，时日已久，有 400 多年的历史了。

400 多年前，有人便迁徙到这即墨县西南的胶州湾北岸立基拓业，因地势低洼，村庄坐落在荒野海滩里，被人随口叫作"滩里"。更因村西的荒坡秃岭，悬沟陡崖上，生长着随风摇曳的荆棘，岁月的洪荒和日夜流淌的潮汐性河流羊毛沟，抛撒下大片茫茫盐碱荒滩，文人雅士便赐给它一个"棘洪滩"的名字。

不管是叫"滩里"，还是称"棘洪滩"，名字都不好听。天长日久，日久天长，"滩里"这个俗称逐渐被岁月的洪流所淹没，棘洪滩成为它的官称，尽管时至今日，仍有老年人还情有独钟地称它"滩里"。

就像"人不可貌相，海水不能斗量"一样，棘洪滩是东进崂山，西去鲁中，南下苏北，北上胶东的中枢咽喉，官路驿道，纵横村内，沃野平畴，富产五谷，羊毛沟奔涌村头，尽享渔盐之利，在此设集立市，得天独厚，天经地义。

流经棘洪滩的羊毛沟不仅是泄洪的河道，而且还是重要的海运航道。阴岛、海西、程哥庄、潮海等地的货船，将海盐、粮食、猪肉、豆油、花生油、白菜、石料、鱼虾、香火等土特杂品，由这里扬帆运往大连、秦皇岛、连云港、威海、烟台、荣成、文登、乳山等省内外口岸；江苏、浙江、福建等地的商船，将南方的茶叶、纸张、竹竿、陶器、花席、砂糖、桐油等物资,沿海上由羊毛沟北上登陆,经棘洪滩远销北方各地。阴岛、河套、马哥庄等地沿海所产鱼虾贝类质优量多,但因地处海岬,狭小偏僻,交通不便,沿棘洪滩北上是其外销的唯一通衢,且粮食、木材、棉布、棉纱、竹木、麻绳、桐油、网线、船篷、油衣、猪血、栲皮等渔需物资,都由棘洪滩南下输入渔乡船家、海港码头,支撑起海捕渔船的风帆、南下船运的桅樯,这就成就了棘洪滩大集。

其实,棘洪滩本身就是渔盐古镇。南濒的胶州湾为人们提供了钓捕舟楫的天地,日夜流淌的羊毛沟鱼虾游动,海贝生长,蟹螺翔底,为犒劳日子提供了海味。邻近村庄的渔船或在这里停靠泊锚,上岸卸下一船船海鲜,或挨村小憩,在这里补充水粮。延绵无际的海滩,滩平水清,自古就是海水产盐的理想之处。逶迤的羊毛沟两岸盐田密布,蜿蜒伸进胶州湾。阳春五月和金秋八月,正是夏收秋获的时节,滩场也打开大门,把丰收迎进门,把收获接进家。艳阳下的盐田闪耀着银光,海卤下铺展着一池池晶光闪耀的白银,坝台上、田埂上,堆积着一座座银亮的晶山。邻近村庄的海运货船被欢腾的浪花迎接到棘洪滩村头,清舱装盐,且由于羊毛沟既有渔船泊岸,又有货船海运,南方的商船沿胶州湾进入羊毛沟后,就使羊毛沟河道显得拥挤狭窄。由于货船肩挑人抬、车推人拉,人力装盐,进度缓慢,装满一船海盐费工耗时,因此,货船只有排队待装。海盐收获的日子,滩主盐户自己动手收盐是忙不过来的,只有雇工抢收。泊船羊毛沟的渔民船工和滩主盐户生产生活所需的木材、桐油、帆布、染漆、绳索、麻线、铁锨、铁笆、滚子、抬筐、扁担、手推车等和柴米粮油菜、烟酒糖醋茶等,不是由棘洪滩店铺商号准备,就是到棘洪滩集市购买,从而增添了古镇商业的繁荣,推助了棘洪滩大集的富华和气势。

翻开明代万历年间的《即墨县志》,棘洪滩大集赫然在列,是古老的即墨县十三个乡集之一。逢二排七的棘洪滩大集上,各个市摊各展风采,各具特色,各领风骚,尽显峥嵘。蔬菜市摊开满地春色,葱蒜、豆角、油菜、香菜、韭菜、茄子、辣椒、白菜、菠菜等根据不同时令呈现着鲜嫩;瓜果市瓜香果甜,甜瓜、面瓜、黄瓜、西瓜、笋瓜、丝瓜、番瓜、拉瓜、西红柿、甜杏、苹果、梨桃等香甜气息氤氲集市;牲畜市牛羊肥壮,骡马成群,挑肥拣瘦、讨价还价声不绝于耳;禽类市鸡飞鸟鸣,鹅鸭撒欢,叫买叫卖,好不热闹;布匹市冬有棉,夏有单,棉花棉线,花布面料应有尽有,针头线脑五彩缤纷,好似展开一片锦绣;海货市鱼虾种类齐全,鲅鱼、刀鱼、鳘鱼、牙鲆、鲈鱼、鱿鱼、大蛸、海蜇、白鳝、对虾、泥螺、蛤蜊、牡蛎等鱼虾贝类,带着大海的气息,鲜味十足;杂货市杂乱无章,五花八门,包罗万象,琳琅满目,使人目不暇接……四乡八疃的乡亲,在这里交易着辛劳的结晶,均衡着手头的余缺,调剂着日子的咸淡,鲜亮着苦涩的生活,棘洪滩大集成为一首充满浓郁地方风情的曲调,是一幅乡村温馨滋润的民俗画卷。

抑或由于胸前是胶州湾,身后是大平原,地域位置独特,棘洪滩大集季节不同,各有独到的风味。

早春,开捕的渔船耕涛犁浪,在海上捕捞回一网网海鲜。棘洪滩开集的日子,海西、阴岛、马哥庄、潮海等地的渔家,把刚刚捕捞的、水淋淋的三月桃花鱼汛搬到了大集上,宽阔的海货市盛下的是渔家的情愫,海鲜的气息浸染着集市,弥漫在集市的上空。盛夏的大地,绿意汪洋,芹菜、韭菜、芸豆、地豆、茄子等各种蔬菜青翠欲滴,带着晨露,将集市装扮的葱绿娇嫩,李仙庄的筲瓜、湍湾的大蒜、沙岭的脆瓜、沽河的黄瓜、城阳的西红柿、蓝村的西瓜、李哥庄的甜瓜、崂山的桃杏……犹如把菜田果园搬到了大集上。金秋时节,五彩斑斓,田野飘香,庄户人迎来了风调雨顺、五谷丰登的好年景。秋收过后,盈余的粮食在集市铺展满地丰硕,麦子、大豆、玉米、谷子、高粱、地瓜丝、地瓜干和各种杂粮诉说着耕种的辛勤,丰收的喜悦。隆冬数九,冰封雪降,天寒地冻。虽然寒气逼人,日子却迈进了年关。天气寒冷,但集市上不时炸响的鞭炮,点燃着人们赶年集的热情,成群结队涌向年集的人们割肉买鱼,置办油盐酱醋,购买年画香火、烧纸蜡烛、烟花鞭炮、碗筷瓢盆、门帘炕席,尽量使辞旧迎新的大年,过得喜庆富余,有滋有味。孩子们紧跟在大人身后,手里拿着两串红彤彤的糖球啃着,在泥老虎、泥青蛙、摇拉猴的摊位前,留连忘返,满眼渴望的神色……

棘洪滩大集,沐历史风寒,披世间尘埃。它凝视过明清的冷月,浸润过民国的霜雪,遭遇过时代的风雨。新中国成立后,风清景明,万物复苏,生机勃勃,气象万千。

几度寒暑,几度春秋。棘洪滩大集月月赶、年年赶,见证了人间沧桑,阅尽了世态炎凉。一年四季中,最鼎盛、最繁华的集日,莫过于农历二月十七和三月十七的山会,尤以农历二月十七的山会最具规模,最为隆重,极具排场,久负盛名。

棘洪滩山会与棘洪滩大集一样的岁数,伴随棘洪滩大集而诞生。海风剪剪,春光柔柔,正是赶山赴会的好天气。山会的早晨,方圆几十里的商贾摊贩,乡民百姓赶着牲口,推车挑担,结伴合伙云集而来,延绵不绝的人群压弯了蜿蜒曲折的乡间小路。即墨、胶州、高密、潍县和平度、掖县、黄县、招远、莱阳、海阳、烟台、威海等胶东各地的客商赶棘洪滩山会早已轻车熟路,他们提前赶到棘洪滩搭货棚、定宿居,以便待价而沽,坐地生财。羊毛沟的海潮把江苏、浙江、福建等地的商船送到了棘洪滩村头,南方的土特名产无疑使山会熠熠生辉,为山会增光添彩。

山会之上,人流如潮,摩肩接踵,络绎不绝,人声鼎沸,惊扰的百年大集诧异的有些心颤。正是春风送暖时,尽管南来的海风还挟带着寒意料峭,但毕竟春雷已唤醒沉睡了一冬的百虫,潇潇春雨里,万物开始复苏,早春鲜嫩的阳光洒满大地,解冰的河流唱响了春之歌。一年之计在于春。其实,还没过年,春就已在庄户人的心里闹腾,他们手攥着斑斓的春光,期待着把备耕的山会擦亮。于是,耙、耢、犁镴、手推车、粪斗、骈篓、犁铧、抬筐、杈、笆、扫帚、扬场锨、碌碡、磙子、锄、镰、锨、镢、铡刀、二齿钩、扶锸、麻绳等农具和牛马骡驴等牲畜唱响了山会的主旋律,锅碗、瓢盆、菜刀、剪子、圆斗、簸箕、竹筛、面板、擀面杖、桌橱、椅凳等奏出农家和美日子的乐章,仿佛是知道春天农家建房盖屋的日子到了,石料、木料、门窗、泥瓦工具等早在山会上备好了,粮油、鱼虾、布匹、成衣、烟草、皮货、竹编、瓷器、蔬菜、果品、花鸟、鱼虫、旧货、杂品等少不了来凑热闹。东撤西拉、南腔北调的叫买叫卖、讨价还价声,好像要把山会吵翻,汇集成胶东地区最大的农事盛会——棘洪滩备耕山会的合唱。唱戏的、说书的、打把式卖艺的各地艺人纷至沓来,各显神通,献艺助兴。各种饺子、炉包、点心、油条、火烧、麻花等风味小吃独具特色,惹人垂涎。饭馆酒肆里,庄户汉子三五人一伙,六七个一群,切上碟猪头肉,点上盘牛下货,再来它几条咸鱼,一海碗小葱拌豆腐,喝着老白干,说说各自的农事打算,拉拉各家新春过日子的谱气,对新置办的农具和牲畜评头论足一番。话越说越欢喜,酒越喝越高兴,人借酒劲,酒添豪情,憧憬和希望,被烈酒点燃的心火烧得旺旺的。

云舒云卷,冬去春来,岁月像流水一样逝去。沧海桑田,旧貌新颜,不知何时起,棘洪滩大集周边冒出七八家集市,一家家超市如珍珠般散落在集镇村落,各种商业网点像蜘蛛网般密如线缕,纵横交错。这些异常活跃的商业细胞,吞噬着棘洪滩大集的商业利益,赶集的人少了,昔日膀大腰圆,身强体壮的棘洪滩大集,身态瘦削下来。虽经数次迁徙,地盘有所扩大,许多常客坐商退路入室,没有了风吹日晒、雨淋冰冻之苦,集市显得精壮干练,意气风发,身手矫健,但是红火的棘洪滩大集,在工业化、城镇化的浪摧潮涌下,许多物品和用具在大集上不见了踪影,尤其是棘洪滩山会上,比比皆是的各种农具已鲜有少见,牲畜盈市的盛景已荡然无存。缺少了农具和牲畜的备耕山会,尽管增添了五金、家电、交电、化工、燃料等物资,扩充了山会家业,但总觉得名不符实,心中难免生出些惆怅和无奈。

棘洪滩大集,一地产业的聚集,一方社会的晴雨,一段历史的见证,一个时代的缩影。愿你古树新芽,老枝新花,集市不老,青春常在,在这崭新的时代里,造福方圆百姓,圆梦众家乡亲。

上马大集

王贝贝

无论是集市上的叫卖声还是扯着大人衣角赶集的孩子,上马大集已经成为上马人心中解不开、扯不断的情结。蓦然回首,集市上的一幕幕总会触碰到你心里最软的地方!

——题记

史料记载:上马大集俗称马戈庄集,始于清康熙年间,有着300年悠久历史,是青岛城阳区西部最大的集市。据《即墨县志》记载,在光绪年间,马戈庄集市已具规模,民国时期规模更大。

每逢农历的三、八,上马大集便会如约而至。建国前夕因避战乱,马戈庄集市一度迁至大荒村西南方的乱葬岗。1949年6月,集市回迁。自十一届三中全会以后,域地实行了土地联产承包责任制,村村户户在致富的道路上如同八仙过海,各显神通,弃农经商者如雨后春笋,破土而生,马戈庄集市无论是规模还是档次都上了好几个台阶。1988年,迫于现有场地已满足不了日趋扩大的集市,集市由原村街迁至村东南方的开阔地带。随着改革开放的步步深入,市场贸易日益繁荣兴旺……1995年开始,集市北侧马戈庄海鲜批发市场、旧货交易市场、商贸城、海鲜集、上马农贸市场、上马胶州湾特色小海鲜美食港陆续建成。

上马集规模日渐壮大,上马人出门就是集。这更激起人们赶集的热情。老人常言:"小孩,小孩,你别馋,过了腊八就是年。"这腊月的年集最为热闹。进入腊月,孩子们最最渴望的就是父母的那一句"走,赶集去吧!"平时磨磨蹭蹭的"迷糊虫"听了这句话也能一溜烟把衣服帽子穿戴好!

要说腊月时节上马大集上最火爆的商品,莫过于火红的春联了。

一条小路蜿蜒悠长，两边挂着成片成片的春联，红底金字显贵气，红底黑字更豪迈，龙飞凤舞的笔画，透着浓郁又旺盛的热情！一眼望不到边的红色，让年味更浓！而在这红色中间则是黑压压的人群，他们有的推着自行车，有的牵着孩子，年龄小点儿的则索性坐在爸爸的头上，棉衣围巾层层裹住，只留一双眼睛在外眨巴眨巴……摊位上的商品琳琅满目，两只小眼哪能看的过来？再看这卖春联的冻得满脸通红但仍旧挂着笑容。凌晨三点就出门摆摊了，下午三四点才收摊回家，往往黑天了还有来买春联的。叫卖全靠喊，有的甚至拿上了大喇叭，往往忙得连喝水的时间都没有！卖春联的旁边则是卖灯笼挂饰的，男女老少把这段小路堵得水泄不通，孩子们在大人腿间穿梭，为的是早点挤到前头去挑选心仪的灯笼，可这灯笼样式出奇的多，有莲花式的、生肖式的、孙悟空样的、卡通人物状的……往往是挑得这孩子眼花缭乱。

上马大集上孩子们爱灯笼挂饰，大人们则忙于置办年货。由于上马村临近红岛、河套、棘洪滩，所以自古以来上马人就钟爱于海鲜，年夜饭里也必不可少。所以年集上，海鲜区更是摩肩接踵的地方了！叫卖声此起彼伏！自家渔船，新鲜捕捞，蛤蜊、海参、鱿鱼、老板鱼……应有尽有，上马大集也因此被称为"海鲜大集"。这里的螃蟹肉多饱满、蟹肉鲜甜；深海海螺口感弹润，味道鲜嫩；笔管鱼美味清甜、鱼子鲜香……另外，鲜美的海虾、厚实清脆的蜇头……相信都会令人垂涎欲滴、大呼过瘾！上马人对海蛎子的喜爱深入骨髓，每到腊月家家户户都愿囤上一麻袋，因此上马人对海蛎子地选择很有讲究，要看海蛎子的颜色，发白而且鼓鼓的，说明海蛎子肉比较肥，如果颜色看上去发青，就瘦一些。当然，其他海鲜地购买也有讲究，拿"买鲅鱼"来说吧，都说"上马人的鼻子尖"，懂行的大爷大妈不仅看鱼的成色、寻问价钱，还要提着鲅鱼尾巴，放在鼻尖仔细地闻一闻，带有鲅鱼特有的香味的那才叫新鲜。新鲜的鲅鱼买好，待到腊月二十八，回到家拾掇拾掇，炸得金黄，泡入调好的味汁中，鲜美的熏鱼，绝对让你唇齿留香、回味无穷。

花市上也不好热闹！春来，水仙花首先上市，接着、芍药、牡丹、月季、万年青、霸王鞭、仙人球等也陆续"出台"。夏天则从南方运来茉莉、米兰，称为"客花"。秋季则有桂花、菊花。放心，到了腊月也不显萧条。到了腊月人们都想给家里增添节日的气氛,既好看、又好闻!卖花的商贩都将最鲜艳的鲜花摆放在最显眼位置,引来众多顾客挑选。可谓是,满眼芬菲,姹紫嫣红,生机盎然。不少人手里已经挑选了一盆中意的鲜花,路过另一处鲜花摊位仍忍不住驻足打量一番。

花市旁边的观赏鱼区也异常火爆,常言道"年年有余",挑选各种观赏鱼不仅增添喜气更是图个吉利,赶集的人过年喜欢买鱼、添置一个漂亮的鱼缸,其中锦鲤、金鱼最受欢迎。卖鱼的把鱼分好类装在一个个盆里,天太冷就给盆上扣上层塑料袋,一排排塑料盆前,往往蹲着一片可爱的孩子,一会想要这条黑色、一会儿想挑条红的。父母则在旁边候着孩子挑中哪条,捞哪条。盛在装水的袋子里,欢欢喜喜地走了……提着这小金鱼,仿佛新的一年又多了一分多财多福的希冀!

逢集时候,除了上马街道的居民,河套、棘洪滩的人都慕名来赶上马大集,胶州湾跨海大桥建成后,高新快线公交车开通,青岛市区与上马大集的距离被拉近,就连不少青岛市区的居民也加入赶大集买海货的行列中,使这300多年的古老集市不断焕发新的生机与活力。除了味美新鲜之外,王哥庄馒头、高家糖球、传统糖画与剪纸……也都集结于此,让人流连忘返。

上马大集记录了无数上马人的青春时光,它的存在,让那些根植于人们脑海中的对往日村子里已渐模糊的印象,慢慢地变成了情怀……

城阳采摘节，那些沉甸甸的果实

丁　霞

　　每年的阳春三月，在青岛，在城阳，在一个叫岙峪的地方，那里被称为樱花谷，那里漫山遍野的樱花盛开，美成了一幅画卷。寻着樱花所开之处，那画卷便徐徐展开。行走在山野之间或是驾车行驶在蜿蜒山路上，映入眼帘的皆是醉人的美景，人犹若在画中游。站在高处，眼前的景色蔚为壮观，令人叹为观止。那些古朴的石头房子、蜿蜒的山路皆被成片的汪洋花海拥簇其中。远山层峦叠嶂，山峦的黛绿与樱花的浅粉还有花海中镶嵌着的民宅，如梦如幻。如此景象，被无数浏览观光的人们所印记，并留存在每一年的阳春三月里。

　　"昨日雪如花，今日花如雪。"岙峪樱花盛开的时候，需着一身盛装赴约。漫步在樱花谷，衣袂飘飘；一时风起，樱花瓣如雪纷纷而下，落在身上、发间，落到诗人的眼睛里。

　　5月来了，樱桃红了。

　　一年一度的岙峪樱桃山会到了。素有齐鲁樱桃第一谷之美称的岙峪山区，由于盛产的樱桃颜色鲜红、甘甜味美、营养丰富，备受追捧。

　　早在2003年岙峪成功举办了首届樱桃山会，自此岙峪樱桃闻名遐迩。在青岛城阳，樱桃山会已经成为岙峪每年一度的盛会。每年樱桃成熟时节，岙峪都会吸引很多市民与外地游客前来采摘樱桃、品味特色农家宴。岙峪樱桃有着久远的栽培历史，据传从明朝永乐年间起就栽培樱桃。近年来，城阳区夏庄街道办事处积极引导果农大力发展林果经济，现在樱桃品种已达到近百个，岙峪樱桃谷内共种植樱桃6000余亩，是岛城樱桃主要产地之一。

　　岙峪地处崂山水库上游，所产樱桃品质佳、无污染，深受人们喜爱。樱桃在岙峪的众多果品中独树一帜，个大、脆甜、水分多、口感佳，有其得天独厚的优势。崂峪樱桃一般从 5 月初开始陆续成熟上市,采摘周期可持续一个月左右。在城阳,樱桃采摘除了崂峪樱桃,还有惜福镇街道的樱桃采摘也被人们所熟知。

采摘时游人成市,路为之塞。樱桃晶莹剔透、娇艳欲滴,挂在树枝上随风摇曳,轻盈而甜美,让人垂涎三尺。亲朋好友约着一起,走进农家里的樱桃园。在城阳夏庄街道、惜福镇街道,樱桃树随处可见,它们生长在农家的房前屋后、甚至路旁沟壑。一棵棵樱桃树鳞次栉比,成片成林。城阳的农家朴实而热情,采摘活动也如同一次探亲访友般自然而惬意。漫步在乡村的山路上,随处可见的石头房子、潺潺溪水、啾啾鸟鸣……让你的心情放松再放松。你可以和家人或朋友站在农家院落前,边聊家常边摘樱桃。"樱桃千万枝,照耀如雪天。"家门口那一棵树上的樱桃熟了,红得剔透,迎着阳光摘下来,随手放到嘴里便吃起来。吃一颗不过瘾,摘得手里满了,抓一大把樱桃放到嘴里,嚼着。清爽的甜、真实的甜、沁人心脾的甜。有一些长得高的樱桃树,是需要爬到树上摘着吃的。小时候爬树的本领已多年没有显摆了,借着摘樱桃的缘由,重新回到了小时候,做了一会儿小孩子,扭扭捏捏地爬到了树上,开始认真地摘起了樱桃。摘樱桃的时候,你是个大人又是个孩子;吃樱桃的时候,你放下了大人的架子与拿捏,彻底放松了,那天真的笑容、滑稽的吃相,你宛然就是一个孩子了。

在城阳,很多人会告诉你:吃樱桃时候连同几个樱桃核一起嚼着吃下,不会出现因吃多了樱桃闹肚子现象。这是当地人的土法子,祖祖辈辈传下来的,如同樱桃树的种植与栽培,一代传一代。

过了 5 月,便是 6 月。樱桃的香甜似乎还没有从嘴边消退,紧接着便迎来了香甜浓郁的大红杏。

6 月,少山红杏熟了。

夏庄街道少山社区盛产红杏,少山社区栽植红杏有柞石、大小麦黄、关公脸、少山红等 30 余个品种。其中最受欢迎的是关公脸、少山二号、少山红、大麦黄 4 个品种。红杏的采摘期每一个品种有 1 周左右的时间。由于品种较多,成熟时间不同,采摘期一般持续到 7 月中下旬。

夏庄少山种植红杏 3000 余亩,杏树多达 10 万余棵,是城阳当地杏的主产区。早在明朝,这里的村民就开始种植红杏。如今,在少山社区,百年以上的老树很常见,大概有上百棵,而且不少老树仍高产。少山红和关公脸是当地的两大特产。"关公脸"这个名字的由来,在当地还有一个传说。相传,明朝万历年间,即墨望族黄氏门中黄嘉善官拜太子太保、兵部尚书,返乡省亲回京时携红杏献于万历帝。万历帝品尝后大悦,观其形、察其色,遂赐"关公脸杏",自此名传天下。

少山杏树成熟时节,在少山社区处处可见卖杏的村民。篮子里盛满了刚从树上摘下来的杏,红彤彤一片。买之前,村民都会让路人尝个够。路人禁不住杏的香甜可口,都纷纷购买。末了,卖杏的村民还会再多拿几个杏放在你孩子的手里、口袋里。

少山有的是杏,真的。满山遍野的杏树,那杏就星星点点地镶嵌其间,红的红,黄的黄。杏熟的时候,红的颜色自然把黄的颜色给淹没了。于是,少山的杏疯了一般,都熟了。

到村民家里采摘杏还是别有一番乐趣的。少山社区的农家几乎都有几棵老杏树,树龄少则几十年,多则上百年。杏树就长在院落里,粗粝的树干,有着历经风雨的坚韧与挺拔。随着时间的推移,树枝不断伸展,向着更远更高的地方蔓延。要想摘到远处、高处的杏,就要搭梯子爬到树上,方能摘到。阳光洒下,杏树底下几个孩子正在玩耍。他们捡拾着那些自然落下的熟透了的杏,送到自己嘴边,吃起来。"好甜呀!"孩子咯咯得笑着,爽朗的笑声攀爬到树上,落到杏子上。有风吹来,杏树叶沙沙作响。一个个红艳艳的杏挂在树枝上,阳光里闪烁着醉人的光泽。仰起头,在晃动的光里,有人摘到了一个杏。无须清洗,用手抹两下,便吃起来。清脆香甜,略带丝丝的恰到好处的酸甜感。"杏在碧云间",站在院落里,远处碧云连天、山峦藏幽。那些熟了的杏,果真就那么悠闲地挂在云间。

8 月,葡萄熟了。

城阳惜福镇街道宫家村葡萄采摘节一般每年的 8 月中下旬举办,历时两个月左右。自 2006 年举办了首届"宫家村葡萄采摘节"之后,每年去宫家村采摘葡萄的人络绎不绝。城阳区葡萄采摘已经形成宫家村、沙沟、南屋石三大采摘片区,近几年还增加了玫瑰香、黑美人等很多新的葡萄品种。

"金谷风露凉,绿珠醉初醒。"宫家村社区巨峰葡萄,其皮薄、肉厚、味美,果实丰厚圆润,呈紫黑色,皮薄、粒大、汁浓、香甜、爽口,乃葡萄中的佼佼者。

"葡萄架下话家常。"葡萄采摘节期间,众人相约在葡萄园里,采摘、聊天。8月里的阳光还是有些晃眼,葡萄架下却清凉无比。几个好友都已落座,谈笑风生;另外一些人忙着穿梭在葡萄园里,挑选、采摘。熟透了的巨峰葡萄,透着优雅的紫色,一层阳光铺在上面,闪耀着紫水晶的光泽。一串串葡萄如珍珠玛瑙,垂挂在悠长的葡萄架下,抒发着一帘幽梦般的意味深长。葡萄装满了篮子,摆满了盘子。众人便开始尽情地吃葡萄了。刚摘下的葡萄,还带着阳光的清香。满口的汁液,将味蕾陶醉。让人彻底沉醉的或者并不是葡萄本身,只是在品尝的同时,你偶尔看到了远山的一抹黛绿,一朵如棉絮的云;或者是听到了几只鸟的鸣叫,身边爽朗的笑声;更或者是嗅到了泥土的芳香还有洒在身上懒洋洋的阳光的味道。

在品尝葡萄之余,更多的人还会选择到宫家村附近游玩。宫家村周边景区景点众多,可以登毛公山,也可以游览在崂山九宫八观七十二庵中素负盛名的"童真宫";还可以登峰壁陡峭、突兀屹立的王乔崮,还有红石壁子、犸虎客屋、犸虎舌头、惟妙惟肖的姜老背姜婆、石老人等自然景观。当地还流传着关于王乔崮的许多优美的神话传说。明朝武进士周鲁闻名来此游玩,留下了"登州周鲁"四个大字。

除了感受自然造化之神奇,还可以到棉花、霞沟、科埠、宫家村、书院、超然、傅家埠等社区品尝正宗地道的农家乐红烧山公鸡、清炖鲫鱼汤、香酥花翅鱼、砂锅鸡、山蘑菇炖鸡、槐花球海鲜汤等招牌菜,身在风景之中,这些美味特色的当地菜品简直让人大快朵颐。

在青岛城阳,在夏庄,在惜福镇,在这个素有"水果之乡"美誉的地方,一年四季里瓜果不断。从春节期间便开始采摘的草莓开始,樱桃、杏、大仙桃、葡萄、脆枣、板栗……这些瓜果陆续成熟,挂满枝头,这些果实沉甸甸的,带着丰收的喜悦,馈赠给世人。

　　峪崂樱桃、西石沟寒露蜜桃、少山红杏、曹村草莓、巨峰葡萄、沙沟葡萄、超然大枣、华阴脆枣、杠六九西红柿、叶三黄瓜……这些瓜果,被人们所采撷;这些名字,如精灵般被世人所宠爱。人们喜爱这些果实,实则是热爱城阳这片土地、挚爱这里的一丘一壑。如古人语:"一丘一壑,吾将终老于此。"

城阳区市民节

王贝贝

有人问：你觉得什么样的城市可以让人的生活更美好？有人答：那一定是一个有仪式感的城市，要有个属于市民的节日！于是，城阳区市民节来了！

——题记

自 2002 年开始，青岛市城阳区就把每年 6 月 9 日建区日确定为他们的"市民节"。用"开放、创新、诚信、和谐、文明、向上"的城阳人精神，打造城阳人品牌，是贯穿于历届市民节的主题。线上直播、线下参与，为市民营造出无处不在的文化氛围。城阳人拥有自己的节日，享受市民的快乐，城阳人期待自己的节日，愿意以他们自己的方式来展现家乡的发展成果。

每年 6 月 9 日，微风日暖，一年一度的"城阳区市民节"如约而至。城阳人带着家人、朋友欢聚人民广场，整个广场被欢乐的气氛包围！忘记烦恼、忘掉忧愁，满心欢乐。全场近万名城阳市民合唱城阳区区歌，同举右手诵读城阳人誓言。每个来到城阳的人都会为城阳的发展而倾慕，为团结奋进的城阳人时时处处展现出来巨大创造活力而敬佩。

除了来自对口合作地区的节目外，开幕式上的节目全部是根据城阳经典文艺作品、城阳故事、重大项目、民间传说等创作的原创作品。这些故事原型经过提炼打磨转化为舞台艺术，可谓一场视觉大餐。因此，开幕式会演是整个艺术节最精彩的部分、也是观众最为期待的。

比如有根据省级非物质文化遗产项目傅士古短拳创作的武术表演，一群好男儿将在这里虎虎生威，一展身手。其闪战腾挪，灵活多变，精彩纷呈的武术表演和紧张激烈的场面，让在场观众无不领略到中华武术的独特魅力。有根据"女姑山传说"创作的女子群舞《女姑》，细看这些舞者,可谓是"轻盈绿腰徐徐来,云鬓花颜金步摇"。有青岛著名说唱音乐人沙洲为城阳区创作的说唱音乐《阳光城阳我的家》,迈出城阳步伐,展示城阳担当!有孩子们的少儿舞蹈串烧,跳跃的音符,演奏着青春的活力;动感的舞姿,展示着青春的魅力!同时,来自西藏日喀则市桑珠孜区、贵州关岭县、甘肃成县、菏泽巨野县等城阳区友好单位、对口合作单位的各民族演员们也会为城阳区的观众们带来精彩表演,引得现场热潮不断,精彩纷呈。欢歌盛世、笑语繁华,城阳人欣赏着精彩节目,感受激情、享受幸福。

市民节期间,白天,城阳区人民广场、文体馆、青岛新天地、各社区文化中心都成为活动的海洋。整个城市沸腾起来,几十项活动轮番展开,也不禁让人大呼过瘾!

有知名画家画城阳,他们挥毫点墨,用画家独有的艺术灵感,向人们展示独特的城阳魅力!参观的人们感受着艺术温润之气,学习着老师们的秀润之风,体会了城阳的沧桑变化,这无疑也是一种幸福。还有属于城阳人的中华经典诵读,城阳人欢聚一堂共读中华经典,聆听家国情怀,让民族文化的智慧支撑人格的脊梁,优秀的民族精神在我们的血脉中流淌。无论是《礼记》里修身齐家治国平天下的人文理想,还是《岳阳楼记》中"先天下之忧而忧 后天下之乐而乐"的责任担当。美好的书香都随着市民节这一平台洒向和谐的家庭,进驻每个人城阳人的心灵。

健康休闲、体育旅游方面则有形式多样、参与性强的活力城阳万人健步行、迷你马拉松挑战赛、阳光彩虹跑等多项群众体育休闲旅游活动。这些活动不仅让人们情绪得到放松转移,而且让广大市民体验了成功,享受到活动过程带来的快乐。既满足了参与者的心理需要,也使广大城阳人得到了高尚的精神享受。

当然,还有特色产品展销活动,江苏宜兴紫砂壶现场手工制作、售卖,以及红木展示等;羊毛沟花海湿地观光休闲游,让人们尽情在花海徜徉;闲置交易大集,让闲置不用的物品得到合理调剂;采摘节,不仅玩得尽兴还能吃到新鲜的水果;更有"嗨动全城"快闪活动等时尚惠民活动,这些活动从消费层面扩大市民节的影响力和辐射面,实现"请市民唱主角,让市民得实惠"的办节宗旨。就拿羊毛沟花海湿地观光游来说吧:漫山的油菜花、野花竞相盛开,红的、白的、绿的……各种花朵招蜂引蝶,最长的彩色星空隧道、最刺眼的彩色五角星隧道、最浪漫的彩色爱心隧道,打造成了五彩缤纷的世界。让人们沉浸在浪漫的五彩缤纷世界,和家人、爱人一起享受节日的温暖与浪漫。

另外,线上阳光城阳短视频大赛、演讲比赛、亲子诵读等多项活动,也展现了阳光城阳的美好蓝图。

到了晚上,市民欢乐汇、交响音乐会、欢乐大舞台基层巡演、电影放映周等系列活动,形式多彩、雅俗共赏,各项活动持续一个多月,到7月底结束。步行街上,每晚都将上演大型灯光秀,其利用投影的虚拟内容结合真实的灯光,实现场景的三维动态效果,营造出宏伟盛大、如美如幻般的奇幻空间,让人叹为观止。路边,灯光熠熠,大的、小的、明的、暗的,一盏盏、一串串,琳琅满目、鲜艳耀眼。随着涌动的人群往前走,你会发现,有的古朴典雅,有的鲜艳明丽,连串的花灯好似彩色的长龙,直朝街道的尽头游去;又像彩链,缠绕在树上,发出夺目的光彩,照亮城阳;更像银河,望不到尾,驻足的人们,静静地欣赏着映在河面上闪烁的星星……

市民节,一个属于城阳人自己的节日,它是一次次城阳人精神的再升华,它是城阳人品牌的再塑造,又是一次次城阳发展成果的再检验!它是一场属于城阳人的文化盛宴,更是朴实勤劳的城阳人的生活缩影!

艺术的盛会　文化的节日

——徜徉于城阳区民间艺术节之中

王兴忠

习近平总书记在党的十九大报告中对坚定文化自信,推动社会主义文化繁荣兴盛创造性地提出了一系列新思想、新观点和新要求。深刻理解习近平总书记关于文化建设重要论述的民族性和人民性具有十分重要的意义。

习近平总书记关于文化建设的重要论述是在对民族文化传承和发展的基础上形成的。2013年11月26日,习近平总书记在山东考察时强调,一个国家、一个民族的强盛,总是以文化兴盛为支撑的,中华民族伟大复兴需要以中华文化发展繁荣为条件。对历史文化特别是先人传承下来的道德规范,要坚持古为今用、推陈出新,有鉴别地加以对待,有扬弃地予以继承。党的十八大以来,习近平总书记多次强调对于文化发展与传承不能数典忘祖,将具有民族性的文化和精神作为国家发展的根本力量。

习近平总书记在党的十九大报告中指出:"文化是一个国家、一个民族的灵魂。文化兴国运兴,文化强民族强。没有高度的文化自信,没有文化的繁荣兴盛,就没有中华民族伟大复兴。"而且做出了"中国特色社会主义文化,源自中华民族五千多年文明历史所孕育的中华优秀传统文化"这一贯通古今的科学判断,在历史与未来的契合点上指明了"坚定文化自信,推动社会主义文化繁荣兴盛"的一个基本路径。

习近平总书记在中共中央政治局第十三次集体学习时指出:"要讲清楚中华优秀传统文化的历史渊源、发展脉络、基本走向,讲清楚中华文化的独特创造、价值理念、鲜明特色,增强文化自信和价值自信。"同时强调"在历史进程中凝聚下来的优秀文化传统,决不会随着时间推移而变成落后的东西"。实践反复证明,什么时候大力弘扬了优秀传统文化,这个时期文化就能不断创新和发展,人的素质也就相应提高,经济社会就会繁荣昌盛。

城阳区地处青岛地理中心,是胶州湾北岸中心城区,是青岛"三湾三城"发展大格局中的重要一维。历史上,这片美丽的山海胜境中积淀了深厚的不其文化。汉代设立不其县,辖域包括胶州湾以东及东北部的今青岛市各区,其历史贯穿于汉魏晋南北朝之际近 800 年间。不其城位于今城阳区城阳街道,为不其县的治所,将青岛市区的建城史推进到了 2200 年以上。不其文化源出东夷文化,延续齐文化历史内涵,在两汉之际异峰突起,标志着中国的东方之门,是中华文明联结海外世界的桥头堡。历史地看,不其文化是城阳区和青岛市一个非常经典的历史文化形态,放在中国文化大背景上看也是一种颇具代表性的具有海陆一体化特色的地域文化形态。今天,我们站在了过去、现在与未来的契合点上,希望从历史中寻得有益于未来的启示。

在习近平新时代中国特色社会主义思想指导下,城阳进一步重视从历史中发现有益于未来的文化因子,激活历史资源,凝聚人文精神,推动着城阳区文化事业和文化产业的繁荣兴盛。

当我们徜徉于城阳区民间艺术节之中时,会有更深刻、更亲切的体会。

龙腾虎跃庆盛世,欢天喜地闹新春。城阳市民运动公园内人潮涌动,鼓乐喧天,"阳光城阳 幸福家园"城阳区第二十四届民间艺术节在此拉开了帷幕。

震天的锣鼓敲起来,欢快的舞蹈跳起来。今天的展演可谓群芳竞艳、各有特色,不仅有舞龙舞狮、秧歌、锣鼓等充满特色的民俗风情节目,还有西宅高跷、洼里盘鼓等继承与创新并存的非遗项目表演,更有歌舞、快板、戏曲等群众自编自演的充满生活气息的作品,各街道独具特色又不乏彼此间文化交流碰撞。

本次演出是城阳街道专场,来自城阳街道各社区的 36 支表演队伍 1200 余名群众演员,带来了秧歌、锣鼓、歌舞、舞龙舞狮等 30 余个民间民俗节目,为现场 5000 余名群众送上新春的祝福,充分展示了全区市民幸福美好的阳光生活。

　　虽然天气较冷，但是依然没有阻挡群众走出家门来感受浓浓年味儿、品尝丰富文化大餐的脚步。上午9点半演出正式开始，霎时，锣鼓喧天，歌声阵阵，热闹欢腾的景象扑面而来，四面八方赶来的市民朋友把广场围得满满当当。由城阳村社区带来的开场节目《龙狮鼓乐贺新春》，一亮相就把现场营造出年味十足的氛围。该节目将威风锣鼓、舞狮、舞龙等民间艺术形式汇集于一起，以一幅"欢天喜地闹新春，千家万户福临门"的宏伟画卷拉开了本届艺术节的序幕，为全区人民送上新春的祝福。年前，城阳村社区阳光艺术团还登上了2018年全国首届社区春晚的舞台，以快板歌舞等表演方式向全国人民展现了"阳光城阳"城市形象品牌和广大市民幸福美好的阳光生活。随后，来自各社区、居委会的秧歌、歌舞、锣鼓等30余个原汁原味的民间艺术节目轮番上演，精彩的表演让市民朋友们目不暇接、大饱眼福。艺术需要人民群众参与，更需要人民群众认可。人民群众也乐享了这场流光溢彩的文化艺术盛宴。

　　"文变染乎世情，兴废系乎时序"，文艺是时代前进的号角，最能代表时代风貌，引领时代风气。城阳区民间艺术节把城阳区的文艺力量凝聚在一起，传播城阳文化，发出城阳声音。

　　今年的民间艺术展演主要突出三大特色：一是在表演形式上，采取集中表演方式，设置12个表演区，互动性强，演出时间延长，更加方便了群众观看；二是在表演内容上，既有传统的秧歌、高跷、腰鼓、杂耍等民俗节目，又专门精心创作编排了一批凸现主题、观赏性强、气氛热烈的歌舞、曲艺类节目，更有西宅高跷、洼里盘鼓等继承与创新并存的非遗项目表演，高雅艺术与民俗文化激情碰撞、现代艺术与传统艺术有机结合，让市民在家门口享受丰盛的文化大餐；三是从参演队伍看，参加演出的100余支社区表演队3000余名演员，均来自各个街道、社区、学校、企业等，他们都是近年来活跃在城阳区群众文化舞台上的文艺团队和文艺骨干，通过表演加强了彼此的沟通和交融，展示了阳光城阳的建设成果和广大市民幸福美好的阳光生活。

　　据了解，现场节目不少都是由各社区的文艺爱好者自发组织起来进行编排演出的。来自上马街道的孙女士今年已经77岁了，"我参加民间艺术节的闭幕式演出已经十几年了,20多年前我开始接触秧歌,觉得很有意思,我觉得扭秧歌本身也是一种活动锻炼,长期坚持下来也有助于自己的身体健康。"孙女士说。

东旺疃社区工作人员李杨说:"这是我们东旺疃金凤凰舞蹈队,今天演出的节目是《青春中国》,两个多月来,40名参演队员牺牲了自己的休息时间一起排练。此次参演,大家都热情洋溢,努力展现出最佳的精神风貌。通过这个节目,共同祝愿伟大的祖国繁荣昌盛,祝福城阳越来越好,城阳人们的生活处处充满阳光!"

此次民间艺术节旨在倡导"开放、创新、诚信、和谐、文明、向上"的城阳人精神,而重点在于群众本体的亲自参与。以"活跃、聚力、展示、共享"为主题,集中展示了城阳区近年来文化艺术成果。民间艺术节的一幕幕场景,深深地刻在了人们的心里。

城阳区民间艺术节这场丰盛的文化大餐,在让我们坚定文化自信、激情拥抱未来的同时,也更加深刻地认识到文化艺术在经济社会发展中的重要地位和深刻承载。一个地域的文化艺术必然传达出一个城市的内涵:政治主张、文明程度、经济能力、文化与科技的含量以及创作的智慧。

连续举办了二十四届的民间艺术节已经成为伴随城阳人民辞旧迎新的新年俗。

城阳是一座有着2200多年历史的文化名城,秦时县治设不其城(现城阳)。历史漫长,孕育出了熠熠星光。这里不但是明代音乐律学大师王邦直的故乡,更拥有《胡峄阳传说》等国家级非物质文化遗产,短拳、黑陶技艺等不同的传统文化形式在城阳大放异彩。

近年来,城阳大力推进供给侧结构性改革,积极实施新旧动能转换,加快产业集聚和转型升级,突出发展文化创意、影视传媒、动漫游戏、新媒体广告、文化产品制造、文化旅游等产业门类。坚持政府主导,加大投入,积极构建一流的现代公共文化服务体系,实现了全区文化事业繁荣和文化产业发展的双丰收。

城阳正需要借助文化的发展来提供持续的动力源。城阳区是青岛市的传统文化产业密集区域之一,涵盖乐器、玩具、文具、工艺品制造,包装装潢印刷等行业,共有企业1000余家。

城阳区是非常注重文化设施对于城区总体格局的提升作用的。像小区里的音乐广场的设置,街道文化教育中心的"先行",以及区文化中心大楼、会展中心、人民广场、世纪公园、国学公园等大型文化设施的建设,都表达了这样的一种用意,就是在布局之初就给群众留出参与文化活动的载体和阵地,保障他们享受文化陶冶的权利。

城阳区区级文化设施的建设对街道、村文化建设也起到了良好的辐射和示范作用。据说,230个行政村(居)中,有199个村建立了文化教育中心,而藏书量在3000册以上的村图书室就有80多个。

城阳认为,文化是激发人们干事创业的巨大无形力量,渗透在社会发展和作为社会个体——人发展的各个层面。它在载体的支撑下可以生发成为一种"势场",形成持久的发展动力。文化不发展,经济绝不会得到长足的发展,思想文化落后的地方也绝对形成不了一种发展的"势场"。资本也决不会流到这个地区来。

伴随改革开放的脚步,追寻文化强国、文化强市的理念与实践愈加清晰和强烈。人只有精神生活、文化生活充实了才能称其为人,才能有干事创业的激情。对于一个城区来说,也是这样:如果只有良好的硬件却缺乏文化魅力,那就如同一个财富可观却思想贫乏、毫无意趣的阔佬,是很难让人亲近的。因此文化氛围的营造,人的素质的提高,是城阳长期关注的一项工程,这也是城阳区推出民间艺术节的初衷。

城阳区民间艺术节是1995年推出的,旨在倡导"开放、创新、诚信、和谐、文明、向上"的城阳人精神。从举办的情况看,群众参与的积极性是极其高涨的。可以说,553平方千米的地域就像是个庞大的舞台,场面热闹而富有趣味。值得一提的是,城阳区民间艺术节不单纯的是歌舞的舞台,还包括市民表彰活动,健身操表演,摄影书画,读书比赛,剪纸泥塑,地方戏曲,茶艺展演,家庭才艺展示,集体婚礼等多种形态。

比如城阳区的美高合唱团,曾于2002年7月参加了北京第六届国际合唱节。还应韩国仁川市南洞区的邀请,参加了南洞区第十四届区民节。他们的演出水准获得了认可,同时也为城阳区与南洞区之间架起了桥梁，增进了两区在政治、经济、文化等领域的交流与合作，实现了城阳对外文化交流的新突破。

城阳区非常重视开放型、立体化文化发展网络的构建。在社会群体里，既有阳春白雪，又有下里巴人，因此，凭借民俗文化与高雅艺术、古代文化与现代文化的融合，形成以民间艺术节为龙头，重大节庆活动为主线，广场文化系列活动为辐射，市民节大型文化活动为亮点，街道、村文化活动为补充的文化活动网络，这样既有集中的、高雅的，又有分散的、通俗的，不同层面地推动社区文化、企业文化、机关文化、广场文化、校园文化、家庭文化等文化活动的发展与繁荣。

让全区群众广泛参与，展示城阳的品质之美、活力之美、人文之美、生态之美、乡村之美！

阳光是一种进取精神，是一种竞争力的核心要素，更是一种温暖的永不倦怠的孜孜追求。一个以阳光的名义立足的城区，追逐着非同凡响的梦想。

通过徜徉城阳区民间艺术节，可以总结出以下成功的地方。

"亮"在原创。"文章合为时而著，歌诗合为事而作"，伟大的时代需要伟大的题材。如果你要问，民间艺术节让人们眼前一亮的是什么？是原创——原创题材、原创音乐、原创形式。

"魂"在主题。文艺作品传播当代价值观念、体现时代文化精神、反映群众审美追求，主题是最为直接的表现。城阳民间艺术节，主题十分丰富，涵盖社会生活的方方面面。

"根"在基层。文艺需要人民，文艺必须在广大群众中有深厚的根基。城阳民间艺术节表现出开放的姿态，走到群众身边、学生身边，贴近生活深处，希望群众近距离感受艺术节、参与艺术节。各项活动呈现出"聚则一团火、散则满天星"的态势，充分凝聚了基层力量，点燃了基层热情，反映了基层心声。

突出本土特色。艺术节期间各街道、社区大力挖掘本土特色文化，组织锣鼓、秧歌、高跷、舞龙、旱船、杂技等富有民间特色文化的文艺节目参与。特别是洼里盘鼓、西宅子高跷、上马剪纸、马家台刺绣等非物质文化遗产类的节目参与，弘扬传统文化，营造文明和谐的文化氛围。

综上所述，从青岛文化、齐鲁文化和中国文化的宏观背景上来认识不其文化，将其视为加强城阳区文化繁荣兴盛的一个重要抓手，这是有历史依据的科学运筹，符合习近平总书记在十九大报告中所指出的"坚守中华文化立场，立足当代中国现实，结合当今时代条件"的要求。融古开新，在历史、现实与未来的契合点上谋篇布局，结合现实需要来有效激活历史资源，从历史中找准有益于当今文化事业建设和文化产业发展的契机，顺应中华民族伟大复兴之中国梦的历史大势和时代要求，适应城阳区和青岛市经济、社会和文化发展的整体布局，深入挖掘不其文化资源以利当代文化建设，这是城阳区建立文化自信、实现文化振兴的必由之路。

"阳光"轻轻落在肩上，温暖在心头。这座因阳光而英姿飒爽的城区，正上演着气度恢宏的交响曲，让世界倾听她的雄心；这座因阳光而筋骨强健的城区，正经受千锤百炼的磨砺，让世界看见她的骄傲；这座因阳光而器宇不凡的城市，正既轻盈又沉着地丈量着未来，让世界看见她的梦想。

城阳讲求的是为群众提供一个展示自己才华的舞台，让群众充分利用自己的文化阵地，从而激发他们的生活激情，呈现一种良好的生活状态。实践已经证明，由下而上升腾、群众自愿参与的文化氛围才是真实可见的。

自1995年举办首届民间艺术节以来，城阳区民间艺术节已举办至第二十四届了，多年来，"正月十五来看民俗表演"已成为城阳区广大居民春节期间的重头戏。主办方负责人也表示："我们会将城阳区民间艺术节继续举办下去，为市民们创造一个广阔的艺术展示平台，展现广大市民幸福美好的阳光生活，进一步凝心聚力，为建设阳光城阳和生态宜居、品质活力的胶州湾北岸中心区增光添彩。"

海鲜里的乡愁

刘好军

靠山吃山，靠海吃海，一方水土养一方人。

鸥燕划过浩瀚的海空，海潮的气息弥漫了辽远的胶州湾沿岸，墨水河、大沽河、桃源河、洪江河等河流南下入海，临河傍海的村庄离不开海洋地哺育和潮汐地浸润，注定了饭桌上少不了海货，饮食中缺不了海鲜。

胶州湾是内海，海浅水温，浪平流缓，波澜不惊，滩涂广袤，质地肥沃，生长着各种海产品。众多入海的河流所携带的鲜草嫩叶、各种藻类和微生物，给鱼虾蟹贝提供了丰富的饵料美食，喂养得它们个大量多，体态肥美，味鲜浓烈，风味独特，使其他海域的海鲜望海莫及，无法相比。海潮往复胶州湾的潮汐性河流羊毛沟，河床上贝类生长，河道里鱼跳虾跃，岸畔的盐田荒水不只孕育海盐，还有不菲的海货在里面安家落户，生儿育女，栖息繁衍，成为对胶州湾海产品的有力补充。

世居胶州湾沿岸，呼吸着大海气息的渔家庄户，受益于大海的恩赐，一日三餐海味相伴。他们把海鲜俗称为海货，依习随俗，按照世代相沿的做法所做的海鲜，看似并无章法，煎炒烹炸全是"庄户耍"，不论品味档次，不管手法花样，好吃就行，其实不然，他们很是讲究色、香、味、形，还讲究应季时令，什么季节吃什么海货，都有一定的程式和规矩。

过了年，还没出农历正月十五，"开凌梭"作为新年过后的第一道海货被端上了桌。梭鱼因其形体像织布的木梭而得名。由于贪食肉多体腴，脂肪鲜肥，秋末入冬后，蛰伏水底不再进食。经一冬，体内原有存食被消化吸收干净，废物排出，肚空肠净，早春开凌之时将其捕获便叫"开凌梭"。"开凌梭"线条流畅，肚肥脊厚，体态健硕，肉质白嫩，鲜美无比，为早春时节的"鱼中之王"。将其刮鱼鳞去内脏，红烧或清炖,"开春第一鲜"的美誉名副其实。

"开凌梭"的鲜味意犹未尽,时光进入了阳春三月,到了吃壕根鱼的时候。壕根鱼是海鱼中体态最小的,似幼时的鲅鱼,因生长在胶州湾北岸上马、河套一带的浅滩壕沟而得名。由于产量少,渔期短,清明节后始见,捕捞期不过半个月,弥足珍贵。将其洗净上锅蒸熟,与切好的韭菜相拌,加入少许细盐,是远近闻名的"韭菜壕根"。

熬过赤日炎炎,大汗淋漓的酷夏,秋风送来了清爽,也送来了鳌满脂红的海蟹。海蟹学名"三疣梭子蟹",因全身披有坚硬的甲壳,背面呈墨绿色,状如织布梭子而得名。秋后的海蟹体内聚集着脂肪准备越冬,个个体重肉肥,脂膏丰满,膏似凝脂,色红艳丽,肌肉紧密,洁白肥满,口感滑润,咸香诱人。上锅蒸熟或用海水清炸,燎一壶烧酒,端一碗姜末调料,或月下独酌,或老友对饮,或群朋开怀,其情其境羡煞神仙。

对虾是高蛋白、低脂肪的海味,秋末冬初的对虾有半尺多长,是虾中的上品,肉质细嫩,口味鲜美,享誉天下,无论是清炸、爆炒还是油焖,都鲜不可言。

按季节吃的海鲜毕竟不多,大多数海鲜不讲究节气,一年四季可以吃到。

鲅鱼学名"虎鱼",尺把长,肉厚刺少,细嫩肥润,有着独特的清香之气。它以小鱼虾为食,生长迅速,不管是煎炒油炸红烧清炖都是美味。鲅鱼虽一年四季可以吃到,但第二年阳春产籽后就变得瘦骨嶙峋,肉松味淡,色泽由淡黄变成灰黑,籽粒孵化成幼鱼后,慢慢老瘦而死。说起鲅鱼,上了年纪的老人会边嚼着晒干烘熟的鲅鱼下酒,边娓娓道来它的有趣传说:鲅鱼瞧不起老龙王,蔑视龙王说:"我一年长一尺,十年长一丈,一百年赶上你老龙王。"龙王闻听气急败坏,怒不可遏地呵斥道:"小小鲅鱼,自不量力,口出狂言,我叫你当年生当年死。"于是,鲅鱼真的第一年春天出生,第二年春天产籽孵出幼鱼后死去,年年岁岁,周而复始。

下酒的海鲜中,有一种小虾叫白虾,色白皮软,通体透明,嫩白中透着淡粉,虾须很长,清水煮过便是极品。这款虾味道甜鲜,风味别样,宴宾待客,一边用两个手指捏起一小撮虾须,提溜起一小把白虾放进客人盘子里,一边打趣说着吉利话:"来,提拔提拔你。"引得哄堂大笑。欢声笑语里,增添了喜饮欢宴的亲切热烈气氛。白虾炸熟晒干去皮后,便是虾米,也叫海米,是名贵海产品,不仅可随时随地食用,更是馈赠亲友的佳品。

众多的海货中,少不了贝类。如果说海螺和海蛎子以个大体长,鲜嫩肥脆,肉质丰满著称,是海产贝类中的大家闺秀,那么泥螺和兰蛤则以体软娇小,鲜洌独特,醇厚美味而成为小家碧玉。海螺和学名"牡蛎"的海蛎子或锅蒸或清炸,不是原汁原味地吃肉,就是与黄瓜、白菜凉拌。泥螺俗称"泥蚂",是软体单壳爬行海产品,壳薄肉软,无论是清炸还是油爆,十分清鲜。泥螺炸熟晒干去壳后即是泥螺干,鲜味口感不亚于海米,可炒白菜、韭菜、萝卜等,入馅做包子堪称一绝。兰蛤俗称"海沙子",个头扁圆,壳白肉丰,鲜味浓烈。大火烧锅炸开口后,用笊篱在锅里搅动旋淘,使其肉壳分离,打捞出的蛤肉,无论是加葱凉拌,还是鸡蛋爆炒或摊饼,或与白菜豆腐大火清炖,怎么做怎么好吃。

这些年来,盐田荒水被回填开发成工业用地,羊毛沟因天旱少雨,河道淤积,海水下退,下游设闸截流潮汐难以北上,鱼虾贝类绝迹,特别是人们贪得无厌,无限度地向大海索取,胶州湾被野蛮地、无节制地狂捕滥捞,海产品大为减少,但这似乎并没有影响人们吃海鲜、品海味。由于只有少许海货是从河套罗家营大沽河渔港码头上岸,其他海货全是由红岛渔港码头登陆,因此,人们把胶州湾北岸棘洪滩、上马、河套、红岛所卖的海货统称为"红岛海货"。由于红岛海货产自胶州湾,海鲜纯正,美味浓郁,吃起来十分可口,便成为海鲜市场的准入证,正宗青岛海产的代名词。因此,不管什么海鲜,只要贴上"红岛"标签,立刻身价倍增,叫卖就有了底气,嗓门粗大而响亮。于是,由莱州、日照、海阳、烟台、大连贩进,甚至一些南方而来的海产品也冒称"红岛海货"叫卖,卖家高喉大嗓,吆吆喝喝,信誓旦旦地用"红岛海货"招来生意,行家买主既不争辩,也不揭底戳穿,只是心知肚明,或是压低价格,或是少买不买罢了。

20世纪80年代后,允许个人经商做生意,饭店酒家如雨后春笋般得多了起来。它们都自称经营的主菜是海鲜,所做的海鲜是红岛海货,但谁都知道其中不乏挂羊头卖狗肉的。上马由于地处棘洪滩、河套、红岛商圈中心,原本商业气息就浓郁,红岛、河套的海产品多在上马交易,逢农历三、八的上马大集海货更是琳琅满目,卖得火爆,在镇驻地南部形成海鲜市场。进入 21 世纪,精明的上马人抓住商机,在海鲜市场旁,辟建由南到北一千米长的海鲜一条街,把十多家有实力、有名气,以经营海鲜为主的饭店酒家集中到街上经营红岛海货,使海鲜一条街成为经营鲜活地道红岛海鲜的一块响当当招牌。凡去上马海鲜街,不用问,是去吃红岛海鲜。

饭店酒家做的海鲜,就是比渔家庄户讲究。除保留和继承固有的"庄户耍"之外,还将天南地北各种菜系的烹饪技艺融入其中,使海鲜的做法有了创新和发展,风味别具一格。它们把海鲜分为大小,大海鲜指的是量多个大的海参、鲍鱼、白鳞、加吉、鲅鱼、鲈鱼、墨鱼、刀鱼、海螺、对虾、海蟹等,量少个小的蛎根、海蛎子、泥蚂等就是小海鲜。上马海鲜街的饭店酒家不仅把大海鲜打理的头头是道,花样百出,更把小海鲜烹调的得心应手,地地道道,使大小海鲜都做得有滋有味,浓鲜饱满,做出了鲜明的上马特色,鲜亮的红岛风味,赢得了齐声称道,众口交赞。

谷雨时节,正是开捕鲅鱼的时候。鲅鱼原本头尖尾短,身子扁长,白腹青背,肉厚肥实。这时节捕捞的鲅鱼更是浑身滑溜溜、亮闪闪,像水洗的瓷器一样,只看那光洁银白的肚皮,就知道有多新鲜。饭店酒家除按照"庄户耍"或红烧、或清炖、或水煎外,还做成鲅鱼丸子、鲅鱼饺子,尤其是鲅鱼饺子,皮薄筋道,馅鲜肉香,像灌汤包一样富有弹性,咬一口浓鲜满口,颊齿留香,别有情趣,叫人吃着碗里的看着锅里的,不忍释箸。吃完饺子,从锅里舀出煮饺子的热汤,细嘬慢饮,原汤化原食,那略带海鲜腥味的饺子汤,腥而不恶,满口鲜香,细咂慢品,余味无穷,让人欲禁不止,欲罢不能,喝了一碗又一碗,喝得酣畅痛快。

"嘎拉"明明是蛤蜊,却硬是叫成"嘎拉",一声"嘎拉",连两岁的孩子都知道说的是什么。蛤蜊不仅是红岛的海产,更是青岛海鲜的代表。红岛盛产蛤蜊,说是一挖一麻袋,似乎红岛的海里除了蛤蜊,再没有别的。不过,红岛蛤蜊比别的地方的蛤蜊都好吃,却是不争的事实。

这种产自红岛海里的扁圆形,壳面光洁,具有同心环纹的色彩较杂的花蛤蜊,壳薄肥满,肉质鲜嫩,鲜中带甜,汤浓汁鲜,被誉为"天下第一鲜""百味之冠"。吃蛤蜊不分季节,春夏秋冬什么时候都能吃,多是原汁原味的传统做法"清炸蛤蜊"。夏天,满大街都是吃蛤蜊喝啤酒的人,绿男红女围了一桌子一桌子,桌面上是一大杯一大杯泛着白沫飘溢着大麦香气的啤酒。那刚出锅的蛤蜊大冒着热气用铁盆端上来,一只只蛤蜊大张着口,露出雪白鲜嫩的蛤肉,喝酒的人急不可耐,不怕蛤蜊烫手,抓起一只蛤蜊填入口中,旋即吐出蛤蜊皮,端起杯中的啤酒猛灌几口,就着蛤蜊喝啤酒,别提多惬意、多爽快了,这吃法是胶州湾沿岸海岛乡村最朴实、最实在、最常见的,叫作"拉锅沿"。那炸完蛤蜊的汤汁极其鲜美,浓浓白白好似刚挤出来的牛奶。这蛤蜊汤可是好东西,舍不得泼掉,吃蛤蜊喝啤酒时,不时地来碗蛤蜊汤,成为夏日一道亮丽的风景。若是将蛤蜊肉扒出盛到大盘里,浇上蛤蜊汤或用少许蛤蜊汤浸着,再切上些细嫩的葱段,看似白玉翡翠洒落在蛤蜊肉上,使这道"葱拌蛤蜊肉"的普通凉菜,平添了些诗情画意。

蛤蜊种类挺多,除花蛤蜊外,还有一种毛蛤蜊,学名叫"毛蚶",在海岸浅滩泥质里长成,外壳色深厚实坚硬,呈瓦垄状突起,很是紧密,有褐色绒毛。炸熟后以姜末老醋佐餐,入口鲜而肥、甘而绵,色鲜味俱佳。毛蛤蜊有大有小,大的似拳头,小的如蒜瓣。当满满当当一盆拳头般大的毛蛤蜊端上桌时,远来的客人惊得目瞪口呆:"这大石头也能吃啊!"。

末蝼是胶东地区的海产名吃。到青岛吃海货,不吃末蝼算不上真正吃过青岛海鲜。这种生长在棘洪滩、上马一带胶州湾入海口和羊毛沟以及盐田荒水的甲壳类浮游微虾,原本就稀少,随着羊毛沟断流和盐田荒水地回填改造,变得更加稀罕。末蝼中,最负盛名的当数海西末蝼,而春天的海西末蝼又是一年里最好的。它白里带青,通体透亮,大小均匀,鲜味浓厚,是绝佳的营养海鲜。胶州湾一带有民谣:"又是一年三月到,老葱萌发正时茂,扛起步网忙赶海,打桶末蝼蘸葱好。""末蝼蘸大葱,喝酒一盅又一盅。"把刚捕捞的新鲜末蝼放到刚蒸熟掰开的热馒头上,再将馒头合起,片刻之后再将馒头掰开,末蝼不见了,但吃馒头时,感到海鲜气息浓郁,原来末蝼已溶化于馒头之中,引得人食欲大开,将馒头狼吞虎咽。末蝼无论是清炖还是腌制都十分鲜亮,尤其是皓月当空,把酒临风,把心事托付给清风,以末蝼为肴,斟满杯月光,听着末蝼的传说,怎能不使人心身陶醉。有不少台湾老兵回乡探亲,离乡返程时,特意捎回两盒冷冻的末蝼,让台湾的亲友也开开眼界尝尝鲜美。

同末蝼一样稀缺的还有一种海鲜叫油鮸。这家伙长得不大,有大拇指般大小,胖头胖尾,憨憨厚厚,身上布满黑色斑点,乍看像黑色条纹,使得通体黝黑。早年间,或许是人们嫌弃它鱼小貌丑,难登大雅之堂,将它清炖和红烧后,自己都吃不了几筷子,就喂了猪狗。如今,饭店酒家把它加辣椒红烧出锅后,抓上把香菜末点缀,那油汪汪、红彤彤的满盘油鮸,引得人们食欲大动,如同得了号令,众箸齐下。

吃红岛海货,岂能忘了白鳝和大蛸。白鳝学名“海鳗”,肉白细嫩,鲜洌无腥,香而不腻,鲜香宜人。剖腹去肠切段后,或红烧,或清蒸。将蒸熟的白鳝用一双筷子夹住鱼头,另一双筷子把鱼肉撸下与黄瓜相拌,其鲜香营养可与燕窝、鲍鱼、鱼翅媲美,被上马海鲜街誉为“大鲍翅”。人们饕餮白鳝,上马海鲜街自然是理想去处。

大蛸学名“章鱼”,因长有八条腿,又名“八带鱼”,营养价值极高,不仅是美味海鲜,也是食疗滋补的佳品。大蛸有清炸后原汁原味和切段凉拌、油锅爆炒等多种吃法。每次大蛸上桌后,人们都大快朵颐,风卷残云,吃得头上冒汗,酣畅淋漓,就差没把大盘也给吃了。

至于鲻鱼、鳖鱼、牙鲆、黄花、鳗鲡、虾皮、海蜇、鱿鱼、比管、竹蛏、灰螺、蟟刺、嘶蟟、海葵……这些数不胜数的红岛海货拥有尽有,无论是渔家庄户还是饭店酒家,都能做出千般品种,万种花样,只要想吃就行。

肠胃是有记忆的。胶州湾沿岸的人们,是由海鲜滋养的,他们自幼吃惯了胶州湾海产,对红岛的海货产生了依赖,饮食带有鲜明的海鲜烙印。出差数日,连日的疲惫,一路的风尘,回家吃什么,异口同声地回答:“嘎拉。”

若说乡愁是一种情思，一种念想，一种想起就使人流泪、让人唏嘘不已的情愫，那么海鲜是乡愁在烟火中的凝聚，在日子里的感受。那海鲜萦绕在舌尖挥不去、忘不掉、舍不下，那浓浓的乡愁深深地沉淀在骨子里，融化在血液中，升华在心灵内，成为走不出乡俗羁绊和这方土地的印记。

岽峪樱桃山会

刘晓燕

"林尽水源,便得一山,山有小口,仿佛若有光。便舍船,从口入。初极狭,才通人。复行数十步,豁然开朗。土地平旷,屋舍俨然,有良田美池桑竹之属。阡陌交通,鸡犬相闻……"这是东晋时期大文豪陶渊明笔下的世外桃源,这篇脍炙人口的《桃花源记》并非因它词汇优美而世代流传,真正印入人们心扉的是文章里那种与世无争的淡泊,那种怡然自得的随性。时至千年以后的当下,高科技快速发展、人口高度密集、在人类快速向前奔跑的时代,我们偶尔也会站在优裕的时光隧道里患得患失,吃饱喝足之后也渴望能偶遇心中的那片桃花源……

然而,能生活在青岛这片热土上的人们,无疑是最幸运的!除了有口福能品尝到刚上码头活蹦乱跳的新鲜鱼虾,这些闻名遐迩的胶东半岛小海鲜之外,岛城人民在快节奏的生活之余另有一方净土,正如陶渊明先生笔下的那片桃花源,在那里,浮躁的心灵可以放纵栖息,在那里,再无情的时间也如同静止。

说到这里,诸位一定急于想知道这片桃花源究竟隐于何处了吧?

沿夏庄的白沙河一路向东,地势渐高,一路沿坡而上,修缮整齐的环山公路九曲十弯地伸向幽处,凡是驾车直入的初访者都会怀着无限的遐想,越是不见庐山真面目越是神秘,这种探访更让初访者有点小期盼、小激动。

首先映入眼帘的是傍山路而居的崂山水库,这片青绿水系虽算不上浩瀚宏伟,但据说当年凝聚了崂山附近几十万儿女的血汗,全靠对美好生活的向往和激情手推肩扛挖出了这片生命的源泉,所以,它不是简简单单的一座水库,更是崂山儿女们坚强意志的丰碑!继续前行,山峦叠起,云雾缭绕,苍翠中奇石突兀。更入深处,远方一处山屏横出,如同遮住娇美面容的头纱,让隐约露出的村庄多了一副娇羞。

峰回路转处,一条狭长的村落赫然驶出,奇特的是这个大大的村落地势绵延,狭长分布,一路延伸向上,远观,如点缀于绿锦之上,磅礴中透着飒爽,近看,凌波云雾缭绕中的天上人间,到处透着仙风道骨,第一次来访者一定会惊呼:太美了! 这是凡间吗?

不错,这里居住的确实是崂山人的后裔,它有一个非同凡响(目前新华字典上也查不到的)的名字:峗峪。据说此地名因一种神奇之树而得名,此树的叶子一面青色,一面红色,更因之山色貌美而得名峗峪,可惜的是此名久享,这种珍奇的古树早已绝迹了,只留下了那个津津乐道的故事和怡然自得生活在这里的子孙后代!

峗峪除了如诗如画的风景、甘洌甜美的山泉、真挚淳朴的民风之外,更令人流连忘返、如痴如醉的是她享誉岛城乃至齐鲁大地的特产——樱桃! 峗峪被冠以"齐鲁第一樱桃谷"之称绝对是当之无愧! 每年的五月峗峪都像一个披上新装的红娘子,风情万种,为她的粉丝们献上一场视觉与味觉的盛宴! 远远望去,迤逦连绵的翠绿山峦似乎在一夜间镶满晶莹剔透的红色玛瑙,整个峗峪红光满面,喜气洋洋。有朋自远方来,不亦乐乎,这时的蜿蜒山路上来自四面八方的朋友鱼贯而入,整个峗峪沸腾了……

这时的峗峪,每天每家每户都高朋满座,随处荡漾着欢声笑语,或院下小坐,或掩映樱桃林下,随手拈来就是一把红透了的大樱桃,大把塞入口中是青岛人吃樱桃独有的奢华,一入口顿时满嘴蜜甜,丝丝甘意沁入心脾。峗峪的樱桃独有特色,个头较大,状如桃形,色泽格外红艳,朝阳初起时,一树树樱桃轻沾露珠的欲语还羞,在金色阳光辉映下格外的嫣然剔透,如挂满了一树一树的红珍珠。身临此景,活在世间所有烦恼和浮躁,一切都隐于这片美轮美奂中……

峗峪人民除了质朴,还集勤劳智慧于一身。早些年进峗峪是很艰难的路程,一路崎岖羊肠山路,别说把这些特产运出山里,就是徒人行走都不是件易事,以至到了樱桃上市时,只能眼睁睁地看着这些大樱桃自生自灭。改革开放以后随着国家政策变好,峗峪村领导班子在政府的扶持下,领导勤劳的峗峪人民以愚公移山的精神开辟出了属于他们自己的一条生命大道,所谓生命之道就是承载崭新生活使命的大道,有了这条和山外人沟通的纽带,大山里的经济顿时活了。

于 2003 年 5 月岰峪成功创办了第一届樱桃山会,各界媒体新闻纷纷报道,岰峪这个遥居幽谷的世外桃源杳然径传,岰峪大樱桃,特色农家宴,像一块巨大的磁石吸引了众多游客,或来小探幽静,或来品尝山珍野味,或来洗涤心灵……岰峪瞬间成了紧邻繁华之隅的天上人间,与闹市隔耳的桃花之源。这里的樱桃火了,这里的农家宴火了,随之更火了的是她奇特的名字——岰峪,很多慕名而来的游客不断通过谷歌,百度,高德地图查找岰峪这两个字,但是奇怪的是连字典里也查不到此字,各媒体网络,新闻报道也无奈,有用"水"峪的,有用"色"峪的,还有用"山色"峪的,更有甚者直接用作"山色山谷",笔者本人在这里用了岰峪,后来听岰峪总支书孙信功说:他们一直也想让这个由老祖宗遗留下来几百年的名字规范起来,不过一直没有结果。对此,社区已形成文字资料,并向语言文字机构提交规范字申请,但目前仍没有答复。我们也期望着岰峪人民的勤劳智慧和他们的文化底蕴能源远流长,更希望早一天能在新华字典里,能在百度高德上早日搜查出岰峪这个亲切可爱的词句!

到今年为止,岰峪樱桃山会已经成功举办十五届了,每年吸引游客十万多人次,岰峪早已不仅仅是岰峪人民自己的岰峪,更是岛城人民,和生活在齐鲁这片热土上芸芸众生心中共同的岰峪。它不仅鼓起了山里人的钱包,更丰富了山外人远离生机的快节奏生活。现在即使在樱桃下市以后的时节,这里也不再沉默孤寂,节假日,约上三五好友,或一家老小来这里吸氧、小憩也实是一件幸事!

乡韵民曲

崂山道教音乐

肖任飞

"巍巍崂山藏灵秀",位于青岛一隅的崂山,不仅风景秀美宜人,更是闻名世上的道教文化圣地。

沿着蜿蜒的山道上去,可以看到松柏掩映下的道观群落。走近了,便会有袅袅的仙音传入耳底。琴曲悠扬婉转,如入胜景仙台。

坐在院子里的石阶上,《聊斋志异》中提到的绛雪开得正盛。特地请了一位道长,给我介绍道教音乐的流派来由,在他不缓不急地介绍中,我对道教音乐的概况有了一个基本的了解。

崂山道教音乐分为韵腔与曲牌两大类,从风格上看,"崂山韵"整体上仍具有"十方韵"的音乐特色,但以"崂山"命名的"崂山韵",如"崂山吊挂""崂山步虚"等经韵,具有强烈的地方特色。琴声清朗铮铮,如同这一方山水的清幽脱俗。怪不得当年苏轼携随从由胶州湾西岸搭船至崂山巡视边防,遨游各庙观,也被崂山道教音乐吸引,产生了浓厚的兴趣。当苏轼在黄州结束了谪居生活之后,起知登州任太守,在北上时,乘船路过崂山,两次至太平兴国院和修真庵等庙,并把在黄州谪居期间所创编的《归去来辞》歌传给老友乔绪然。这支富有江南风味、长达86小节的大型道歌,以昂扬慷慨和抑郁低沉的两种气氛而起伏出现,成为崂山道士在宋以后的四个历史时期中进行创作的主旋律,并改编成各种器乐曲来演奏,使崂山道教音乐有了更多层次的变化。

很喜欢在暮色将临时,听道观的师父们念晚课。晚霞如虹,夕阳如血。想起金庸先生的《射雕英雄传》,全真七子执剑江湖,便油然生出历史的沧桑之感。

道长介绍说,作为中华道教圣地,崂山道教音乐具有浓郁的道家色彩。经多方考证,崂山道乐经曲,初始是由上古时期民歌和民间号子演变而成,因此具有强烈的东夷文化气息。后来丘处机三次来崂山,把崂山道乐和十方道乐融合,逐渐形成了风格独特和档次齐备的道乐体系。嗣后,崂山道乐分为"内山派"和"外山派",特别是外山派道乐使用管弦乐器伴奏,而且又直接参与各种民俗活动,促进了崂山地区民间吹奏乐的蓬勃发展。许多民间老艺人多师承崂山道乐,许多道乐名曲在民间流传至今。2008年6月,崂山道教音乐正式入选成为国家级非物质文化遗产项目。

这种演变,令我颇感兴趣。一种音乐形式,可以得到国家的承认,并称之为非物质文化遗产,自有其深厚的底蕴和独特的典藏价值。

据《后汉书》记载,著名经学家郑玄,黄巾起义时,北海城破,为避兵乱,他于中平五年戊辰(188年),与门人至崂山不其山下避难,自费构筑房屋,开设"康成书院",并于这里领门人和徒弟礼拜孔子,演习周礼,传授玄学。周礼仪式多用音乐同时踏唱,所以在传授一些礼仪时,也附带传授了周汉的一些宫廷音乐。这些音乐素材与牌子,后来多被崂山道士所采用,创编成道教曲牌,这就是崂山经韵曲牌形成的初期。由此可见,崂山道教音乐不仅仅有着铮铮骨气,更蕴含着宫廷音乐的大气。

到了唐朝,政治经济颇为强大繁荣,朝廷又偏爱道教。在中唐时,宫廷演奏的乐曲开始启用道教音乐,于是,道乐地位也随之提高,同样,崂山的道教音乐也空前兴旺。

后来唐王朝右府大将军尉迟敬德奉命至崂山敕建东华宫,安营扎寨,以讨伐时来崂山海岸骚扰的倭寇,唐宫廷的音乐也同时被大量地带到崂山这些庙庵中。据《新唐书·礼乐志》载:"虞世南制英雄乐曲。帝之破窦建德也,乘马名黄骠……命乐工制黄骢叠曲……"因马死于道,骑者颇哀,故制曲以纪念。这就证实了《英雄》和《黄骢》应为尉曲。这些,无疑对崂山道教音乐起了极大的推动作用。

青山绿水,弦乐琴音,自然会吸引到文人雅士纷至沓来。唐朝天宝年间,著名的浪漫诗人李白,与道士吴筠及"竹溪六逸"孔巢父、韩准、裴政、张叔明、陶沔等一齐由徂徕山东行游琅琊之后,乘船至崂山太清宫等处,于太白石处作歌一首,名曰《清平调·咏王母蟠桃峰》,随之传给太清宫道士成就一段佳话。道长提起此段时唏嘘不已,说此举太清宫曾有碑记，后毁于明代佛道之争，话语之间甚是可惜。

崂山的白云洞依山面海，居高临下，旁边是深壑密林，实为练功静修之地，因此吸引了众多道士集居此处，借着数个大而神奇的自然石洞为神殿，诵经进香，也有不少十方名贤居士前来栖居。更有道士刘若拙在太清宫附近修建"驱虎庵"，昼抚琴夜驱虎，修身养性，更多风格的道教音乐从他们的手中流出美妙的篇章。当时的古琴高手任新庭，因与恶吏冲突，便弃职还乡，与随从抱琴携书，东至崂山白云洞出家为道，在此山居三十余载，诵经炼气，编曲弹琴。他编奏的古琴曲《秋山行旅》和《鹊华春山》典雅抒情，缠绵不俗，结构严谨，转化复杂，很富有唐代宫廷乐舞特色，成为崂山道乐琴曲精华之一。

如此种种，不胜枚举。历代文人雅士，道家香客，不断扩充着崂山道教音乐的种类和内涵，令道教音乐的层次更加丰富。而此刻，我也只能是以平静如水的心情倾听着，它们让我时刻感觉着生命面对苦难、死亡时的忍耐与挣扎，以及因此而起的超脱与豁达。

走出道观的时候，一首诗浮上了心头：

> 阆苑初知隐者轩，仙葩古木蕴清禅。
> 上阶欲赏丹枫盛，移步才思绛雪颜。
> 润遍青葱茶韵暖，修来圣观几分仙。
> 遥闻祭韵悲音起，若借涵虚至大渊。

岁月流逝，斯人已远，唯有传来的鼓琴齐鸣之音，涤荡着一颗凡俗之心。

悠悠古曲凝乡情

文 白

被世人称誉为神仙窟宅的崂山,山海紧抱,泉石相拥,峻岫梳风作响,波涛裂岸发声。松涛低回,恍若天地之大吕,泉溪潺潺,似是山川之黄钟,引得隐人高士留恋栖居,文人骚客水游山行。

崂山的岗声谷音,酝酿的最早诗歌,是田横别齐自刎于偃师,其门人所做的悼挽之歌。其一为《薤露歌》:"薤之露,何易晞。露晞明朝更复落,人死一去何时归?"其二《蒿里歌》:"蒿里谁家地? 聚敛魂魄无贤愚。鬼伯一何相催促,人命不得少踌躇。"

《薤露歌》《蒿里歌》均为产生于东夷地或者说是齐地民间的悼挽之歌。汉武帝时,音乐家李延年分谱为二曲,《薤露歌》挽王公贵人,《蒿里歌》送士大夫和庶人。

城阳崂山一带的道教音乐是中国道教音乐之一支,自汉代始,道家的课诵经文皆依韵谱吟唱。相传《清平调》是唐代高道吴筠与诗人李白同游崂山时传授于道众,演化为后来的《步虚》,流传至今。

城阳崂山一带的民间音乐能够历两三千年而不衰,除了道教音乐绪脉不紊地传承之外,与宫廷音乐的偶相介入,融入了阳春白雪,立于俗而出于雅,有着重要关系。

相传,南宋衰亡后,卫王昺的两位太妃谢丽、谢安姊妹两人避居崂山塘子观,二谢精通音律,与所携宫女凄惶于笙管琴箫之中,与民间音乐相融相长,抑郁忧悷之音传遍山中道观和乡野。

明清更替之际,崂山民间音乐、道教音乐与宫廷音乐进一步融溶和合。道教音乐吸收宫廷音乐元素,以民间音乐形式,步入了乡村民众之中。

明鼎倾覆,前明乾清宫管事提督太监边永清及其徒扬绍慎,携 4 名宫娥,有说其中养艳姬、蔺婉玉是嫔妃,隐遁于崂山,得到百福庵道长蒋清山的接济收容,辗转栖居于百福庵萃元洞。她们带来了宫廷中演奏的《赏春》《山丹花》《泰山景》等曲子,传授给道观乐手及民间艺人。两人谱写的怀念帝宫先皇之曲《离恨天》《六问青天》,追忆故国、泪洒五弦。

蒋清山,江南人,又名迪南,字云石,号烟霞散人。本为马山道观第十代道士。蒋好读书,工书能文善吟咏,行宜高洁,士大夫皆雅重之。流亭人胡峄阳,诗书满腹,通达"六经",精音律。昌阳(今莱阳)廪生孙笃先,卓荦之士,能诗善抚琴,弹得古琴曲 60 多首。三人皆称一时硕彦。蒋清山收留边永清师徒和宫娥之后,赏习宫廷乐舞,共同的雅兴和爱好,助推了民间音乐向高雅音乐层面的递进。

胡峄阳三君子性情相契,品格幽雅,时常相携入林奏高山,抚琴云岫弹流水。得遇精通宫廷音乐的养、蔺二位高手,聆听其白雪清韵,犹如圣人闻韵而不知肉味。于此,蒋清山温故出新,无忌于道乐的刻板禁锢,创制崂山道乐外山派,将管弦乐器无分雅俗地融入了民间应风音乐演奏和道庵诵读的伴奏之中。孙笃先诗书皆精琴艺超卓,所奏《秋思》出神入化,"每当桐稍月上,竹叶风来,操清商一曲,直飘渺于三山之绝巅矣(胡峄阳语)"。

胡峄阳,精研周易,为通经达道之士。世道家运所厄,隐遁乡间,与山林水隈对语,同鸟啭鹿鸣同歌。家国情怀、乡邦文缘充盈着他的心灵。在对音乐的领悟中,他认为音乐的生发诚如《易·豫》所言:"雷出地奋,豫"。雷发于大地,轰鸣而出,万物为之振奋。圣人由此得到启迪,创制音乐,以沐化人们的德行。阴阳二气的流动不息,融汇化生万物,音乐循此天地之理而产生。优美的音乐,依循着阴阳二气的氤氲鼓荡,达到交感和触动人们心灵的作用。优美的音乐如阳春的和风催人奋进;鄙俗的靡靡之音如同乱岗上的盲风,使人迷乱憔悴。

胡峄阳纵览古齐地及之后历代山海之间的民间音乐,吸纳宫廷乐舞元素,精研古琴曲,创制出 20 余首采撷于乡土、关情爱物的唱词曲谱,输送于民间喜寿庆典活动的演奏。由于唱词平实,韵律谐和,易于传唱,成为应风乐的偕时之作,一时风靡乡里,历久不衰。

民国二十四年(1935 年),胡峄阳的裔孙胡鹏昌宦途发达后,于洼里村开办"胡氏子弟小学"。其堂弟胡信昌,德占时期受过西式教育,被聘请为胡氏子弟小学教师。音乐课上,胡信昌用脚踏风琴对学生教唱胡峄阳留下的歌曲,并将20余首曲子编辑整理成册,在书册封面上书《峄阳古曲》。"峄阳古曲"之名始于此。

民国二十七年(1938年),日本二次占领青岛,游击四起,兵匪出没,战乱频仍,民不聊生,胡信昌整理的峄阳古曲和教学用的风琴荡然无存,民间能吟唱峄阳古曲的人寥寥无几。

2011年,笔者在与恩师胡孝坚整理胡峄阳先生历史资料时,老师目睹峄阳先生遗著中有关音乐方面的文字时,猛然间想起了峄阳古曲。其时,老师已86岁高龄,凭借点滴记忆,娓娓道来,晚生恭聆原委。原来,1935年时,老师10岁,进学于胡氏子弟小学,受教于堂叔胡信昌。对于峄阳古曲的遗失,老师痛惜之中为之泪目。之后,笔者邀约民间音乐人栾复栋先生,对老师的零星吟唱逐一听音记谱记词,共整理出较完整的词谱3首,其他十几首老师只记得零散片段唱词。笔者于音乐一无所知,勉强将零散唱词修齐,布之于世人共赏。计有《梧桐秋月》《燕子归》《怀山》《女姑谣》等词曲。2014年,峄阳古曲参加了青岛"五·四"广场的演出活动。同年峄阳古曲列入城阳区级非物质文化遗产名录。2018年依峄阳古曲韵味,谱写《日月同光》,在纪念先哲胡峄阳诞展379周年活动中演出,以享先人。

峄阳古曲以古齐地今青岛大地而孕育化生,以城阳崂山浓郁文化意象为根须,以乡音俚语为承载,谱写出了浓浓的乡音和地域传统知识分子的悠远情怀。

峄阳古曲《梧桐歌月》,是峄阳先生在其挚友、古琴演奏家孙笃先逝世后,独坐梧桐琴台,追思挚友当年,对望白沙石门,抒发怀念之情:"长柳溪水蓝,月上一钩弯。离群石门雁,聚散白沙烟……"忧伤九转哀思缠绵,金兰情结触发心源。

《燕子归》:"青松翠竹矮窗前,梅栽门外半亩田。花谢花开燕子归,春随甲子又一年……"呈现了作者悠悠于世俗之外,逍遥于田园山林之中的仁人达士情怀。

《女姑谣》:"女姑山,少海边,洪涛接连天。海风吹来阵阵寒,妻儿望归帆……"反映了女姑山沿海渔民织网捕鱼,征帆出海,少妇盼夫归来的渔家生活。

其他如《怀山》等曲子,均是触景生情有感而发,反映普通民众和文人雅士的日常生活,无不充满了阳光气息和乡邦情怀。

2014年起,胡峄阳文化园每周三上午举行峄阳文化讲堂,其中1小时时间教唱峄阳古曲,周边居民朗朗咏唱,堪比于流行之声。流亭小学将峄阳古曲纳入音乐课和校本课程,使少年儿童在开蒙之初即对传统地域文化有所体认。成立于2012年的峄阳古曲乐团,汇集了一批钟情于乡邦传统文化的音乐人,携峄阳古曲走村串乡,演出于城阳、崂山、即墨、平度等区市及青岛市区,将乡间清扬之音奏鸣于山海之间的青岛大地。

因笔者窘疲于音乐知识,对于峄阳古曲的理解,多从其唱词中体悟。至于曲调之优美、情绪宣泄之酣畅,实难形诸笔墨。

就笔者浅陋的理解,峄阳古曲应为峄阳先生综天地变化,聆山川流韵,取乡土音乐精华而生发的民间清扬之音,又依戴了传统士人雅乐的风韵,未见称黄钟大吕,堪夸于传世佳作。

庄户柳腔

刘好军

　　我的家乡在青岛近郊的胶州湾北岸,早年属即墨县西南乡。这是一片被沧桑历史浸染上神秘色彩的土地,那广阔坦荡的黑土地,演绎着数不清的传奇故事。就是这片黝黑的砂礓黑土,在海风的吹拂下,年年岁岁,生生不息着地瓜和豆秫,盛开着芳菲迷人的胶东之花柳腔,养育着一代代庄户的躯体,慰藉着一辈辈乡亲的心灵。

　　柳腔戏是即墨特有的风俗文化,是一场场独具特色的民俗表演。那演唱和道白,是嘎嘣脆的带地瓜干味儿的沉浊的即墨方言。那曲调晶莹剔透,独具韵味,唱腔清晰明亮,委婉细腻,曲调时而深沉浑厚,时而高亢激昂。悲调凄婉哀绝,一唱三叹,忍气吞声,悲愤难平,痛断肝肠;花腔则欢快跳跃,喜讯陡生,悠扬起伏,韵味别致,其中的尾音向上翻的勾勾腔,灵动悠长,余音绕梁,回味无穷。那些耳熟能详、俏丽生动的歇后语和顺口溜,运用得恰到好处,装饰的戏词幽默诙谐,妙趣横生,使这片黑土地上的生活情趣浓烈,乡土气息喷溅,是名副其实的"庄户戏"。难怪柳腔戏班每到一地场子一摆,戏台一扎,锣鼓一响,那些痴迷于柳腔的庄户人,工不做、活不干、集不赶,按捺不住血统里直往外涌的那股子痴迷劲儿,丢下手里的家把什儿,宁肯耽误了营生,也要看上半天戏,难怪那段民谣把柳腔戏透视的真真切切:"进了即墨地儿,踩了两脚泥儿,吃着地瓜干儿,听着柳腔戏儿。"戏迷中,尤其是那些乡间村妇,对柳腔痴迷得忘乎所以,真真是"针尖扎在手指上,饼子贴在盖垫上,枕头当成孩子抱"。把柳腔叫作"栓老婆橛子戏"的"拉魂腔",称得其所,恰如其分。

　　柳腔在苦难中落地,在贫寒里扎根。200多年前的清乾隆十三年(1748年),山东西部数县旱涝虫灾并发,灾民背井离乡,四处逃荒。饥寒交迫西来乞讨沿街卖唱的穷苦艺人,将称之为"本肘鼓",又称"肘鼓子"的苦寒悲切曲调,以"老拐调""哦嗬唵"的凄切悲惨唱腔,播撒到贫瘠的即墨县西南乡。胶州湾北岸广袤的土地接纳了它,并让它吸吮自己的俚曲小调、真情实感作养料发芽茁壮。由于唱词缺曲少谱,只好极不情愿、别别扭扭地顺着四胡往上"溜",这溜来溜去的腔调,就成了"溜腔"。

这片土地是富有创造精神的,不仅耕种五谷,而且能对这性情爽朗的新生大众剧种再孕育,稼穑渔猎之余对那唱腔曲调绸缪,终于使"溜腔"成为饱溢着谷秣香味,铿锵着夯号吼声,淋漓着杨柳葳蕤和芦苇葱茏,为乡村宁静滋润的日子涂上亮丽油彩的戏剧"柳腔"。那是历史长河冲洗过后如珠似玉的智慧结晶,是徘徊于天地宇宙间沉浸的悠长欢乐与热情,是即墨传统民俗中最为璀璨的星光。庄户人兴冲冲陶醉其中,乐此不疲,期冀着希望的太阳。

乡村的场院,一年四季都是庄户人心仪的戏台。夜幕降临,满天的星星眨着眼睛看着人间的好戏。一袭灯火映照着场院,那沾满岁月风尘的靛青色大幕徐徐拉开,布景或是明媚的春山秋水,或是亮眼的亭台楼阁。胡琴幽幽,青衣袅袅,锣鼓锵锵,戏台上红男绿女花枝招展,灵动的眉目传送着男女私情,旖旎的水袖挥动出爱恨情仇,端的是书生儒雅,武生英俊,花脸狰狞,青衣貌美,果然是小生文雅潇洒,风流倜傥,花旦机智灵巧,活泼可爱,老生慷慨奔放,激越昂扬,青衣天生丽质,红颜多舛……乡村戏台上,上下五千年,帝王将相、才子佳人、忠奸贤愚、三教九流粉墨登场,三五步行遍天下,七八人百万雄兵。闪转腾挪间,跨越的是万水千山;长袖善舞中,挥洒的是飘逸风情。方寸之地,复活出一段段惊人的历史;大幕启闭,讲述着一个个动人的故事。台上的演员倾情演出,把那灰飞烟灭的往昔一次次复活展现,剧情高潮跌宕,台下的观众如痴如醉,沉浸在恍若眼前的喜怒哀乐中,随着剧情的发展或开怀大笑,或热泪盈眶,或怒目圆睁,或唏嘘感叹……谁也不知道,柳腔戏"四大京"里的生动故事,蕴藏着多少淳朴温馨的民情风俗,"八大记"中的优美唱腔,醉倒过多少温良敦厚的庄户乡亲。

柳腔这一清丽淡雅、朴实无华的胶东之花,盛开在庄户人的精神家园,装饰着庄户人朴素的梦境。那声声弦音如醇香的地瓜酒,醺得男人微醉;句句唱词似锅灶里透着焦香的地瓜饼子,给女人以饱暖的踏实和对幸福的渴望。剧中的做念唱打熨帖人心,展现着世代庄户的情愫和人间百态、社会伦理。柳腔滋养的主题,是黑土地儿女对性情美的再造和追求。于是,便有了演出的戏班和名伶,有了"孩子一落地,哭声就像柳腔戏"的民谚。

就像道路永远没有笔直宽畅,戏路也充满崎岖坎坷。早春的花草,必然要遭严霜的肃杀。柳腔这枝艺术之花,更是遭受到封建寒风的摧残。乡村有些道貌岸然的"正人君子",十分歧视柳腔和唱戏之人,他们把柳腔说成是"下九流",视唱戏演剧的人不务正业,有辱门风,伤风败俗,太失体统,妨碍文学,硬戗戗、活生生拆散一个又一个柳腔戏班,使柳腔罢演禁唱。有一个村子为不出柳腔"戏子",请风水先生指点迷津,解惑释疑,轻信风水先生信口雌黄,硬是将村里一眼水质清冽甘甜,不知养育了多少代人的水井用石磨封填深埋,使这眼水井从此消匿,至今不知其所,而这个村子唱戏的人却还是一茬接一茬,层出不穷。对这些唱戏的人,族长乡绅挖苦嘲讽,辱骂威逼,无其不用,对不听规劝的屡教不改者,则出重手、下狠招,不惜动用族规家法削谱除籍,使其在村里上无片瓦、下无立锥之地,只有含悲忍泪,背井离乡流落异地他乡。然而,那暴戾的寒霜,非但没有肃杀柳腔的花朵,反而使其迎风傲霜,香浓色艳。凭着对柳腔的爱恋痴迷,那些被侮辱被迫害,满怀悲愤远走高飞的柳腔艺人,怀揣着柳腔的种子,燃烧着柳腔的心火,将柳腔的种子播撒于异地他乡的清新泥土,使柳腔之火星星燃起,在乡野海风地吹拂下,村疃相连,形成燎原之势,让那压抑心头的久违锣鼓又铿铿起来,曲飞戏扬使柳腔更加张扬。

新中国成立后,天广地阔气象新,演剧唱戏成了活跃群众文化生活的新时尚,再也没有歧视的冷眼和威逼的雪霜,戏班改成了业余柳腔剧团,柳腔的曲调席卷了村村疃疃,醉人的唱腔滋润着庄户人舒心的生活。不但传统古装戏"四大京""八大记"大行其道,《白毛女》《刘巧儿》《小二黑结婚》《三世仇》等现代戏也被搬上了戏台。剧目多了,戏路广了,喜爱柳腔的青年人摒弃男女授受不亲等腐朽古训,不论男女,同台献艺习以为常,还真唱出了名气,演出了名堂。邻家七叔年轻时家里兄弟姊妹多,屋里一团穷气,到了娶亲成家的年龄,本本分分、知根知底的人家连个提亲的都没有。可就是凭着七叔在柳腔里唱小生,随剧团东跑西颠,南村里唱、北疃里演,那身板、那扮相惹得大闺女、小媳妇入了眼迷了心,使得她们夜晚辗转反侧,难以成眠。十村八疃有名的大美人香儿更是春心浮动,芳心暗许,不顾女孩儿人羞涩面皮薄,托人上门提亲,倒贴嫁妆,嫁给了七叔。七叔没费什么周折,就旧屋娶亲,陋室藏娇,让柳腔成就了一段好姻缘。离我家十里地的东毛家庄村乳名毛兰嫚,大号毛秀美的 18 岁大嫚,拜师学艺三载,登台成了台柱子,青衣花旦、小生老生,演什么像什么,扮什么是什么,那招式那唱腔,落落大气,雅致生动,举手投足,一笑一颦,一招一式喜煞人,从登台开口一唱就是六十多年,唱进了广播,唱进了电视,唱成了人物。

四胡的琴音,飘过了春,飘过了夏,飘过了秋,飘到了冬,直到伴随着第一片雪花从天上飘摇下来。雪越积越厚,把乡村田野装扮成一幅黑白分明的水墨画,瑞雪兆丰年啊。"大雪飘飘年除夕,奉母命到俺岳父家里借年去……"《借年》的唱腔回荡在白雪飘洒的天空。村里的年轻人要么借用空闲的祠堂或庙宇,要么借用小学教室,在柳腔"戏母子"地指导下,认真排练着柳腔,以备农历正月里演出。其实,还没入冬,柳腔的排练就开始了。

把秋后该收获的庄稼收获回家,该种上的麦子种上,海风沉沉,将一场场寒霜送来,红消绿瘦,气象进入了晚秋,一切显得神闲气静,庄户人进入了"猫冬"时节。年轻人是闲不住的,这么漫长的秋冬,总得寻点儿乐趣,找点儿事干,便由上了年纪的"戏母子"领着,找个清静地场,排练开了年戏。

过年的时候,只放鞭炮吃饺子,不唱柳腔戏,是算不上过年的。当一场场飘飘洒洒的洁白瑞雪落下,一副副红彤彤的春联将年迎进家门,一盏盏火红的灯笼照耀着农家喜庆欢乐、温馨祥和的时候,吉祥祝福的鞭炮成串的在年里炸响。高高的戏台在场院里扎了起来,悠扬的胡琴增加了节日的喜庆,铿锵的锣鼓把沉睡一冬的场院唤醒,这是新一年的开端,是农历正月村庄的狂欢,是全年世俗的盛宴。邻近村疃排演的柳腔戏轮换着上演,今晚演《东京》,明晚演《红娘》,后天晚上演的是《墙头记》……庄户人拖儿带女,扶爹携娘,场场不落,看戏台上文官蟒袍玉带,温文尔雅,武将刀光剑影,粗犷豪放,小姐公主凤冠霞帔,轻歌曼舞……直看得身临其境,津津有味。若是有人看中哪个演员的扮相表演,或哪场戏唱得没有听够觉得不过瘾,散场后打听着剧团第二天到哪个村庄去演出,跟着再去看,有时追着剧团连看几场,去过好几个村庄也不觉得累。

大人们用心看戏,乐在其中,孩子们对柳腔没什么特别的滋味,他们看不懂剧情,剧中的那些故事和人物距离他们太遥远,那些咿咿呀呀、哭哭啼啼的唱词更是听不懂。于是,他们便像泥鳅一样,在人群中钻来钻去,有时会钻到戏台后面,看演员们一笔一画,对镜画眼描眉,梳妆打扮,直看得眼馋心动,恨不能自己快快长大,也在这里涂脂抹粉,演个多情佳人,扮个如意郎君。

乡村的戏台下,是个滋生爱情的地方,成双成对的青年男女都愿意往黑暗或角落里躲。台上,才子佳人传情达意;台下,青年男女卿卿我我。好多上了年纪的人不明白,这些年轻人好不容易挤进人群,不好好看戏,躲在那些地方干什么? 其实,爱情除了不分国家、民族、地域、年龄、贫富之外,还不受时间地点的限制和约束,这就是为什么"月上柳梢头,人约黄昏后"。

柳腔的一个个剧目,像一颗颗璀璨的明珠,使日常生活涅槃出非凡的光彩灵气。它所传达的情,为庄户大众内心的情,它所崇尚的义,为兴邦兴业之义。它合着庄户的呼吸和心跳的节奏,成为寄托好恶、表达感情、社会交往的无形载体,那是早已沁骨入髓的黑土地精气神所向,是庄户儿女融入血脉之中的心理寄托。

花草有代谢,世事皆无常。柳腔随着时代的风云而沉浮,伴着历史的潮流而激荡。"文化大革命"的暴风骤雨,彻底荡涤了传统柳腔戏,"四大京""八大记"成了"四旧",被扫下了戏台,没有了演出的地方,柳腔剧本、演出戏装被撕烂烧毁,好大的一场浩劫啊。破旧立新,一切都变了,业余柳腔剧团变成了毛泽东思想业余文艺宣传队,帝王将相、才子佳人全部换成了工农兵,八个革命样板戏成了柳腔演出的全部内容。

样板戏都是秋冬农闲各生产大队组织青年男女排练,农历正月晚上到邻近村庄无偿轮流演出。由于这些村庄互有亲戚,演员下午到了一个村庄,挂上幕帷,燃上灯光,测试好鼓乐道具,天光就慢慢黑了下来,村里的亲戚做好晚饭后,把演员中的亲戚叫到家里吃饭。尽管农家的日子十分艰难,但晚饭中鱼肉还是要有的,地瓜酒或栈桥白干还是要喝几盅。喝了酒登台演出,就演出了故事。邻村有个生产大队到我们村演出,有个演员姥娘家是我们村,外甥正月里到姥娘门上唱大戏,舅舅顺理成章要把他叫到家里吃晚饭。那演员年轻好酒,不用舅舅劝酒,自己就喝了个八九不离十。那晚上演的是现代戏《沙家浜》,喝酒的演员扮演的角色是伪忠义救国军参谋长刁德一。演出开始后按照剧情有条不紊地进行,可当戏演到《智斗》一场时,出了故事。刁参谋长居然对女主角说:"阿庆嫂,你快把密电码交出来吧。"演阿庆嫂的女演员一听坏了,这小子喝上点酒,忘词了,把上一年排演《红灯记》里的台词搬出来了,便不动声色提醒说:"刁参谋长,你都说些什么呀,我听不明白。"刁参谋长没回过味来,仍然说:"阿庆嫂,我叫你把密电码交出来!"那演刁德一的演员没听出阿庆嫂的提醒,可台下看戏的人们都知道是怎么回事,见这戏演得穿帮了,都屏住呼吸不吭声,瞪大眼睛静观其变。阿庆嫂见刁参谋长还没明白,急中生智说道:"刁参谋长,密电码不是去年就叫我送到北山交给游击队了吗?"阿庆嫂的这一句台词使刁参谋长醍醐灌顶,茅塞顿开,他幡然醒悟,知道自己将去年所演之戏的剧情搬到了今年,说错台词了,听阿庆嫂这么一说,他灵机一动,赶忙回道:"哦,我把这事给忘了,那密电码是去年你就送给北山游击队了,那今年咱们就聊聊新四军的事吧。"接着开口唱道:"新四军久在沙家浜,这棵大树有荫凉,你与他们常来往,想必是安排照应更周详。"剧情峰回路转,又回到正在演出的戏剧中,这场子转得快,救得好,不但没有砸场,对整台戏的演出也无大碍,只能算是出了个小插曲,台下立刻掌声雷动,一片叫好的喝彩声。这种事儿极少发生,虽然过去若干年了,但人们仍时常提起,每次回忆起来都忍俊不禁。

柳腔在岁月激流中沉沉浮浮,在如流的时光中渐行渐远模糊起来。当年唱戏的场院或不见了踪影，或兀立在那里独自品味着孤独和忧伤，那村村都有的柳腔剧团，多已云消雨散，不知所踪。虽有惨淡的延续和坚守，偶尔有一两个柳腔剧团到村庄去演出，也都是草台班子，演员都是些中老年人，年轻人没有或极少，而看戏的也都是些鸡皮鹤发的耄耋之人，年轻人或进工厂打工，或赶着经商，都忙着挣钱，谁还有闲心看戏学戏演戏。而柳腔的排场也越来越简陋，幕帷、布景越来越简单，同往昔不可同日而语，使人不仅从心里涌起阵阵惆怅、无奈和叹息。

"菽子窜芯骑烈马，胡秫秀穗使枪拧。麦子盘腿打下坐，谷子去穗哭嚎声。地瓜撒下绊马索，要害荞麦百万兵……"这不是久违了的、那无比熟悉的柳腔吗？近日下乡去一个村庄，文化广场里上演的正是耳熟能详的柳腔戏，唱的恰巧是《赵芙蓉观灯》。演员青春靓丽，一袭青衣装扮，身姿亭亭玉立，风摆杨柳，唱着人们熟悉的戏词："黑豆地里打一仗，黄豆地里安下营。绿豆地里开了炮，砰啊叭的不住声。秋后出来一个镰将军，不论糙好一扫平……"驻足听罢，不由地感慨万千，眼睛有些湿润。看完演出，已近傍晚时分，天边还有些发亮，缕缕霞光的余晖还未燃尽，在天际间闪烁。出了村头，喉咙有些发痒，抬头看看天色，《罗衫记》的唱腔禁不住从胸腔喷薄而出："日落西山天黄昏，虎入深山鸟入林……"

腥咸的海风迎送着魂牵梦萦的柳腔，那是永远割舍不断的乡愁啊！

鼓韵悠悠

纪彩凤

盛夏,流亭峄阳文化园,撩过一声镲的雄壮,激情便一点点燃烧起来。令旗动处,鼓声如天空雷声,渐近渐强。镲声越发激烈,舞步也越发灵动。一时间,鼓声、镲声、呐喊声层层叠叠,如滔滔黄河,浪花翻卷……

短暂休息 10 分钟,一名新鼓手再度挎起盘鼓。1.5 米长的背带勒红肩膀,汗水顺着脸颊,热气腾腾地流淌。"跳跃时幅度要大,整个人打开,才能舞出气势!"第十代代表性传承人胡文荣喊着,鼓者纵身跃起,鼓槌呈"八"字捶向腰间大鼓,脚刚一着地,人再度跃起,脸部青筋暴露,喉咙气力迸发。

在这个神奇的流亭小村庄,在这个神仙出现的小村庄,流传 400 多年的洼里盘鼓,有一段悠久的历史。

明万历年间,洼里胡氏七世祖胡文翠将汝宁一带的"迓鼓",带回家乡洼里。"迓鼓"原为迎接军队凯旋的锣鼓表演形式。胡文翠根据"迓鼓"的特点,规定按"鼓二镲一"的乐器比例、鼓队最少 26 人(另有"令旗"1 人任指挥)等基本要素,以蕴含欢乐意义的"盘"字代替"迓"字,更名为"盘鼓"。

1935 年,教师胡信昌在洼里胡氏子弟小学音乐课上传授盘鼓,并将盘鼓定名为"洼里盘鼓"。

1996 年后,洼里盘鼓第九代传承人胡保恩聘请音乐专家来村对洼里盘鼓鼓谱和表演套路进行挖掘整理,整理制定连珠炮、雄鹰展翅、叠罗汉、大得胜、普天同庆五个篇章,具有浓郁的地方传统风格,成为域内外节庆活动中常演不衰的节目。

它是一种集打击乐器、舞蹈表演、武术动作、彩旗锦衣为一体的民间鼓乐舞蹈表演形式,将使其原始的艺术风格得到更好地保存和传承。

洼里盘鼓讲究气势,击之如雷,动之如涛。每面鼓重约 25 斤左右，水牛皮面，朱红色鼓身；鼓槌由粗壮的柳枝做成，长 35 厘米，直径 2 厘米，用红布包裹；鼓手多为青壮男子或年轻有力的女子，力气非凡、龙马精神。在表演准备阶段，鼓手扎稳马步，双臂架平，鼓槌末端贴于鼓面，而上端朝天。令旗一动，鼓手们双臂上扬，大力捶击，顷刻，胸中之气化为巨雷般的鼓声。令旗再动，鼓手们上前跨步、跳跃，随之呐喊。鼓队无固定编制，规模可大可小，一般按"鼓二镲一"的比例组合。最小的鼓队有十几个，大的鼓队可有几十人甚至百余人组成。演奏时，将鼓的背带斜挎在左肩，鼓置于腰前，鼓面向上，用双鼓槌击奏。击鼓方式有"击鼓面""击鼓面边缘""击鼓框""双槌互击"几种。铜器多用大镲（民间称之为"帽儿镲"），亦有配用手镲、水镲的。传统鼓队中常配有四面或八面马锣。演奏中，锣手常将马锣抛向空中，马锣落下后，接在手中继续演奏，称之为"撂马锣"。

"洼里盘鼓鼓中有舞，舞中有鼓，敲到兴奋时，大汗淋漓，酣畅无比。"盘鼓队队员说，盘鼓的动作粗犷、豪放，五六十人整齐律动，配合鼓声、镲声，彰显出洼里人风格、城阳人气派。

"一只大鼓 12.5 公斤，表演、训练时常常挂在肩上一整天，对体力要求很高。"洼里村胡孝泽说，初学者开始练力量，然后学敲鼓，最后学舞蹈动作，没有三个月的训练，根本无法上场表演。盘鼓，算得上是打击乐器中最为震撼和浑穆的一种。一支盘鼓队的表演，往往让观者热血沸腾、精神振奋。

2018 年 7 月 18 日至 20 日，流亭峄阳文化园中充满欢声笑语，具有浓厚历史文化和乡土气息的"青岛非遗大集""非遗日"游园活动、柳腔戏专场演出等系列活动如期举行，众多国家、省、市级的非物质文化遗产项目集中亮相。文化园内古乐清丽典雅，国学诗书传韵，礼仪鞠躬致敬，笃静优雅致善，处处洋溢着浓厚的人文气息，处处散发着阳光生活的幸福光晕。盘鼓震地，鞭炮排空，古曲悠扬，稚子献声。9 点 18 分，活动正式拉开帷幕。

在众多演出节目中，流亭街道的洼里盘鼓表演很是抢眼，表演者浑身散发着一股精气神儿，他们有节奏地变换着击鼓方式，气势宏大，队形时而走成四横排，时而围成一个圆圈，引得观众掌声连连。

看,洼里盘鼓击打时挂于腰间。动作有大鹏展翅、叠罗汉、振翅飞天等技巧,击鼓时,鼓声震天,勤劳的洼里人用激昂的鼓声表达对家乡的热爱。

"我们算得上城阳区民间艺术节上的常客了,基本上年年都会来参加演出,每年我们都会根据不同的主题请专业老师帮我们排节目。团队的成员都很爱好这个,1996年开始我们社区就组建了洼里盘鼓的演出团队。洼里盘鼓最早是400多年前从河南传过来的,为此当时专门从河南开封请到了老师给团队进行指导排练。"洼里盘鼓传承人胡孝泽说,"我们的演出团队算是在城阳区最早组建的一批民间艺术演出团队了,20多年来我们一直在不断学习、勤加排练,也经常参加各项演出,演员们虽然是业余出身,现在个个儿都挺专业。"

好一个洼里盘鼓,你传承了400年的文明,是岁月的流痕! 是一枚城阳风情中的奇葩!"击之如雷,动之如涛,鼓中有舞,舞中有鼓",极富感染力的洼里盘鼓在全区播响,越来越多的人开始投身于这种民间艺术,洼里人那种独特的"雄壮美、严谨美、神圣美与野美、土美、醇美"在盘鼓中表现得淋漓尽致。

孔子说:"钟鼓之声,怒而击之则武,忧而击之则悲,喜而击之则乐,其志变,其声亦变,其志诚,通乎金石,而况人乎?"

盘鼓一响声震天。短短数年,洼里进入"盘鼓时代",盘鼓声名远播。20多年来,洼里盘鼓队成绩显著。1998年后,洼里盘鼓除在城阳域内表演外,还参加青岛啤酒节、青岛市广场文艺演出、青岛市民间艺术节演出和历届城阳区市民节、艺术节演出,演出套路更加完整和规范,传承人队伍增至86人,影响广泛。2009年,洼里盘鼓被列入城阳区非物质文化遗产名录,2015年1月,又被成功列入青岛市非物质文化遗产名录。目前正在申报省级非物质文化遗产项目。2015年,洼里盘鼓贺元宵的场面登上了中央电视台新闻频道《共同关注》栏目,"百年老字号"洼里盘鼓一跃成为街头热议的城阳文化新名片。

一提到洼里盘鼓,居民群众你一言我一语,表达对洼里盘鼓的喜爱之情,根本停不下来,他们说:"我们对盘鼓特别喜欢,它特别有年味。"

洼里盘鼓艺术是历史悠久的传统民间艺术,其文化底蕴深厚,内涵丰富别具一格,令人叹为观止,爱不释手;同时,它还具有较高的艺术价值,观赏价值。

每逢击鼓,男女青年手足舞动,氛围浓烈,欢腾喜悦,振奋人心!鼓齐鸣时,排山倒海,气势磅礴,响彻数里。热情洋溢的战鼓表演,敲响新年的鼓点,带来一年的喜庆与好运!

洼里这些非物质文化遗产传承人正用他们的智慧和辛劳,执着追求和不懈努力,为青岛市非物质文化遗产洼里盘鼓的保护、传承做出更大的贡献。

读了一些关于盘鼓的疏疏落落的官方记述,我不禁对洼里人深深地敬佩起来!钟鸣鼎食不是靠着先祖胡峄阳神仙的庇荫,而是靠着不断创新以及双手劳动的结果。

他们怀有一颗敬畏之心,把洼里盘鼓发扬光大,传承物质文化遗产的文明!

绵延不断的高跷情

纪彩凤

"喇叭一响,浑身发痒,锣鼓一敲,乐得蹦高。"这句民谣形象地反映了人们对高跷的喜爱之情。每逢春节、元宵、庙会等重大节日,西宅子头社区就热闹起来,锣鼓喧天,彩条飞舞,来自社区高跷会的成员们脚踩高跷,身着彩服,在"扭、浪、逗、相"等诙谐动作中,为观众献上一场浓郁的乡土气息演出。

幽默诙谐的乡土风情

今年50多岁的李启源是城阳区夏庄街道西宅子头社区高跷队当中的一员,他的父亲和儿子也是踩高跷的好手。"我从小就看着我的父亲踩高跷,觉得很好玩,带着好奇心,回去把家里的板凳腿锯掉绑在腿上,没想一下就试走成功了。慢慢就学会了,同样我儿子也是从小看着我踩高跷,才产生兴趣的,他便每天在家门口练习,琢磨演出中表演的每一个动作,很快就上路了。我希望踩高跷这种表演形式能够一直不间断地传承下去。"

"表演形式丰富多彩,人数少则两三人,多则八九人。表演者妆饰多模仿舞台戏剧人物,有的按戏剧套路扮演,如'唐僧取经''白蛇传'等,表演者边走边做各种各样惊险、滑稽的动作,吸引百姓驻足观看。"说起高跷表演,李启源话如泉涌。

去年1月23日一早,社区大院里就传出了喜庆欢快的音乐,近20名身着彩装的居民聚集到了院里。他们戴起头饰和面具,从一个仓库取出高跷等物品准备起来,原来,他们是西宅子头高跷队的成员,平日都各忙生计,现在为了鸡年正月里的演出,进行第一次集合排练。

绑好高跷,大家在音乐声中操练起来,高跷一踩,丑媚的老太太,灵动的孙悟空,都变得活灵活现起来,逗得扭秧歌的队员和大院里其他观众大笑不止。55 岁的肖银世扮演的老太太形象很受大家欢迎。每次训练和表演前后的绑、拆高跷，都是最需要仔细完成的环节。

社区工作人员介绍，西宅子头高跷前些年已被收入区级非物质文化遗产。

西宅子头高跷现在的传承人王磊告诉记者，目前高跷队有成员 30 多人，其中真正能踩高跷的近 20 人，大都在四五十岁，最大的已经 63 岁，其他人则在队伍中配舞形成队形。"我们的高跷大都以杨木制作，形状很有力学的讲究，每年都要对高跷进行维护后再使用。"尽管当地政府很重视民间文化的传承和保护，每年也拨付一定资金。然而，随着外出务工人员的增多，以及新的文化表演形式和娱乐形式的增多，高跷的学习者越来越少，年轻人不愿深入学习，老的表演者因身体原因逐渐退出表演队伍。这让王磊内心有些酸楚。

高跷是西宅子头先辈经过一代又一代的传承与发展，绵延至今的。它既丰富了人民群众精神文化生活，增强了人与人之间的团结和谐，又体现了当地老百姓祈盼风调雨顺、农业丰收的美好愿望，也为后人留下了丰富的非物质文化遗产，影响深远。

源远流长的西宅子头高跷

据了解，高跷传入城阳地区约在 1500 年以后，是由当地从河南引入的一项民间艺术活动，传入后乡间人们每逢节日时便进行群众性演出活动，一直延续至今。1923～1924 年间，今城阳区夏庄街道西宅子头社区陈照本、周庚等人先是扮装西游记人物、三国人物在庙会上进行演出，传说有时他们也化装成二十四孝人物及渔翁、媒婆、傻工子、小二哥、道姑、和尚等人物。表演扮相滑稽，能唤起群众的极大兴趣。在每年四月十八日的玉皇岭庙会上演出，很受当时群众喜爱，演出过程中群众送食品或果木，很是热闹非凡。

后来，由李衍江等人在原先的演出班底基础上于 1937 年前组成了 10 多人的高跷队，在赶玉皇岭庙会的同时期参加了石桥庙会演出。他的演出又增加了娃娃头等道具，装扮成各色的历史人物，如关公、张飞、吕洞宾、何仙姑、张生、红娘、济公、神仙、小丑皆有，演艺技术能够做到翻跟头、劈胯、翻桌子等动作。体现当地老百姓期盼风调雨顺、农业丰收、人与人之间的团结和谐的心理要求。

王磊是西宅子头高跷第四代传承人,西宅子头社区舞蹈队组织领导者,家庭文化氛围浓厚,父亲爱好毛笔字。2003 年西宅子头社区在街道科教文卫服务中心地倡导挖掘整理下,把高跷队重新组织起来。王磊也由此开始接触高跷,先从找人制作高跷腿子,怎样绑高跷学起,慢慢地跟着踩高跷的前辈们学习,一点一点地接触,就这样慢慢学会了踩高跷。高跷主要是由木杆做成,上部制有脚踏板,然后将跷杆绑在腿上,演员演出时穿戴各色各式的装束,扮成各种人物故事角色。在行走时不仅如履平地,还可以进行单步舞、齐步舞、单腿转圆周、群步舞等。高跷队先将高跷腿做到 30 cm 高,渐而将高跷腿做成 40~50 cm高,后来又将高跷腿做到 100~120 cm 高,形成低跷、中跷、高跷三种。

经过几个月的训练,这项古老的民间艺术重新展现在世人面前。目前这支队伍已壮大到 48 人,并连续 3 年在城阳区民间艺术节上亮相,成为该节会唯一的传统民俗保留节目。

这些年来,由西宅子头社区居民所组成的高跷队就一直活跃在各大节庆活动上,为老百姓带去欢乐。在表演时,艺人们要穿戴着各色各式的装束扮成各种人物,并踩着用杨木特制的高跷进行表演,演员在表演时还能跳跃、舞剑、弄棍,可以行走 10 千米以上。由于踩高跷对人的平衡、体力都有很高的要求,所以现在踩高跷的都是社区里的青壮年。

儿时奇奇怪怪的高跷记忆

童年里,每逢正月的时候,踩高跷的大队人马便会走街串巷演绎这一民间艺术。当时只要听见锣鼓喧闹声一响,人们一下子从自己的家中挤了出来,老的、少的,有说有笑,闻声奔向小村里的街道,把踩高跷队伍围得水泄不通,平日平静的小村子一下子锣鼓喧天、热闹非凡。只见踩高跷的人们浓妆艳抹老少皆有,脚踩一米半高左右的木棍,他们扮演戏剧里的渔翁、媒婆、傻公子、小二哥、道姑、和尚等。嬉笑着表演,还跟人们互动,真是滑稽。眼睛不看地还可以作舞剑、劈叉、跳凳、过桌子、扭秧歌等动作,边演边唱,生动活泼,逗笑取乐,如履平地。或许受了周围观众的影响,伴随着阵阵欢呼声,演员们更加卖力了,一个个精彩绝伦的表演,时而让村民们目瞪口呆,时而掌声如雷,时而爆发出一阵阵大笑,有时也跟着演员后面扭起了秧歌——人们似乎忘记了来年还得辛勤劳作,忘记了所有的烦恼,只知道尽情地跳啊、唱啊、扭啊。整个村子都沉浸在幸福和欢乐中。

正月里的风还很硬,吹得观众似乎难立住脚,我的心儿提到了嗓子眼,担心踩高跷的演员会从高空摔倒,但他们衣袂飘飘,走得稳稳当当。我暗暗地在心里喊:高,水平实在高。

后来,离开了村子,住进了城里的楼房,也随着各种娱乐设施的更加现代与普及,我欣赏到了各种文艺节目,但高跷这种文艺节目仿佛失了影,没了踪。常常会怀念起自己儿时看高跷的情景,还会回忆起当时踩高跷的艺人胆大高超的艺术表演。

现在,只要看到西宅子头高跷这一民俗表演,相信很多人会刮目相看。村里老人说:“高跷是祖辈留下来的宝贝,啥时候都不能丢。咱要让更多的人都来了解高跷,热爱高跷。我们有信心将这门传统艺术传承下去。”500年延绵不断的高跷情,正在城阳大地上流淌着精彩,在幽默诙谐中演绎着乡土风情,让非物质文化遗产点缀下的城阳随时都闪出光芒。

总之,春节是象征兴旺发达,催人发奋图强的节日,而踩高跷是一个充满希望、充满活力的节目,何乐而不为。站得高,看得远,上面的空气很新鲜! 有兴趣的老少乡亲们,可以学习学习。

温馨提示:踩高跷属高难度动作,请在专业老师的指导下尝试、练习。

一代拳王傅士古

黄玉凤

一直在文字里修篱种菊，任尘世的悲喜在静默中流转成清欢的模样。接到城阳文联撰写《城阳印记》的通知，见家乡"傅士古拳"在撰写名录中，心不由自主倏地一震。对文字的敬畏再一次侵袭入心。

五彩的图画将晚秋渲染，时光在一枚枫叶上呢喃。古人已隔千里，唯水墨里还能回旋他最后一韵。

带着不负故人的敬畏之心，驱车赶往城阳区惜福镇街道傅家埠社区，高楼林立中寻到傅家埠社区居委会，社区会计傅春萍女士热情地接待了我，知道我的来意后，她带领我参观了社区傅士古拳基地，基地里摆放着各种练功的器械，墙壁上镶嵌着傅士古拳拳谱和动作要领，一招一式透露着傅家埠村民传承傅士古拳的痕迹。

社区副书记孙丕杰告诉我：清代，傅士古自幼习武，被民众誉为"胶东三杰"之一，他性格豪爽，为人正直、勤奋好学、行侠仗义、见义勇为，其拳路广、套路多、武功精湛，威名远扬。在傅士古的言传身教下，傅家埠村成为远近闻名的武术之村。1949年，傅家埠村有拳房22处，参与习武练拳者2000多人。20世纪80年代，傅家埠村还有拳房2处，招徒弟、练气功、授拳术，武术教练是傅士古的后代傅普先、傅新群。傅士古拳因不是国家规定的武术拳种，新中国成立后举行的比赛，傅氏拳只能参加表演，不能参与比赛活动。说到这儿，孙副书记说："虽然傅士古拳没有参赛，但傅士古拳谱培养出一批武术家，对百姓强身健体发挥了突出的贡献。"孙副书记接着说："现在，社会稳定，人民生活富裕，学拳的人越来越少，现在傅家埠村只剩一处拳房，重点以强身健体为主。"

为了进一步了解傅士古拳，在傅春萍女士的引见下，我见到村里年长的傅氏老人。他身体硬朗，精神矍铄。一提傅士古拳，老人家一脸的自豪。老人家将自己对傅士古的所闻向我娓娓道来。

早些年间，傅士古家里很穷，家里人吃不上饭，当家里人把村前村后的野菜都挖光了的时候，傅士古跟随村里年长的男人外出扛长活。

十几岁的傅士古跟随村里人到百里外的胶州、平度一带，在一大户人家扛活，这大户人家的管家把最累、最脏、最重的活分配给小小年纪的傅士古干。虽然傅士古年纪小但他有一身好力气，只要能填饱肚子，管家让他干什么他就干什么。

春末夏初，地里的活不多，管家辞掉了其他人，只留下傅士古在内的三个人，干一些装装车、赶赶场、喂喂牲口、放放羊一类的轻快活。

大户人家的牲口多，除了干一些杂活，还要照顾十几匹马的吃喝。

傅士古在马棚北角搭了一个临时棚子自己居住也方便喂马，在一个月圆的晚上，他起床喂马，听到东园里传来扑通扑通的响声。傅士古好奇心强，想看个究竟，他轻轻地靠近土墙根，这时，他听到比先前扑通扑通的响声又多了像刮风一样的沙沙声。傅士古踩到墙根的磨刀石上，踮起脚向东园张望，只见院子中央，有七八条汉子正光着膀子、手挟腰部、双膝弯曲，在师傅的手势指导下，出拳、伸拳、下腰。师傅手势一挥，这七八条汉子沙沙地行走，快步如飞。傅士古正看得出神，一只猫踩翻了墙上的瓦块，一个声响，傅士古踩翻了脚下的磨刀石，他赶忙捂住嘴巴，一溜烟跑回了马棚。

这一晚上，傅士古久久没能入睡，他要像东园子那些汉子一样有本事。从此后，傅士古每天晚上都偷偷去看，他怕被管家看到，受到处罚。当夜里打更的人来了，他就找地方偷偷藏起来，等打更的人走了，他再趴土墙上偷看。

傅士古将晚上看到的拳术记在心里，白天放马时在树林里练。好景不长，有一天傅士古练拳入神，没有发现管家已经走到他身旁，管家质问他在哪儿学的本事，傅士古谎称自己瞎玩，没有学本事。管家知道他在说谎，想找个理由处罚他一下，可傅士古没耽误干活，管家也只好作罢。

那天起，傅士古没了偷学拳术的自由，因为管家安排打更的人看住了他。

在打更看着他的时候,他就装作睡觉,等打更的走了,他就在马棚边练拳。

时间长了,打更人没看到傅士古偷拳,便不再监视他。

傅士古为了不让管家发现,白天不再练武。晚上学拳,下半夜借着月光对着白灰墙练。天长日久,傅士古连偷学加悟道练就了一套独门拳术。

回家之时,傅士古教村里的穷兄弟练拳,一开始大伙儿不感兴趣,傅士古表演了霸王举鼎和枯树盘根两个套路,大伙儿马上来了兴致,都跟傅士古练起拳来。有一次,年关将至,傅士古没回家,一伙强盗进村抢粮,被大伙用傅士古教的拳打出了村。

傅士古每次回村,都给兄弟们传授拳术,他不主张集中练,而在村东、村西、村南、村北各派自己的掌门,教弟兄们分散练习。因此,新中国成立前,傅家埠已经拥有 20 多个拳坊。练的人多了,傅士古的名声也大了起来。由此,傅士古成为远近闻名的"第一拳"。

讲到这儿,傅家老爷子接着说:那时候,天下不太平,有很多欺男霸女,无恶不作的恶棍,为了行侠仗义,解救贫苦百姓,傅士古受了很多磨难,被恶人打昏过无数次,为了学到精湛的拳术,他背上干粮,一心去见千里之外的山西武林掌门人。从山东到山西,他走破了鞋,赤着脚西行,脚板磨烂了结痂,结痂了再磨烂,到了山西,脚板练成一副不破肉不出血的铁板脚了。路上,饿了吃口干粮,渴了喝几口河水,有一天,遇到下雨,傅士古被大雨淋病了,他躺在河边的大石头上迷迷糊糊睡着了,他梦到自己的爹娘,梦到手持大刀的强盗向爹娘身边逼来。他被吓出一身冷汗。醒来,傅士古悲愤交加,强忍着病疼和饥饿的折磨,跟跟跄跄向山西方向奔去。

天上下起清雪之际,傅士古终于来到山西一寺院,见到他历尽千辛万苦想见的武林大师,武林大师见傅士古求师心切,再加上他被傅士古勤奋好学、行侠仗义所感动,便收傅士古为徒弟。

傅士古在师傅地指导下,先是担水,后是劈柴,再是跳石阶,掌击古柏树身。冬去春来,傅士古手臂的力气更大了,跳石阶从开始跳三个石阶到一跳十几个石阶,古柏树一掌就击成碎木渣。后来,师傅让傅士古掌击沙袋,并教给他要领:"正掌击心,反掌击背,用力要柔,木劈石碎。"傅士古咬破手指将要领记在墙上。

一天下山担盐,在街市上小歇,师傅要来茶水两碗。师傅并没有喝茶水,他用手指在木桌上轻轻一按,桌面上立刻凹进去一个窝,师傅将茶碗放了进去。傅士古一看便知道师傅在考他,他起身捡来一块拳头大的石头,石头在他手心一攥,石头碎成渣滓,傅士古奋起一掌,石渣平平地贴在扁担的端面上。看到这里,师傅微笑地点了点头。

明月山静,星绕月盘。

古柏树下,师傅教傅士古少林断桩、八卦、穿破铁掌击心后立即铁砂掌击背再一个飞跃空中胸前挂印等拳法。

两年零两个月的工夫,傅士古回到了傅家埠继续惩恶扬善,继续传授武艺。

傅老爷子继续说:"傅士古发动全村人习武,并教育全村人要有武德,不能要英雄、逞好汉、不倚强凌弱,不恃武伤人。要有宽阔的心胸、以礼待人、惩恶扬善。动荡的年代没有哪个恶人敢到傅家埠撒野,邻村如果有什么难事,傅家埠人也极力相帮。这种优良的传统一直流传至今。"

"傅士古还有后人吗?"我问。

"有,他的第七代后人傅相贵在防火站护林,他不喜欢习武,话也不多。"傅春萍女士说。

一路颠簸,来到傅家埠山防火站,见到一脸漠然的傅相贵,问起傅士古拳的事,这位60多岁的男人吞吞吐吐:"俺爹和俺三爹会打拳。其他的,俺就不知道了。"一丝遗憾袭上心头,但一代拳王傅士古的后人依然健康,已是一种莫大的欣慰。

那旧时的人,旧时的事,一如那隔夜的茶,透着生涩与薄凉。生活也许就是一种无奈的承受,当岁月蹉跎成铅字,不论你愿不愿意翻阅,它依然伫立在时光里不卑不亢,不离不弃。

漫天飘舞的落叶带着对秋的无限眷恋,魂归大地。我站在晚秋静美的时空里,带着对故人的崇敬,思绪万千。

喜鹊飞起,我惊喜地看到西天的晚霞,染红了傅家埠广场那群习武孩子的脸颊。

锦绣岁月

刘好军

这是一幅幅算不上遥远但却有些模糊的画面：农家的庭院里，大嫂小媳妇三三两两成帮结伙，说笑着在布花上飞针走线；村头的柳荫下，大嫂婶子们每人眼前一个笸箩，一边照看着蹒跚学步、咿呀学语的孩子，一边东拉西扯着家常，手里不停地扯丝拉线，不时地用剪子剪去针头线尾；冬日的炕头上，上了年纪戴着老花眼镜的大娘们，盘腿坐在暖融融的光影里，将暖冬绣织进密密麻麻的针脚……

我的家乡把花边绣织叫作"绣花""奏花边"。从我记事起，左邻右舍家家都有飞针走线"绣花""奏花边"的姐妹婶娘，"绣花""奏花边"似乎是她们生活中的重要组成部分。长大后我才知道，家乡"绣花""奏花边"有些历史了。

我的家乡在胶州湾北岸，早先属即墨县西南乡，如今属青岛市城阳区。那碧水沃土，养育得一方儿女男儿健壮勤劳，女儿心灵手巧。那些淳朴聪慧的乡间女子，为了使苦涩的日子多些滋味，暗淡的生活多些光彩，枯燥的岁月多些生动，便在劳作的罅隙，用灵巧的双手，在衣帽鞋袜上精绣出鲜活的花鸟鱼虫，在花被枕头上密织出一片片戏水鸳鸯，在婚娶嫁衣上抽勒出一枝枝并蒂红莲，在戏服剧装上切勾出人物的丽姿丰采……那些沿袭了不知多少辈子的传统女工绣织针法，经过她们脱胎蜕化，镶拼组合，犹如一枚种子，终于破土发芽，生长成花边幼苗。

腐朽一经点化就是神奇，璞玉经过雕琢必将大放异彩。为了使花边这株幼苗茁壮成长，乡间女子们用辛劳睿智为其施肥，用心血汗水将其浇灌，用神奇双手为其梳理。一幅幅"五谷丰登"养育它的血肉，"山川草木"强健它的筋骨，"龙凤呈祥"祝愿它的吉祥，"四季美景"铺展它的前程……她们使用丝光线和亚麻布，运用近二十种工序，将几十种织边和刺绣针法相交融,使绣织的花边针线松紧一致,底线适宜,用线不碾不毛,网眼均匀清晰,针码平均,从而使孱弱的花边幼苗终于长成绣织奇葩。那花边上闪耀着田野旖旎的风光,流淌着鱼游虾跃的欢畅,缀满着世间沧桑的风雨,密布着儿女情长的爱恨,浸染着辛勤劳作的汗滴,留有着痛楚失意的惆怅……那一幅幅、一方方经纬纵横的花边,朴素自然,构图别致,柔美大方,那清晰美观,色泽素雅,花样繁多的桌布、床罩、窗帘、沙发巾等,以"镶边"的雅称,头顶"抽纱瑰珍"的桂冠,从质朴的乡土走来,抖掉身上的土气,走进庭室,走进庙堂,走出国门,走向遥远的"绣花""奏花边"的乡村女子们所不知道的东南亚、欧美地区。

新中国成立后,国家为了扩大商品出口,增加创汇收入,先后在即墨、崂山县建起花边厂,专门从事花边生产。厂家为增加花边产量,从农业生产合作社时期,就在区、乡、公社设立花边站,给付有限的薪酬,号召会"绣花"的农村妇女工余"奏花边"。不少农业生产合作社或生产大队为增加集体收入,专门成立花边加工组,组织妇女中的"绣花"能手不用参加农业集体生产劳动,专事"奏花边",从事花边加工生产,作为农业社或生产大队的一项副业收入。其他的农家妇女也在繁重的工余,到花边站领取花边图样,起早贪黑、披星戴月的"绣花",用飞针走线的"奏花边"收入,换取燃油打火之资,为没滋没味的日子增添些油盐。于是,在我的家乡,一年四季常常看到这样的情景:农家不太宽敞的过道里,村中花开如雪的古槐下,灯光昏暗的土炕上,偌大的花边图样被分解成一块块,每小块钉在尺半左右的蒲席上,一双双巧妙的手在上面眼花缭乱地穿针引线,锁扣、织布、搁边、插花、纳底、锁边、掏眼、扒丝……那一块块生动传神的草木花卉、鱼虾蟹贝、飞禽走兽、如画山水等绣织得惟妙惟肖。将绣织好的小块花边图案镶拼连接、修整熨平后,便形成了一幅幅、一方方左右对称、层次分明、色泽清秀、淡雅素洁、具有强烈浮雕艺术效果的精美花边。

在十村八疃"绣花""奏花边"的女人中,最为出名的要数来宝娘。

别看来宝娘是个孤老婆子,年轻时不仅"绣花""奏花边"活儿利落,让人百看不厌,绣织的花边图案像画儿上描下来的一样,活灵活现,栩栩如生,没有半点瑕疵,能以假乱真,人也长得出类拔萃,是一朵有名的鲜花。那轻盈高挑的身材,艳若桃李的脸腮,随身摇摆的秀发黑辫,撩拨着小伙子们的心弦。不少殷实人家上门提亲,她都不允。人们猜测这俊鸟不知栖息哪棵梧桐树的高枝呢,她却嫁了个家境有些贫寒的庄户汉子。婚后小两口知冷知热、你敬我爱,日子过得倒也温饱。儿子来宝出生后,两口子更是男耕女织,勤勤恳恳,指望着靠勤劳过上好日子。可天有不测风云,人有旦夕祸福,自古红颜薄命。来宝十岁时,丈夫夏天到田间锄地突遭冷雨浇身,持续高烧不退,灌下不知多少瓦罐汤药也无力回天,撇下他们娘儿俩走了。人们见来宝娘青春年少,形单影只拉扯孩子过日子不容易,便劝其改嫁,被她一口回绝。她一边耕种着田里那点儿薄地,一边用"绣花""奏花边"挣来的钱供来宝念书。

来宝二十岁那年新中国成立了,家里分到了房子分到了地,来宝还当上了村干部。正当有人登门给来宝提亲说媒时,朝鲜战争爆发了,政府动员年轻人参军入伍抗美援朝。来宝年龄相当,又是村干部,自然得带头报名。他报上名没几天,就随抗美援朝的队伍走了。来宝娘成了军属,家里的土地本可以由村里派人代耕,可她谢绝了村里的照顾,仍然像往常一样白天到田间劳作,夜晚"绣花""奏花边"。有人看她辛苦,劝她夜间歇歇,不要再忙活,她说不累,挣点钱,好给朝鲜回来的儿子娶媳妇。

两年以后,跟来宝一块儿入伍的志愿军陆续回来了,唯独不见来宝的踪影。当娘的多次到区里、乡里打听儿子的消息,都说不知道。问道的次数多了,有人说可能来宝执行的是"特殊任务",年儿半载回不来。来宝娘信以为真,就不再打听。她不时地一个人来到村头,手搭凉棚朝东北朝鲜方向张望,嘴里喃喃祈祷着。

其实,来宝春上就在朝鲜立下大功牺牲了,立功证书和阵亡通知书早就寄到县里,县里转到了区里,区、乡干部既为来宝自豪骄傲,又实在不忍心将这不幸的消息告诉来宝含辛茹苦的娘。于是,便把来宝牺牲的消息封锁起来,能拖延一时算一时,能隐瞒一天算一天,尽量让来宝娘晚知道。

快过年时，来宝娘从一个说漏了嘴的乡干部那里得到了那个痛断肝肠的消息。她一个人来到区里，默默地接过那些属于她的证件，回到家里立起儿子的牌位，撕心裂肺地哭了个昏天黑地，把泪水哭干之后，这个身材娇弱的女人挺起干瘦的脊梁。母以子贵。作为英雄的母亲，农业社及此后的生产大队让她负责花边加工组，管理集体花边加工生产，她知道这是农业社或生产大队照顾她，就让别人顶了差。她谢绝了政府给予的烈属待遇，除每天早中晚三时雷打不动地在儿子的灵前烧三炷香，一日三餐摆放一副盛满饭菜的碗筷外，仍像从前一样，白天上坡下地干活，用繁重的劳动驱散心中的苦闷，夜晚把对儿子的思念，绣织进素洁的花边。她的高风亮节，赢得了乡亲们的口碑。来宝娘很在乎与乡亲的人情，红白之事她大多都到场，但娶媳嫁女却从不去，她是怕触景生情，欢声笑语引发她悲伤哀痛的泪水。

时光一年年过去，日子一岁岁流逝，苍老的皱纹爬上了来宝娘的面颊，岁月的风霜染白了她的满头青丝。她在过完七十三岁生日的第二天就病倒了，只过了一天就咽了气。弥留之际，前来看望她的政府干部问她有什么要求，她吃力地抬起手，指了指一个暗紫色的木头箱子，那是她结婚时，娘家给她的陪嫁。

来宝娘去世后，政府干部打开那只木箱惊呆了：只见箱子里花花绿绿满满一箱子新中国成立后印制的各种版本的不同币值的钱币。那是一个女人半辈子的辛劳，是一个母亲一辈子的心愿和寄托啊！那钱钞上分明沾染着母亲的汗滴和泪水，浸透着温暖的母爱。政府干部哭了，在场的乡亲哭了。他们用其中的一些钱给来宝娘和她英雄的儿子各筑起一座紧紧相挨的全村最高大的坟墓，让母亲再也没有了思念和泪水，母子在分别三十多年后终于在地下骨肉团聚，然后把剩下的钱由村里设立了奖学基金，用来奖励那些品学兼优的孩子。从此，每年清明节，学校都组织孩子们来到来宝的墓地，追思英雄，悼念先烈。

当来宝母子的墓地开满野花的第二年春天，农村实行了农业生产责任制，土地分到了户，生产队没有了，女人们不再耗工费时"绣花""奏花边"，大都到工厂上班或做起了生意，家家户户日子过得挺滋润。虽说花边厂散伙倒闭了，但"绣花""奏花边"这档子营生还在，只是改成了机器绣织,从前几天才能绣织出的一幅花边,如今不用一个时辰就能完成,而且图案新颖,花样百出,装饰出时尚,靓丽着生活。我的家乡古岛村成了青岛市非物质文化遗产花边手工技艺的保护单位,我邻居家当年那个叫郑红梅的绣织的一手好花边的清秀小嫚,成了代表性传承人。那曾经闪亮的银针、翻飞的丝线绣织的锦绣岁月,永远沉淀在人们的脑海里,伴随着青葱的日子,渐行渐远,沃野千里。

苇茂蒲香

刘好军

雨水的节气不在农历六月,但农历六月却是雨水最多的日子。那雨下起来就不歇息,常常十天半月不起晴,下成了缠缠绵绵的连阴雨。古老的桃源河原本河窄堤矮,连日的阴雨将堤坝泡成了稀泥,下游入海口被海水顶托河水无法下泄,满河汹涌的洪水撕烂堤坝恣意汪洋,滚滚洪流,滔滔浊浪,随心所欲地肆虐宣泄,冲出一道道沟壑,旋出一个个塘湾,汇出一片片水洼。待到泱泱大水撤走,满眼是湿湿沼泽、潺潺渠汊、粼粼沟塘、漾漾淀湾,形成桃源河湿地。这湿地好像是专门孕育和繁衍芦苇、菖蒲的,一条条沟汊生长一片片芦苇,一个个塘湾铺展一层层菖蒲,遍野层层相拥,道道相搀,天地苇蒲相接,苇光蒲影相映,清波潋滟,无边无垠,构成气势恢宏的绿色屏障,一年里流淌不完青翠时光,四季中激荡不尽诗情画意。

清明的风轻柔地抚摸过大地,众多绿色的生命沉睡在残冬中还没有醒来,桃源河畔的芦苇如矛似戟,率先迎着料峭的春寒,顶着松散的泥土,在寒风中万箭齐发,齐刷刷地抽出嫩芽,拱出地面,破土而出。初生芦苇的茎秆和叶片嫩绿如滴,根部似洇染上淡淡的暗紫,衬托的新芽格外娇嫩。大地透出淡淡的绿色,不久便满眼青翠,如蓬勃的林海,密密匝匝,绿满天涯。

有着青蒲、蒲苇、蒲柳、水烛、水剑等众多别称的菖蒲,与芦苇是形影不离的兄弟,哪里有芦苇,哪里就有菖蒲。菖蒲也是最寻常的水生植物,它们亦群聚而生,择水而居。看到芦苇在早春里昂扬竞发,行走在水江湖里,忍隐了一冬的菖蒲不甘寂寞,在清流汩汩的河汊,碧水盈盈的塘湾,水波涟涟的沟渠,潜滋暗长,从黑暗的水底窜出,将空旷寂寥的水面染出一片翠绿,生长出早春的气息。刚突兀出水面的菖蒲嫩嫩的叶片,涌动着生命的活力,一束束、一丛丛欢天喜地地簇拥在一起,铺摊出一片片水中春色,远远望去,芳草连天,清鲜嫩绿。

春末夏初,菖蒲长到三尺多高的时候,向两旁分开的叶芯里,抽出一枝枝蒲棒。那刚生出的蒲棒满绒密实,嫩黄细腻,灿若金粉,咬一口淡香清甜,吃了还想吃,成为孩子们的喜爱。于是,河滩上洒满了割草剜菜顺手牵羊拉蒲棒的孩子们的欢笑声。

这蒲棒吃不几天,就由嫩黄转深黄变老不能吃了,时光进入了夏季。蓬勃的芦苇碧绿无边,绿意盎然,繁茂丛生,生命绚烂地绽放,墨绿的河滩苇波荡漾,在阳光下生辉,苇影婆娑,和风而舞,婀娜生姿,神采飞扬。芦苇对生命的追求是强烈的,聚众而生,抱团而长,彰显出芦苇的坚韧和凝聚,无论沙土砾石如何阻隔,都会向集而生,盘根错节,众志成城,特别是夏日狂风暴雨砥砺着它,使它更显出纤弱而倔强的性格。风雨到来,它低首屈服,那腰肢似乎是弯曲着,风让它暂时摇摆,但它的根深深地扎在泥土里,绝不会飘忽不定,迷失自我。虽然有几根芦苇倒下,但更多羸弱的芦苇并肩而立,在风中飘曳,在浪里起舞,独领风骚,不失风骨。暴风骤雨过后,那一根根芦苇依然亭亭玉立,顽强生存,挺拔苗壮,顶天立地,多姿多彩,增添了柔美和风情。

夏日的河滩尽显生命的峥嵘。粼粼波光下,那如绸似缎的一方方、一塘塘、一沟沟、一湾湾水里,各种鱼儿在欢快地游动,河蚌在水底悄然生长。岸边的小路蜿蜒逶迤伸向远方,青草厚绵,红蓼花绽,苦菜飘香,野荷流芳,飞禽云集,各种鸟儿在芦苇丛中栖息安家,生儿育女,蛙声携着鸟鸣,伴着清悠和宁静,充盈着流逝的时光。

在这雨多晴热的时节,一丛丛菖蒲繁荣茂盛,修长刚劲的青叶,挟裹着满眼浓绿,密匝匝地挺立于水面。一阵风起,剑一般的叶子随风而动,纷纷出鞘,泛起凛然的光芒,刺向如洗的天空。单株的菖蒲看上去纤弱孤独,弱不禁风,扛不住风吹雨打,但是同芦苇一样,一旦抱成团聚成群,便有了无限的柔韧和内心的坚守。在苍茫的水面,菖蒲生机盎然,铺天盖地,绿波翻滚,势不可挡,呈现出一种生命的蓬勃和天地的大美,染绿盈盈碧水,撩起缕缕情思,就像它的别名,在水域中燃起一支支烛火,照亮了菖蒲的葳蕤,点燃着夏日的热烈与奔放。

当长风万里,秋风浩荡,南归的大雁把流动的诗行写在蓝天的时候,秋风中颤颤巍巍的芦花,成丛成簇,犹如腰肢细软的少女暗合着天籁的节奏,以水面为舞台翩然起舞。极目之处,白了头的芦花如霜似雪,一片白茫茫,雪花般的芦花越积越厚,洁白的芦絮乘着秋风将种子撒向坝梗堤岸,将另一个春天储藏进丰腴的泥土。

蒹葭苍苍,白露为霜。秋天是桃源河畔最亮丽、最可人、最富足的时节。芦花与霜花争俏,归雁与寒风斗坚,金灿灿的芦苇沐浴着秋阳等待着人们的收获。

菖蒲在深秋霜降里也走到了生命的尽头。经过阳春和盛夏,菖蒲由青变绿,由绿变褐,一枝枝蒲棒摇曳生姿,景色迷蒙,柔美而凄楚,原本挺拔劲秀的昂扬身姿,变得衰老枯黄。但是,只要有根在,那一盏盏生命的烛火就不会熄灭,秋风携带着扬起的一绺绺团絮,开始新的漂泊,将种子飘洒向远方,传播着新的生命。

当新播的麦子为萧瑟空阔、清冷苍凉的大地披上一片片绿衣,在寒冷的西北风里写下一首首诗行的时候,身强力壮的庄稼汉在芦荡蒲湾里挥舞起锋利的镰刀,收割着芦苇和菖蒲。河滩上到处是勤劳的身影,喧哗的笑语,沸反盈天,随风荡漾。收割好的芦苇、菖蒲被一捆捆装到车上,送往村庄。

此时的桃源河畔一望无际,满地苇叶蒲屑铺就一张金黄色的地毯,成了野鸭等各种水禽鸟儿的天堂,兔鼬出没的乐园,以及孩子们打柴拾草的好去处。落日的余晖映照着荷柴少年的剪影,地平线上勾勒出一幅幅生动的河滩夕照图。

收割回家的芦苇强壮起庄户的日子,菖蒲滋润了农家的生活。那一根根熟透的芦苇在晚秋阳光的照耀下,一色的金黄,中空外直,是折不断的,这韧性十足的芦苇,是用来编织的上好材料。那菖蒲更是全身是宝。秋后的蒲棒是一味止血凉血的良药,对口舌生疮、肺热止血、尿血沥血、产后血瘀、心腹诸痛等病有奇效,久服则轻身益气,延年益寿,夏日麦收、割草,锋利的镰刀割伤了手指,将揉碎的蒲绒按在伤口上,流出的血便立刻止住。柔韧温软的菖蒲散发着清香,自然也是农家编织的青睐之物。

进入初冬,桃源河畔的赵家堰、毛家屋子、徐家屋子、魏家庄、黄家庄、张家庄、小胡埠、中华埠等村庄,开始了以芦苇和菖蒲为主要原料的草编。

芦苇主要用来编织苇帘。苇帘是家家户户过年的必备品。农历大年除夕,各家各户都要在正堂悬挂被称作"祝梓"的宗谱。祝梓长约两米,宽约一米半,纸质印刷,上载历代祖先的名讳,后衬苇帘。大年初二晚上送年后祝梓取下,苇帘却要挂到农历正月十五。入冬后,人们将收获的芦苇逐根精挑细选,脱去俗称"包皮"的苇衣,使所挑选的芦苇高挑强壮,洁净光滑,齐整如一,扁担、木架、线绳、铡刀等得心应手,成为草编的工具。编织时,先将芦苇排列在扁担上,再用线绳将其间隔固定在木架上,利用苇秸的骨节,巧妙拼凑成门楼、烛台、蜡烛、"福"字等精美的图案,形成美满祥和的帘面,绳线穿插起节庆的欢快喜悦,把朴实的日子捆勒结实,裁去边角的心烦缭乱,一张张平整细密,条纹清晰,本色鲜明,图案美观,富有自然特色的苇帘便形成了。新春佳节,悬挂的苇帘与两侧的年画相匹配,珠联璧合,相当益彰,增添了节日的气氛。

菖蒲主要编织俗称"蒲窝""蒲袜"的蒲鞋和俗称"稿荐"的蒲席。把刚收获回家的被称作"蒲白"的柔韧性、保暖性强的菖蒲下端水浸部分铡裁下来晾晒后单独保存,是编织蒲鞋的上好材料。

编织蒲鞋首先要"打底",先将菖蒲扭成粗实的蒲绳,再按草鞋鞋样大小扭编出牢固的鞋底,在上收后留有接茬处将温暖层层编织进去。这草鞋温润精巧,厚实暖和,穿上它走在乡野阡陌,踏着的是麦子拔节的韵律。当母亲的将草鞋买回家后,以猪狗等皮张做鞋底,将芦花花絮编织成花绳在鞋帮加铺一层,其外表毛绒绒的,成为俗称"毛窝子",再加以杂布包裹,鞋内填充俗称"麦秧"的经过碾压致细的小麦秸秆,更加经久耐用,穿着实惠,其保暖功效并不比棉靴棉鞋差。这独具匠心、充满深情、爱意浓郁的蒲鞋,里面是满满的暖冬,穿上它即使在冰天雪地也暖由脚生,热往上涌,双脚并无寒冷之感,周身暖融融的,走在冰封雪盖的上学路上,郎朗的书声催动着脚下生风,步履矫健。

菖蒲编织的蒲席挡风防潮,柔软保暖,朴实大方,铺展在烟火气息的土炕上，庄户人家栖身安居；摊开在乡村消夏的树荫下，清风凉气驱散夏日烦闷的暑热；悬挂在门外或披盖在冬储的菜蔬、地瓜之上，遮挡着岁月的凄风冷雨霜冻冰雪……

桃源河畔的草编沾染着历史的风尘，编织着岁月的年轮。始于清末，兴于民国，鼎盛于新中国成立后的草编，涌现出一大批草编巧手。他们使桃源河畔原本烧炕燎灶的苇秸蒲草灵动鲜活起来，柔肠百结、龙飞凤舞的草编，成为一张张光祖耀宗的风景，一幅幅温馨和谐的画卷。

清光绪年间（1875—1908年），赵家埝村毛玉汉接触到由南方商贾传入的草编技艺，他到南方学习，将南方的草编技法与当地固有的芦苇、菖蒲编织相结合，逐渐形成了独具特色的草编技艺，并子随父传，世代相承。20世纪30年代末，与胡高德等七八家乡亲开设芦苇、菖蒲草编作坊，从事草编，呈一时之盛。新中国成立后至20世纪80年代前，桃源河畔的草编达到鼎盛时期，赵家埝等村庄组织能工巧匠成立草编加工组，加工生产苇帘、蒲鞋、蒲席，作为集体的一项副业。生活拮据的沿河村庄农家，也在农闲或冬闲进行苇蒲编织，孩子们在写完作业后也过来帮忙。于是，大人们边用灵巧的双手进行着草编，边给孩子们编着故事，偶尔也会甩出几段柳腔解闷消遣，排解贫困带来的郁闷、压抑、烦恼。孩子们在帮助大人分忧解愁的劳作中，体味到穷家过日的艰辛，在幼小的心田里播下自强不息的种子，自幼接触到草编技法，使草编手艺薪火相传。草编产品除由供销合作社登门收购外，还通过集市和贩运远销即墨、胶州、平度、掖县、莱西、莱阳、海阳等胶东地区，微薄的收入，为缺油少盐的苦涩日子，增添了些滋味。

20世纪80年代后，由于山东省引黄济青工程棘洪滩水库的建设，桃源河改道，特别是20世纪90年代农村工业化、城镇化进程的加快，赵家埝等村庄移民，大量苇塘蒲湾被填埋，苇荡草场减少，加之草编是手工技艺，工序繁多，劳作辛苦，人们多务工经商，掌握和从事草编技艺的人寥寥无几。而毛玉汉之孙毛可贵、曾孙毛贵宾等仍承祖业，赓续着草编的技艺，传承着草编的薪火。

大年除夕之夜，正堂香案之上苇帘衬托着宗谱，香烟缭绕，红烛闪烁,年画艳丽,欢快宁静,甜美祥和。几杯醇香的美酒下肚,躺在新编织的"稿荐"炕席上,在散发着清新蒲草气息中酣然入睡,注定会做出甜梦来:桃源河沿岸苇草青青,蒲香悠悠,郁郁葱葱,漫天无际,芦苇茂盛着挺拔的日子,菖蒲氤氲着浓重的亲情,那充满四季韵味,洋溢节日欢欣的苇蒲,点燃了农家富足殷康的希望。

西城汇的黑陶

丁 霞

在青岛市城阳区一直流传着这样的顺口溜："西城的萝卜,旺瞳的瓜,西城汇的泥瓦碴。"其中,"西城汇的泥瓦碴"便指西城汇的黑陶。据史料记载,城阳区城阳街道西城汇社区黑陶生产始于明代,迄今从事黑陶制作已有 500 余年的历史。西城汇位于城阳区城阳街道,因其特殊的地理环境盛产独特的麦饭石黑粘土,从而成就了西城汇几百年来盛产黑陶的独特地位。

黑陶制作技艺在 2009 年 1 月 20 日列入城阳区第二批区级非物质文化遗产名录。2012 年 3 月 28 日列入青岛市第三批市级非物质文化遗产名录。西城汇社区居民刘泽良作为西城汇黑陶的传承人,多年来一直在坚持制作黑陶。现今已 70 多岁的刘泽良在他 22 岁时就开始制陶,至今已坚持了 50 多年。据他回忆,他的祖父和父亲等都以制陶技艺为业,到他这一代由于他在弟兄七人中领悟最快,且心灵手巧,父亲便将制陶技艺传授给了他。

刘泽良在当地被称为"陶三最",他能做几十种陶品,且制作过程中所用泥料最少,陶品最薄,成品最轻,所以得了这个称谓。在刘泽良的心里,西城汇的土与他的感情至深至浓。西城汇的黑粘土纯净,制陶好。想当年西城汇整个村子的人都在做黑陶,至少有两三百户。水盆、脸盆、饭罩、面罐、花盆,还有茶壶、茶杯,再到直径一米多的水缸,做出的陶器畅销国内。

记忆中,很多年前家里都用黑陶饭罩盛放馒头等主食,用它热馒头少蒸汽、不湿皮、经久耐用。而现在随着铁质、不锈钢、塑料等器具的出现,黑陶制品渐渐淡出了人们的视野。

刘泽良的陶坯制作技术是很高的,家里有一间屋子是他的陶坯制作室。在那 50 多年的时光里,刘泽良就静静地坐在转轮旁,双手捏住转轮上的泥块,随着转轮的转动,那捏泥块的双手慢慢向上提起。双手向外拉伸、向里拢,随意间便把控了陶坯的宽、窄,不差分毫。至顶部,用一竹刀由里向外轻轻一带,圆润光滑的檐口就做了出来。转眼之间,一个个泥盆、泥罐或者其他的器皿就像有了生命般,在他的手里诞生了。"心里装着啥,就做出了啥。"西城汇的黑陶是没有固定的模型的,却有着以人心所赋予的灵魂。并不是一年四季都适合制陶,天冷时做出来的陶容易裂,一般过了农历二月二后天气逐渐变暖,便开始制陶。刘泽良结合现代人的审美观,独创了多种制陶工具,经过不断研制,将原本厚、大、笨重,外观粗糙的陶器,改变成大小适中,色泽光亮,胎薄质硬,清脆响亮的陶艺品。陶坯制作好了后,便开始烧陶。"千度成陶"指得是将火烧到一千度才能烧出陶来。而最后的烧制却是特别关键的技术。火候大了,容易把陶烧破,火候小了,将陶品放水里容易泡碎。刘泽良凭借多年的经验,烧出的陶品美观,结实,敲打起来声音清脆。

来到刘泽良平日里烧陶的地方,再也寻不回那些久远的时光,幸好岁月曾经的苍老痕迹还附着在窑上,历经了岁月的洗礼,这座窑的每一块砖砾都见证着一批又一批的黑陶出炉。窑的周围,栽了一些柿子树。此时节,黄黄的柿子挂满枝头。远远地看着,这片景象真实、充盈而又厚重。窑的后面便是墨水河,河道宽广,水草葳蕤,雨后的墨水河水流湍湍,水声朗朗。一眼望去,那广袤的墨水河,令人心旷神怡。想象着刘泽良老人在做黑陶、烧窑的间隙,定会沿着屋后的墨水河走一走,看一看罢。

现今,刘泽良已把他的制陶手艺传给了他的儿子。西城汇的黑陶在历史中辗转走过了几百年,流水般的岁月里,黑陶在西城汇一代又一代人的手中传承着。

西城汇的黑陶,古老沉静、意味悠长。抛却喧嚣浮躁,如今,越来越多的人挚爱那些质朴、纯净的手工制品,西城汇黑陶已成为一种非物质文化遗产被人们所眷恋着。西城汇的黑陶将在历史的悠悠长河之中,继续闪烁着光芒。那种黑陶的特殊光泽,不仅属于西城汇,更属于历史长河的过去与将来。

上马剪纸，以灵魂雕刻时光

丁　霞

　　农闲时候，阳光洒满屋子，几个妇女围坐在炕上，唠着家常里短、剪着纸花。随着剪刀的一张一合，当星星点点的碎纸屑落下，一张大红的纸上便被勾勒出栩栩如生的图案，一幅剪纸画完成了。妇女拿起剪纸画，对着光端详着。有光透过剪纸的缝隙流进流出，红红的剪纸把阳光反射到屋子里，整个屋子被映红了，每个妇女的脸上也都洋溢着红彤彤的笑容。

　　这样的剪纸情景，在城阳区上马街道再寻常不过了。她们用一把剪刀，剪出了生活的幸福与芬芳。胶州湾，青岛的母亲湾，悠久的历史、灿烂的文化，孕育出了积厚流广的胶州湾剪纸艺术。上马，镶嵌于胶州湾北岸的一颗美丽的明珠，剪纸艺术源远流长，它传承于胶州湾独特的剪纸文化，既沿袭了胶州剪纸风格多样、清新雅趣的特点，又具有自身巧于创新、造型优美、刻画细腻、情感丰富的独特魅力，自清朝年间起，剪纸艺术就已在域地农村得到了广泛的传承与普及。域地劳动妇女将剪纸作为农事之外的一项手工技艺。

　　上马传统剪纸作品以花鸟虫鱼、十二生肖、古代人物、岁时节令、传说故事等为主，主要表达人们对美好生活的憧憬和祝福，具有吉祥如意、平安幸福、驱邪、劝戒、趣味、启迪的寓意。例如剪鞋花时，主要剪小甜瓜、蜜蜂等，象征生活甜甜蜜蜜；剪床头花、床角花时，主要剪五谷丰登、人寿年丰等；剪窗花则包括喜上眉梢、十二生肖、龙凤呈祥等。剪纸主要用途为窗花、棚角花、门笺儿、床头花、床角花、鞋花、箱柜花、衣橱花等。到现代，剪纸已被逐渐赋予了更丰富的内涵，可作为家庭装饰、观赏、交流礼品等。剪纸创作的基本步骤包括：创作→打底（手工画）→覆纸（1～4层）→剪纸→装饰等，创作时笔笔细腻、刀刀相连、形象生动，体现了创作者深厚的艺术功底。

　　剪纸艺术在域地从古至今、世代相传,具备了极其广泛的群众基础,主要分为老、中、青、少4个年龄层面,既有耄耋之年的民间剪纸老艺人,也有在国家、省、市、区屡获佳奖的中青年,还有不断涌现的热爱并学习剪纸艺术的少年儿童。老年代表人物包括王家庄社区的罗美廷、李奎美,前程社区的刘淑美,东张社区的苟秀书,林家社区的林相玉;中老年代表人物包括东程社区的臧文杰,东张社区的李秀芹;青年代表人物包括郭家庄社区的郭可文,林家社区的崔晓艳,东程社区的孙俊艳等;少儿代表人物包括向阳社区的吴超,前程社区的徐翀、纪珺妍,东程社区的孙同鑫、孙雪婷,北程社区的孟庆慧、马智宏等等,目前,在上马剪纸艺术中成就最大的当属东程社区的臧文杰、孙绍程。

　　生于1953年2月的臧文杰自13岁起学习剪纸,1976年起剪纸作品在各级展出中获奖。1989年《红楼梦人物》获"全国首届工艺美术名艺人佳品展"荣誉证书。1990年作品在新加坡参加"中国艺术周展销会",1993年随青岛市艺术团进京在国际艺术厅做现场表演,1997年随市艺术团访问韩国,以精湛的剪纸技艺赢得国外友人的高度评价。在2002年举办的"胶州湾杯"中国剪纸大展中,臧文杰本人多幅作品获金奖,学生参赛作品近60幅,分获金、银、铜奖。2003年,臧文杰参加了青岛电视台《魅力青岛》栏目,以精湛的剪纸技艺获城阳赛区冠军和全市总决赛第7名。2006年在青岛市民间绝活大赛中获"最佳才艺表演奖",2008年青岛市"远程教育到咱庄(居)"民间才艺展评中获民艺类作品一等奖,同年在青岛市纪念党的纪律检查机关恢复重建30周年书画作品展中获优秀奖。

　　臧文杰的剪纸作品多次被选为青岛市出国访问、对外交流、馈赠外宾的艺术礼品。近年来,臧文杰在《历代咏梅诗词选》《社会主义荣辱观教育读本》等书籍中创作剪纸插图200余幅,获业内专家的高度评价。为了使剪纸艺术更好地传承下去、发扬光大,臧文杰将自己多年的剪纸技艺汇编成书,精心编制了《剪纸教程》,通过义务授课的形式,为当地各小学、社区免费开设剪纸课程,累计传授学生、教师、当地居民近千人。与此同时,臧文杰教授的崔晓艳、孙俊艳、郭可文等作为优秀青年剪纸人才,也将自己学到的剪纸技艺以兴趣课堂的形式传授给当地少儿,使剪纸技艺在当地不断发扬光大、有效传承。

2010年1月27日,上马剪纸被列入城阳区第三批区级非物质文化遗产名录。2012年11月,城阳区公布了第一批区级非物质文化遗产项目代表性传承人名单,当年42岁的孙绍程名列"上马剪纸"项目传承人。孙绍程自8岁起拜师臧文杰,学习剪纸。当年8岁的孙绍程刚上小学一年级,他的语文老师就是臧文杰。每天下午放学,孙绍程就和他的几个同学一起到臧文杰家里学剪纸。

剪纸不仅要会剪,还要会画。先把要剪的图样画到白纸上,再根据画出的图案剪。孙绍程自幼喜欢画画,通过剪纸,可以把他画好的东西剪出来。如此神奇的剪纸过程,深深地吸引了孙绍程,自此,他迷恋上了剪纸。拿起剪刀,心便静了下来,孙绍程完全沉浸在剪纸的世界里。

剪纸人,多以女性居多。而作为一名男性,孙绍程却比一般女人更"心灵手巧"、更能吃苦耐劳、废寝忘食。如果构思好了要剪的作品,他恨不得几天不动弹一口气把它剪出来。白天工作,晚上剪纸。当灵感来了,孙绍程即使从晚上剪到第二天凌晨一两点也不累。每年春节期间,孙绍程都比平时更加忙碌。找他剪窗花、生肖的人络绎不绝。一套生肖从创作构思到剪纸完成,孙绍程大概需要十来天时间。且每一套生肖剪纸都迥然不同,各有特色。"梅花香自苦寒来",在一点一滴的磨练中,孙绍程对剪纸的挚爱被时光所验证。这些年,他一直在对剪纸艺术进行创新。

中国的剪纸艺术博大精深,让更多的人认识剪纸,让更多的国家了解剪纸的魅力,是孙绍程的一个愿望。2016年,孙绍程旅居美国,让上马剪纸走出了国门,让世界上更多的人认识了剪纸、爱上了剪纸。孙绍程在剪纸方面的造诣非常突出,他在洛杉矶等地经常参加一些中美艺术交流活动,先后在洛杉矶举办了"孙绍程——上马剪纸展"。并在当地出版了个人剪纸作品集,《上马剪纸作品集》收录了他近些年创作的八仙图、各式传统年画、扇面、生肖等。孙绍程被美国阳光教育学院聘请为客座教授、被美国好莱坞电影学院特聘为客座教授,作为美中文化交流促进会文化大使,孙绍程利用业余时间,在阳光学院教孩子们剪纸、学习传统文化。此外,孙绍程还在美国世界名人俱乐部创办了静雅轩剪纸艺术工作室,教不同年龄阶段的人们学习剪纸,让他们认识、了解中国古老的剪纸文化艺术。

无论在中国还是美国,剪纸都已经成为孙绍程生活中密不可分的一部分,剪纸早已嵌入他的生命里,随着时光的流转,剪纸也已融入他的灵魂深处。到美国的这几年,孙绍程剪出了三百多幅作品。其中,创作了三本一百零八罗汉图。从创作到完成孙绍程用了大概一年半的时间。这一百零八罗汉图,他付出了很多精力,创作的过程中,他每天都在用心琢磨这些人物,走近这些人物。"相由心生",这些人物通过他的心境,由他的剪刀雕刻而成。每一毫的雕刻都精准到位,于是这一百零八罗汉,在他的手中复活了,剪刀雕刻了这些人物的灵魂。

上马剪纸是当地人们为了满足自身精神生活需要而进行的独特创造,根植于域地农村深厚的生活土壤中,具有鲜明的地方艺术特色和生活情趣,体现了当地人们的审美观念和精神品质。上马剪纸,经过几代人的传承与创新,而今其剪纸的价值已远远超过剪纸本身,它以独特的滨海意蕴和人文灵性,传承和见证着深厚悠久的胶州湾文明。

孙绍程曾说,剪纸最难的就是要静下心来创作。时常在想,当心沉静下来时,他在想什么? 他应该会想到他的小时候,那笨拙的小手剪纸的模样;也应该会想到他的老师,臧文杰手把手教他剪纸时候的情形;他还会想到他的那些长辈们,那些盘膝而坐的妇女,围坐在炕上剪纸的情景吧……曾经有那么一个时刻,孙绍程剪纸的动作与他所想到的那些人重叠了。时光可以在剪纸画里流动、甚至穿越。拿起剪纸画,对着光,时光顺着剪纸画的缝隙漏出。孙绍程见到了他想见到的人,隔着这剪纸画,他在时光的一面,那些人在时光的另一面。隔着这剪纸画,在红彤彤的意境里,他们相遇了。他们,皆以灵魂雕刻了时光。

那些久远的时光已经汇入历史的长河之中,而那一张张的剪纸画,却一直在流动的时光里鲜艳而明亮地存在着,不曾有一丝一毫的褪色,颜色反而越来越厚重。

这,便是传承吧。

走近女红

黄玉凤

日暮堂前花蕊娇，争拈小笔上床描。
绣成安向春园里，引得黄莺下柳条。

每次读唐朝胡令能《咏绣幛》这首小诗，栩栩如生的绣娘刺绣图就会映现在我的面前，红色的绸缎上，一对黄莺穿梭于柳叶间，那动感十足、入神如画的境界让我一度陷入痴迷。

女红指旧时女子所做的纺织、刺绣、缝纫等事，传说周太王（约公元前 10 世纪）古公亶父有太伯、仲雍、季历三子。季历之子姬昌最有才能，古公亶父很想传位于姬昌，但按照当时的传承制度，又不能传位于姬昌。太伯、仲雍知道后，即出走到苏州一带，而使姬昌顺利继承王位。当时的苏州一带有断发纹身的习俗，尽管十分痛苦，但太伯、仲雍也入乡随俗，在身上刺上纹身。后来，太伯去世后，仲雍深感此俗不便，便召集一些当地头面人物来商议此事。

恰巧，仲雍的小孙女女红正在屋内缝衣，一时不小心被针扎破了手，血流出来在衣服上形成了美丽的花朵。于是，小家伙灵机一动，便参照当地纹身的图案花样在衣服上试着刺绣起来。经过七天七夜的努力，终于做成了一件五彩缤纷的绣衣而呈给仲雍。仲雍看后大喜过望，当即披在身上一试，感觉舒服异常，完全可以免除纹身之苦。于是，他便召集当地居民，移风易俗，不再纹身，而改用刺绣衣服代替。

逐渐的，这种绣衣就取代纹身的风俗了。人们十分感激女红，就把妇女的刺绣等针线活叫做"女红"，直到现在，人们仍然这样。如此算来，刺绣的起源在距今 3000 年前后。

少女时代的我，会做一些女红活，前几年，十字绣风靡的时候，除了绣一些花花草草的小幅作品外，利用两年多的业余时间绣了巨幅八马骏图。这些绣品的做工比起母亲珍藏姥姥刺绣的《鸳鸯戏水》相差甚远。

听上一辈人说，刺绣（俗称绣花、扎花），在城阳区夏庄街道马家台流传已久，自明朝永乐二年（1404年）马家台建村开始至今已有600多年历史。当时，刚建村的时候，落户的黄姓、马姓妇女从外地把刺绣的手艺引入到马家台，经过不断的工艺革新，马家台刺绣得到了发展。

清乾隆年间，刺绣工艺进入繁盛时期。清朝初期至中叶，欧洲国家意大利、西班牙等地的传教士进入中国，并对环胶州湾等地的百姓传授欧洲皇室刺绣手工艺，马家台心灵手巧的女红们就将中国传统刺绣与西方花边、刺绣工艺加以融合，自成一派。随着马家台掌握刺绣技术的不断深入，刺绣这项民间手工艺通过女儿出嫁传播至周边邻村、乃至省内外。

带着对刺绣的无限眷恋，在导航小姐的指引下，来到城阳区夏庄街道马家台社区。

马家台社区褪去昨日石墙红瓦，现已高楼林立。导航小姐引领我在其中转了几个圈。后来，在法国梧桐叶铺满马路、小商小贩占满街道两侧的地方停止了寻找的方向。一抱小孩的女人告诉我马家台社区居委会的位置，进入与居民住宅没有任何区别的办公场所，有马家台书记引荐，我见到有刺绣经验、在社区从事妇女主任工作的马淑青女士。

马淑青女士听到我的来意，热情地接待了我。她说："以前马家台的妇女个个都是刺绣高手，刺绣的品种很多。初始只绣枕头、鞋面。到清朝中期品种繁多，大到妇女婚嫁时的嫁衣、披肩、枕头；小到鞋面、荷包等。花色也从单一演变到有龙、凤、鸳鸯戏水、牡丹、鱼、荷花、梅花、花边等各种花鸟图案。刺绣的工具比较简单，主要工具之一叫做"筝子"，两个竹圈，把布夹上、绷紧。筝子分型号有大小，大的直径约2尺，小的约半尺，分绣件的大小而定，同时筝子分圆筝和长方筝。圆筝是两个竹圈套起来，长方筝是一个竹框，把布绷上。长方筝较大，主要是绣大件，如衣服、被面、枕头等。其他工具有针、线。绣花针和绣花线以图案型号大小、颜色为要求，种类繁多。

一名社区工作人员说："近40年来，由于现代工业代替手工业，马家台刺绣淡出人们的视野。2005年,马家台刺绣被列为城阳区第二批非物质文化遗产名录。2007年,城阳夏庄马家台社区出资成立了刺绣屋,并聘请当时75岁高龄的孙兰英老人出山授徒,欲将这一面临失传的技艺继续传承下去。四年前,马家台社区旧村改造,刺绣屋也随之拆除,现在的女性都忙于工作,热衷于刺绣的妇女少之又少。"

"我可以见见孙兰英老人吗?"我迫切地问。"我母亲已经去世两年,母亲如果健在的话,已经86岁高龄了。"原来马淑青就是孙兰英老人的女儿。

马淑青女士给我讲起母亲孙兰英有关刺绣的事:"在我们家里,一直珍藏着一件刺绣作品,那是母亲为我出嫁时绣的红牡丹枕套。鲜红的牡丹在绿叶的映衬下,显得格外富贵高雅,呈现出国色天香的本色,还有几只小巧可爱的蜜蜂和几只穿着花衣的蝴蝶在花丛中飞来飞去,生动逼真,看了真是让人爱不释手。

母亲从小聪明好学,虽然只上了识字班,没有太多的文化,但对刺绣却是无师自通。她常常不打底稿,手持一把剪刀,在一张白纸上左转右弯,一朵美丽的刺绣花样就呈现在大家眼前。无论是牡丹还是玫瑰,无论是月季还是兰花,她都'手到花成'。然后,她把剪成的花样贴在绣件上,用七彩花线一针针一线线地刺绣。

我们家兄弟姊妹多,家口多,母亲白天要到生产队劳动,挣工分,维持一家人的生活,刺绣的活儿往往是在下雨阴天生产队不劳动的时候和晚上做。为了尽快完成一件绣品,母亲都是晚上加班加点刺绣。吃了晚饭,照顾我们兄弟姊妹们都睡下后,她坐在油灯下一针一线地绣着。

夏天,母亲坐在水缸边,把煤油灯挂在水缸上方进行刺绣,冬天,母亲将热炕头让给我们,自己坐炕沿上刺绣,手冻麻了,就伸进被底下暖和一下。有时候,我们从梦中醒来,母亲还在昏暗的灯光下认真地刺绣。早晨醒来,昨日空白的绸缎上,就会跳跃着几只鸟儿或者绽放着几朵花儿,我想,有了这刺绣的陪伴,母亲就是幸福的。春去冬来,一件件精美的刺绣作品在母亲那灵巧的手中诞生,牡丹花的枕套、玫瑰花的手帕、月季花的鞋垫、向日葵的书包、木槿花的小帽、黄鹂鸟的孩罩，花样繁多。母亲用她的聪明才智装点着那时物质极度贫乏的生活，使我们家充满了生机，我们也因此感到幸福。

当时，马家台的刺绣远近闻名，母亲手艺精湛也闻名乡里，左邻右舍哪家接媳妇需要枕套，哪家老人要做寿衣、寿鞋，哪家姑娘要剪个花样，都来找她帮忙。谁家大嫂小媳妇刺绣方面遇到了困难，都来请教母亲，每天放学回家，就会看到炕上坐满了大姑娘小媳妇。人们不仅夸母亲有一双巧手，而且还夸母亲心地善良，值得尊重。

母亲已经离开我们 2 年了，但我常常想起她在灯下刺绣的身影，想起她为我们绣的一件件绣品。特别是那牡丹花的枕套，那是母亲留给我无尽的爱，也是我永远的念想，我们将永远珍藏。”

马淑青女士接着说：“我现在也做了奶奶，我想把母亲传授给我的手艺教给儿媳。不能让老一辈留下的好东西在我们这一代失传。”

我将车子停在两棵嶙峋的古槐树下，黄色的椭圆形叶子随风飘扬，它飘满了天空、飘满了大地也飘满了我心爱的车子。我坐在如花的轿车里，静静地品味马淑青女士的话久久不能平静。

日暮堂前花蕊娇，争拈小笔上床描。
绣成安向春园里，引得黄莺下柳条。

一阵优美的唐诗诵读在城阳区夏庄街道三台小学上空飞扬，几个女生端坐在女红学社，手持筝子，飞针走线在幸福和谐的时空。

一针一温柔、一线一情牵，湮灭的岁月因了这刺绣的工艺而再续芳华。

刀走笔意　心生胜境

——孙健先生与镂胜艺术

文　白

　　读唐诗,杜甫《人日》有"尊前柏叶休随酒,胜里锦华巧耐寒"句。诗中所言"胜里",指以金箔或银箔镂刻而成的头饰或衣物上的饰品,也称"花胜"或"华胜"。李商隐《人日》诗之"镂金作胜传荆俗,剪彩为人记晋风",是说镂胜艺术本是楚人的风习。在唐人的生活里,镂胜艺术及其作品是文人士大夫日常生活中的平常普通之物,以金箔或者银箔为基料,以刀刃为工具,精刻微契,镂刻出优美的花式图形,佩戴于女子的秀发娇首,或贴挂于罗缎衣裙之上,为形形色色的靓女美妇平添了极具艺术感的宝气华彩。

　　宋代,随着缎帛的丰盈和纸张的出现,镂胜已不单纯以金箔银箔为镂刻材料,纸张、布帛以价廉易得而成为镂胜艺术的新载体,以此,兴盛于唐代的"镂金作胜",由于所依附的镂刻物的变化而步入了普通民众之中,成为一种大众艺术。而以金箔为代表的镂胜艺术受到冲击,逐渐消弭于人们的视野。

　　汉字"胜",旧作"勝",从肉从刀,有诸多解释,其中一种解释专指妇女头饰。《山海经》对"胜"记载颇多,有"西王母梯几而戴胜"。是说王母娘娘依靠在桌几上,佩戴玉胜。"胜"在古代上流社会的广泛应用,除了在观赏层面上的补妆容颜外,最主要的是所使用的材料为金箔或银箔,贵妇姹女佩戴金质的"胜",珠光宝气,更显雍容华贵。

　　胜,是一种艺术作品,又是一种文化符号。其产生的历史悠久。2001年四川成都金沙遗址出土的"四鸟绕日"金箔镂胜,造型雅健,线条流畅,气韵生动,2005年该出土镂胜被确定为"中国文化遗产标志"。

　　可惜,由于纸张和布帛的替代,以金箔为主要载体的镂胜艺术几近失踪灭迹。

古贤杨子云："器宝侍人而后宝"。镂胜艺术千年而后与孙健先生相遇合，可证此言。

孙健，青岛理工大学琴岛学院艺术系教授。自幼，即对国画工笔注目入心。9岁，擅长美术的小学老师对孙健钟爱之。老师赴日本正仓院参观修习，拍摄了两枚镂胜作品照片。据日本齐衡三年（856年）《杂财物实录》载："人胜二枚……天平宝字元年闰八月二十四日献物。"日本天平宝字元年是唐代至德二年（757年）。其中一枚罗地金箔字，刻有祝颂吉语："令节佳辰，福庆惟新。曼和万载，寿保千春。"另一枚中心部位是儿童竹林戏犬图，边饰为红绿罗花叶。

9岁孩童，猛然间见识千年前的精美镂胜图片，惊叹之情溢于言表。老师结合实物图片详解了镂胜艺术在盛唐时期的勃兴蔚发，在初惜国画艺术的孙健心里埋下萌动的种子。在之后的学业里，稍有闲暇，即揣摩临习。国画之笔，间互为镂刻之刀。及至考入东北师范大学艺术系，孙健似期雨之禾沐浴甘霖，也随之萌发了他重振古老镂胜艺术的初心。

孙健先生学而不厌，习而守恒，发愤忘食，乐而忘忧，一日不刻，便觉手生。供职于琴岛学院后，教学和社会活动日渐繁忙，却总是忙里挤闲，见缝插针，倾注心血于镂胜创作。2017年，中共中央对外联络部礼宾局将孙健的金箔镂胜艺术作品定制为"一带一路"文化国礼。2018年金箔镂胜作品《马到成功》荣获第三届中国民间艺术博览会金奖，《福满祖国》《富贵吉祥》入选上合峰会文化版块"齐风鲁韵"非遗艺术大展。作品《镂胜起源—崇拜》《六合人和》系列、《甲子》系列入选上合峰会文化系列版块亚太手工艺文化周精品博览会，并与青岛工艺美术协会签署版权转化战略协议。2018年镂胜作品《岁岁平安》《花开富贵》《花开盛世》被中央对外联络部礼宾局部分赠国际政要友人，11月金箔镂胜作品《牡丹》获联合国教科文组织世界手工艺理事会亚太地区杰出手工艺品徽章认证。2019年8月，金箔镂胜系列作品《一山一水一圣人、新妍新貌新时代》获山东省政府文艺最高奖"山花奖"二等奖。《繁花一路中国梦、甲子纳福时代兴》大型金箔镂胜艺术作品入围仅60人的中国文艺最高奖"山花奖"……

　　孙健先生在几十年对失传镂胜技艺的挖掘探索中,梳理出金胜、银胜、缎胜、帛胜、叶胜等十余种形式。在技法上,总结出"刀走笔意""刀色合一"等49种镂胜技法,各地学者和学术刊物对孙健的镂胜造诣纷纷作出介绍和褒扬,被誉为一枝独秀的镂胜艺术大师。

　　尊古法而循天然,思宏阔而不娇柔,孙健先生守真志满,用心于正,繁冗之中固守专业,不作无补之功,不为无益之事,守恒于专一,孜孜于初心,汗水浇灌,终使绝业复萌,世人为之钦佩。若此者,世间所见无多。"精诚所至,金石为开"是也。古老的镂胜艺术,在沉寂了1000多年后,凭藉着孙健先生的滴滴汗水和一刀一划,重又蔚兴焕发,走向了全国,走向了世界,向世人昭示了博大精深中华文化的斑斓风采和勃然生机。

跋　语

屈指算来,来城阳工作已经第 16 个年头了。城阳区是一个设置于 1994 年、有着朝气与活力的新区。

第一次接触到城阳历史,始于 2008 年第 29 届奥运会的举行。奥帆赛期间,我作为奥运会奥帆赛主场翻译工作人员,同时利用周末时间申请到青岛博物馆做英文讲解志愿者,帮助来博物馆参观的国际友人讲解历史文物。在这期间,我第一次触摸到了城阳的悠久历史:汉墓刻石、汉代铁器、法海寺的残缺佛像……蓦地,我对城阳有了一种新的认识。

城阳前身为不其,不其县始建于秦汉时代,其历史之悠长,比现在的即墨区还要早 800 多年。不其城曾是汉代青岛地区的政治、经济中心。《汉书》载"汉武帝太始四年夏四月,幸不其。"《齐乘》载:"劳山、不其山皆康成讲学之地,文泽涵濡,草木为之秀异。"《劳山艺文志(劳山续志)》载:"不其城距即墨邑南二十七里,汉置县,伏湛之所封,而童恢之所治也。"可见其经学、经济、吏治、名宦等名噪一时。晋代,设长广郡,郡治于不其城。习近平总书记所盛赞"中国和斯里兰卡开启千年佛缘"的高僧法显,于东晋义熙八年(412 年),完成取经求法,回国途中又遇大风,船失方向,随风飘流,后于崂山登陆。青州长广郡太守李嶷闻知,延请至不其城讲经弘法,《佛国记》于此启笔。隋代不其县废,其地隶属于新迁置的即墨县。明清时代,今城阳一带书院林立、文彦如织。华阳书院、下书院、玉蕊楼、太古堂、紫霞阁、上庄、大劳草堂、青峪书院等,如璀璨明珠,镶嵌在城阳这片土地上。明末清初著名思想家、史地学家顾炎武也曾驻足于此,吟咏兴叹,第一部《崂山志》也于此完成。战争时期,李润生、王云久、蓝志政、张战戈等,为解放事业抛头颅、洒热血。上马葛家屯,全民皆兵,有着"八路窝"的美誉。新中国成立后,张式瑞、仇志海等英才辈出,为城阳地区的蓬勃发展注入了动能和动力。

　　2018年5月,时任城阳区文联主席的朱崇伟找到我,说计划组织相关作家撰书一部,名《城阳印记》,主要是想从作家的角度来对于城阳区的历史人物、大事、传说、古迹和非物质文化遗产等进行描述和咏叹。于是从6月至8月间,我在城阳区文联王泽杰副主席的陪同下,开始了对于各街道的文化调研。至10月中旬,撰写主题在经过多次甄选讨论,并在征求了时城阳区文化新闻出版局和城阳区史志办公室的意见后,最终敲定。撰写作家的选择也是经过了严格的遴选。从试笔,到评审,到最终确定,然后作家们根据熟悉程度进行了主题选择,确定相关体例,由我根据作家需要提供各写作主题相关历史背景资料后,写作之路正式起航。

　　2019年5月,作家们稿件初稿完成,打开文章阅读,城阳灿烂厚重的历史,伴着沁人心脾的馨香,扑面而来:

　　极目远眺,夏末的城阳大地,雾纱轻拂,远山如黛。是群山环抱之中的一股清流,还是充盈天地间的浩然正气?道家的古乐泠泠响彻山谷,清风徐来神清气爽。两千年来,童公的魂魄早已与这方水土合二为一,情意相通,须史没有离开。(矫友田《不朽的童恢》)

　　放眼望去,两岸青山夹峙,一水逶迤长流,不假雕琢,顺势而为,坝横南北,峡出平湖。这里风景旖旎,如五彩画卷,妩媚动人,似清韵长诗;这里群峰环抱,山色苍翠,水波潋滟,美不胜收;这里云影天光,烟水交融,鸥鸟翔集,草木葱茏,如梦如幻,宛若绿色江南。(杜刊功《崂山水库散记》)

　　山会上最为亮丽的风景,还得数布匹衣服市和花木市,上百摊位或席地设摊,或立案罗列,或把斑斓的花布张挂在竖立的木架上,如七色彩虹随风飘动在半空。男人们的粗布黑灰、老妇们的绸缎青紫、媳妇们的丝绒绛朱、姑娘们的桃红粉绿,对镜试样,量体裁衣,讨实砍虚,包髻插钗,搔首簪花,把整条街市装扮成了琳琅满目的万花筒。(文白《万千乡愁此一缕》)

　　……

2019 年 8 月,在与城阳区文联的罗国平主席,杜刊功、王泽杰副主席认真讨论后,最终确定了《城阳印记》一书的出版计划及相关事宜。罗国平主席对本书的出版寄予厚望,他认真地通读了全书,在内容安排、标题设置、版面设计等各方面,他都给出了中肯的建议。

感谢各位领导、作家老师们为《城阳印记》辛勤的付出! 感谢一切关心、支持《城阳印记》编写及出版的朋友们!

李伟刚

2019 年 9 月